ゲド戦記研究

織田まゆみ

原書房

ゲド戦記研究

母　Y・Nと
亡き父　S・Nに

はじめに

　アーシュラ・K・ル＝グウィン（Ursula K. Le Guin）の〈ゲド戦記〉シリーズ（Earthsea, 1968-2001）は、第1作が出版されて以来ずっと「秀逸なファンタジー」という評価を維持してきたが、近年、またにわかに注目を浴びることになった。それは、多くのファンをもつスタジオジブリが、作者のル＝グウィン本人からの依頼を受けて**映画化にふみきった**からである。
　この映画化に際してもっとも印象的だったのは、制作関係者などのあいだで「3大ファンタジー」ということばが用いられ、ルイスの〈ナルニア国〉年代記（C. S. Lewis, The Chronicles of Narnia, 1950-56）、トールキンの『指輪物語』（J. R. R. Tolkien, The Lord of the Rings, 1954-56）と同列に、この〈ゲド戦記〉シリーズが扱われたことだった。
　ところで、「3大ファンタジー」とくくってはみたものの、この3つの作品に"異世界を描くファンタジー"だという以外の類似点はあるのだろうか。
　たしかに、〈ナルニア国〉年代記と『指輪物語』は、どちらもイギリスの大学教授の、しかも親交のあった男性たちの創作で、両作品とも第二次世界大戦後まもなく（1950年代）の刊行という共通性がある。しかし、**現実世界から異世界へ入っていく"通路"をもっている**かどうかに加え、作品自体がかもしだす雰囲気には、かなりのちがいがあることも事実だ。
　〈ナルニア国〉年代記には、物語の土台にキリスト教説話がある。「小人」や「ものいう動物」など多彩なキャラク

映画化にふみきった
映画監督をつとめたのは、作者のル＝グウィンが要請した宮崎駿ではなく、その子息の吾朗だった。父子相伝のように見える製作会社の内幕が憶測を呼び、映画の筋とからめたかたちで、世の中の注意を引きつけた。映画公開に向けてのタイアップ曲と同様に、積極的な宣伝材料にされたのである。

現実世界から異世界へ入っていく"通路"をもっている
〈ナルニア国〉年代記では、子どもたちはあるきっかけから別世界「ナルニア」を訪れる。たとえば第1巻では、衣装ダンスが、ナルニアにつながる"通路"となっている。

ターが登場し、楽観的な雰囲気と最終的な"救い"にたいする確信が感じられる作品である。

『指輪物語』は、言語学や神話学に関する作者の膨大な知識を背景とした豪華な登場人物の造形と、ゆったりとした語り口が特徴的な、創作神話である。しかし、ある時代が終わる際の最終戦争を描いたこの作品には〈ナルニア国〉年代記に見られた"**楽観的な雰囲気**"はなく、どこか悲観的で憂鬱な陰影が感じられ、郷愁が漂う。

これら2作品にたいして、1960年代終盤から刊行が始まった〈ゲド戦記〉シリーズは、SF作家としても名高いアメリカ人女性によって書かれた。

このシリーズの最大の魅力は、それがもつ哲学、あるいは世界観の"するどさ"であろう。

〈ナルニア国〉年代記をあえて"善が悪に勝利する物語"と単純化して定義するならば、『指輪物語』もまた同じように——指輪を捨てるという行為が際立ってはいるものの——"善"が"悪"に勝利する物語である。ただし『指輪物語』における"善"は、選択をひとつまちがえれば"悪"に踏み込む危険性をもつものとして描かれている。

一方、〈ゲド戦記〉シリーズには特定できる"悪"はない。一見"悪"のように見える者でも——たとえば"影"も、外国人も、ドラゴンも——否定され、駆逐されることはない。むしろ反対に、その者たちと自己との関係を考え直さざるをえないという展開になる。ちょうど、光が闇をつくるように、闇があってこそ光が存在するように、「一見対立しているように見えるものは、じつは相互に関連しあっているのだ」という思想が強調されるからである。

したがって、〈ゲド戦記〉シリーズの登場人物の行為は、結果よりもそこにいたる過程そのものが、作品の"哲学"との関係で重要になってくる。

楽観的な雰囲気
ほとんどの登場人物は、"現実"のイギリスの鉄道事故で死去し、"ほんとうのナルニア"で再会する。その様子は、「休暇が始まったのだ」（The Last Battle 183）と喜びにあふれている。

はじめに

「3大ファンタジー」という命名によって知名度があがったことは喜ばしいことなのだろうが、〈ゲド戦記〉シリーズは、その出自も内容も、ほかの2作品がたがいに異なっている以上のレベルで、これらの作品とは毛色がちがったものであることを、最初に強調しておきたい。

さて、この3作品は、いずれも最近映画化された。

本を読むことが、その作品にたいする自分なりの"読み・解釈"を行使する行為であるならば、映画化というのは、映画の製作者が、独自にもった"読み・解釈"をもとにして異なる媒体である映画を「新たに創作する」ことを意味する。

映画は基本的に"視覚的"なもので、映像によってそこに提示される「ことば」の意味が限定されるという特性をもつ。これは、同じ「ことば」でも読む人によってまったくちがったイメージをもつことを許される"本"という媒体とは大きく異なっている。

そして、映画作品の原作が有名な場合、原作を読んだことのある観客は、必ずといっていいほど原作と比べて映画の評価を決める傾向がある。この場合、**原作を忠実になぞって映画化された作品が高い評価をもつとは限らない**。映画化作品の最高の賞讃とは、「映画のほうが、原作以上によかった」、あるいは「原作もよかったけれども、映画もよかった」という感懐ではないだろうか。

原作を知っている観客は、原作の"核"となるものがないがしろにされたり否定される映画には、寛大ではない。多くの場合、映画の製作者がいかに原作を換骨奪胎して新たなものを創りだしたのかという観点で、その作品の評価を決めるのである。

この点から見ていくと、ジブリ映画「ゲド戦記」の少年

原作を忠実になぞって映画化された作品が高い評価をもつとは限らない
たとえば、映画「ハリー・ポッターと賢者の石」は原作者の強いコントロールのもとで製作されたが、見事なまでに原作世界より小さく、ちんまりとおさまってしまった。

アレン（Arren）の設定が原作とかなり変えられたことは、大いに期待がもてる点であった。

原作のアレンは、17歳のときに父王の使いとして魔法使いの学校であるローク学院にやってきた、育ちのいい少年である。そして、ゲド（Ged）といっしょに旅をするなかで鍛えられ、ハード語圏を束ねるハブナーの玉座につく。その後、彼はレバンネン（Lebannen）王として困難な行政運営に苦労するのだが、理性的で忍耐強い。

そんな彼がはじめて**感情を露わにする**のは、隣国カルガドから王女がおくりつけられてきたときで、そのとき彼の年齢は30を超えていた。

いわゆる「よくできた青年」だった原作のアレン像にたいして、映画においてのアレンは、17歳のときに父王を刺す。文字どおりの"父殺し"をするのだ。
"均衡"という概念や、「真の名」「不死の誘い」という原作特有の要素をとり去って説明すると、映画の物語骨子はおおむね次のようになる。

つまり、家出した少年が親切な男に拾われ、擬似家庭と自然のなかでの労働を経験する。その過程のなかで自分よりも気の毒な境遇だけれど一生懸命生きている少女テルー（Therru）との交流が生まれ、このことをとおして、さらなる悪の誘惑を退け、自身の問題に向きあおうという気になる――。

それは、「原作の換骨奪胎」というよりも、「まるっきり別の話」といったほうがいいかもしれない。

結論からいうと、残念ながら**ジブリ版「ゲド戦記」**は、その冒頭におけるドラゴン同士の戦いやホート・タウンの

感情を露わにする
レバンネンは、カルガドのソル(Thol)王との平和外交を根気強くすすめていたが、それにたいするソル王の返事は、自分の娘をレバンネンの許におくり、結婚をせまるというものだった。ソル王は、レバンネンの誘いに思いもよらない策を示したのである。たいしてレバンネンは、カルガドからの文書を破って、「ソルとカルガドを滅ぼしてやる（I will destroy Thol and his kingdom）」（Wind 70）と激しく怒った。

ジブリ版「ゲド戦記」
「ゲド戦記　TALES from EARTHSEA」
公開：2006年
原作：アーシュラ・K．ル＝グウィン『ゲド戦記』（清水真砂子訳、岩波書店刊）
原案：宮崎駿『シュナの旅』（徳間書店刊）
脚本：宮崎吾朗、丹羽圭子
監督：宮崎吾朗
音楽　寺島民哉
プロデューサー：鈴木敏夫
制作：スタジオジブリ

風景描写がすぐれていた以外、けっして満足できるできばえではなかった。アレンの設定を変えるという試みは失速し、ある意味、"自滅"してしまったように感じられた。

　映画化が失敗した原因は、大きくわけて2つあるのではないだろうか。

　1つは、映画技法に関するものである。
　まず、原作世界での特異な約束ごと——たとえば「真の名」「均衡」「影」——を全部説明しようとするあまりに生硬なままセリフにしてしまったことで、発せられることばが空虚になり、浮いてしまったことがあげられる。ことばが文脈のなかにきちんと入れ込まれていないのである。
　しかも、表情豊かな人間が演技するのではなく、のっぺりとしたアニメ・キャラクターに複雑な概念をしゃべらせたので、事態はさらに悪くなった。「説明つきの活劇」あるいは「説教つきの格闘」といった様相を呈することになってしまったのだ。
　少なくとも、この映画のなかでは「真の名」については省略できたのではなかろうか。映画での扱いは、「アレンが魔法使いクモ（Cob）に薬を飲まされていわされる」「影アレンがテルーにいう」という2か所だけで、しかも「真の名」を知る過程は、まったく魔法と関係がないことになっている。
　また、視点の混乱も見られた。映画は、たしかにアレンを中心人物にすえて物語をすすめている。しかし、アレンがなぜ父を刺すにいたったのか、**具体的なことは何も語られない**。このため、観客はアレンに感情移入することができず、宙ぶらりんな状態におかれてしまう。
　アレンは「父はりっぱな人だよ。だめなのはぼくのほう

具体的なことは何も語られない
ただし、ある層の観客にはこれが魅力的だったようだ。杉浦由美子は『腐女子化する世界』で、「普通は脚本の『穴』とされる部分だが、そこを腐女子は自分の想像で埋めていくことを好む。……物語を妄想することこそが、腐女子の物語の消費の仕方なのだ」と述べている（中公新書ラクレ、2006　54）。

さ。いつも不安で、自信がないんだ」と告白しているのだが、その思いが人を刺そうとするところまで膨らんでいくには、なんらかの契機があったはずではないか。たいせつな部分が描かれていない。

　加えて、「ゲド戦記」という映画の題名から当然予測されるゲドの位置づけと実際の内容との背離も、観客をとまどわせる。映画のなかで「ゲド」と発せられるセリフは、たった1回しかない。この映画がだれの話なのか、はっきりしないのである。

　そのほか、"均衡"が破壊されている象徴としての冒頭のドラゴンの戦いと、テルーが魔法使いクモに捕らえられて殺されそうになり、ドラゴンに変身する意味がうまく結びつかないことも、わかりにくさの一因だ。前者は、ドラゴンが人間の住む場所に現れるということ、しかも共食いをしていることという2つの点で、アースシー世界の"均衡"が破られている状況の例証とされる。これはこれで納得できるとしても、後者が示すテルーの"秘められた力"がなぜドラゴンという姿につながるのか、それが映画からはわからない。

　そして、映画のなかでアレンのあとを追いかけてくる"影"は、人間の意識が"抑圧した部分"というよりも、明らかに"良心"であろう。つまり、生身のアレンは良心をどこかにおいてきてしまい、その良心が影アレンとして生身のアレンを追いかけているのである。

　作画監督の稲村武志は、「キャラクターのなかでいちばん難航したのはアレンです。……思い切って……監督に話をしました。……そのとき監督から『この少年は影なんです』という話が出たんです。追いかけてくる影こそが光であって、いまのアレンのほうが『影』であると。それでようやく整理することができまして、描く方向を決める

はじめに

ことができました」(スタジオジブリ『The Art of TALES From EARTHSEA ゲド戦記』60) と述べている。しかし、なぜアレンが2つにわかれたのかは、これを読んでもわからない。

原作者ル＝グウィン自身もこのことは問いかけ、「われわれのなかにある闇は、魔法の刀をふることによって排除することはできない (The darkness within us can't be done away with by swinging a magical sword)」("Gedo Senki, a First Response") と述べているが、"影"を、名称はそのままに"良心"に読み替えたため、原作『影との戦い』におけるクライマックスである"認めたくないものを排除せずに、わがものとして受け入れる"こと自体が**表現できなくなってしまった**からであろう。

2つ目の失敗要因は、原作〈ゲド戦記〉シリーズ4作目の『帰還』(Tehanu) を物語の背景として用い、それに3作目の『さいはての島へ』(The Farthest Shore) のあらすじを無造作に投入したことだ。

原作の『帰還』は、ゴント島で暮らすテナー (Tenar) とテルーの許に、やるべきことをやって力を失ったゲドが帰ってくる一方、島内の領主の館には魔法使いのアスペン (Aspen) がいて、領主の命を長らえさせているという設定になっている。

映画は、アスペンをクモに替えて、『さいはての島へ』におけるゲドとアレンの旅を導入したのである。

原作から物語の流れを読むと、たしかに3作目と4作目は重なりつつ連続していると考えられる。しかし、『帰還』はそれ以上に、シリーズの大きな転換点となる作品だ。つまり、前半3部作の続きを語りつつ、同時に前半3部作を見直し、語り直したり語りほぐすという機能をもっているのである。

表現できなくなってしまった
このほか、テナーの農場で、「なぜ農作業をするのか」とゲド自らが問いかけながら、話が均衡概念に移行し、その問いへの答えはついに述べられないこと、「ローク」「両界」あるいは「アチュアンの墓所」といったことばが唐突に出てきたり、「ほかの人が他者であることを忘れ、自分が生かされていることを忘れているんだ」という意味不明な会話部分があることなども、気になった箇所である。

だから『帰還』でのテナーは、映画のように「あたしを光のなかにつれだしてくれたんだわ」とゲドに感謝するのではなく、「あの迷宮では、わたしたちのどっちがどっちを救ったんだっけ、ゲド？（"Which of us saved the other from the Labyrinth, Ged?"）」(*Tehanu* 47)と問いかける。

また、『帰還』でのテルーは、虐待され、レイプされ、頭の右半分と右手に骨まで達するやけどを負わされたことで、いっさいの感情を表さない石のような子どもとして登場する。映画のように、「命をたいせつにしないやつなんか、大きらいだ」と叫ぶことは、まず考えられない。さらに、「生きて次のだれかに命を引き継ぐんだわ……そうして命はずっと続いていくんだよ」というテルーのセリフも、子どもの発言としてはいささか不自然だと感じざるをえない。他人に教訓を与えるどころか、テナーとのあいだにかろうじて「くもの巣のような橋（a bridge of spider web）」(*Tehanu* 142)でつながっている状態なのだ。

映画におけるテルーの造形は、彼女の境遇の悲惨さと比べて自らの問題がいかに卑小であるかを、アレンに気づかせるために使用されている。このようなまなざしはあまりにも無神経で、驚かざるをえない。

『帰還』の原題は"*Tehanu*"であり、これはテルーの「真の名」をさす。つまり、テルーという虐待された少女をどのようにとらえるのかが『帰還』における要諦なのだが、映画はこれを見事にはずしているといえよう。

換言すれば、映画「ゲド戦記」は、父子関係、男同士の関係を当然のごとく主軸にして描いているが、原作シリーズは『帰還』で大きく方向転換をしているのだ。**原作の核であるこの認識の欠如**こそが、映画化失敗の決定的要因ではないだろうか。

原作の核であるこの認識の欠如

米国のSci Fi Channelミニシリーズで2004年に放映された"Legend of Earthsea（「ゲド　戦いのはじまり」）"は、監督が初体験だった宮崎吾朗に比べると映画製作には慣れているのか、原作を舐めているような感じがした。『影との戦い』と『こわれた腕輪』とを、原作にない何人かの人物を登場させることでつないでいるのだが、じつに俗っぽいつくりになっている。これに比べれば、ジブリ映画の全編を流れる静謐な雰囲気は、好感がもてた。

本書は、ジブリ映画とは反対に、第4巻『帰還』がシリーズのなかで果たした役割を重くとらえながら考察をすすめる。したがって、映画ではアレンやゲドとの関係性においてしか描かれなかったテルーやテナーに焦点をあてる。また、彼女たちとつながりが深いドラゴンや外国文化も分析する。そしてそのうえで、ゲドの人生をふりかえってみたいと思う。

　本書の試みが「魔法の力を失ったゲドは格好悪い」「〈ゲド戦記〉シリーズは前半だけがおもしろい」といった感想にたいしてのなんらかの問いかけになれば幸いである。

＊　　＊

　本書で引用した書物のうち、翻訳があるものに関してはその邦書名を使ったが、本文に関しては、文脈との関係上、拙訳を使用した。また、ル=グウィンの文章に限って原文も並置した。しかし、〈ゲド戦記〉シリーズの登場人物名については、混乱を避けるために、岩波翻訳版の名前をそのまま使わせていただいた。さらに、登場人物名は、通称名であれ「真の名」であれ、シリーズのなかで多く使われているほうを使用するが、アレンとテルーに関しては、どちらか一方にするとかえって混乱するため、レバンネン（アレン）、テルー（テハヌー）など、どちらかを括弧に入れる記述をしたところもある。くどい気もしないではないが、お許しいただきたい。

引用文献
Le Guin, Ursula K. "Gedo Senki, a First Response" http://www.ursulakleguin.com
——. *Tehanu*. N.Y.: Puffin, 1990.
——. *The Other Wind*. N.Y.: Harcourt, 2001.
Lewis, C. S. *The Last Battle*. London: The Bodley Head, 1956.
スタジオジブリ『The Art of TALES From EARTHSEA　ゲド戦記』スタジオジブリ、2006

もくじ

〈アースシー〉世界の地図　16

〈アースシー〉世界の地図　解説　18

〈アースシー〉世界の歴史　19

主な登場人物　22

第1章　〈ゲド戦記〉の世界　　　　　　　　　　　　　　25

作者アーシュラ・K・ル＝グウィンについて　26
育った環境／妊娠中絶／作家として／批評との関係／変化を是認

〈ゲド戦記〉シリーズの特徴　35
〈ゲド戦記〉シリーズとは／〈ゲド戦記〉の斬新さ／前半3部作の"伝統性"と"革新性"／シリーズ第4作の登場

第2章　〈ゲド戦記〉シリーズにおけるドラゴン表象　　　47

ドラゴンとは　49

イエボー　51

オーム・エンバー　54

ドラゴンの"道理"　55

カレシン　59

女であり、ドラゴンである存在　63

ドラゴンと死者の国ドライランド　67

分割と再結合　71

第3章　見直すテナーと見直される世界　　　　　　　　　75

『こわれた腕環』──母から脱出する娘　76
アチュアンの墓所／名なき者たち／食われし者／3人の母／テナーの脱出／テナーの逡巡／異文化を背景とした男女の物語／エレス・アクベの腕輪

アースシーの改訂『帰還』　96
18年後の続編／女の視点／テナーの変遷／テナーによる見直し／新しい自己形成／『帰還』の意義

第4章　死者たちの解放へ　　　　　　　　　　　　　　125

死者の国の解放　126

死と宗教　129

死の様相の変化　132

子どもの文学における死の表象　133

死のタブー　135

死者の国ドライランド　136

死者と魔法　139

『さいはての島へ』の2つの論理　142

変化の時代　143

ロークとパルン　144

カルガドの死生観　145

「永遠」の考え方　147

死者の願いとドラゴンの怒り　148

ドライランドの消滅　150

新しい死の文化創造　153

第5章　カルガドからの問いかけ　157

『ゲド戦記外伝』の特徴　158

「トンボ」　163

『アースシーの風』の舞台　165

ドラゴン会議　166

アイリアンの身体　170

「バッファローの娘っこ」のマイラ　172

ハイブリッドな存在　175

コヨーテの造形　176

レバンネンの怒り　178

セセラクの"あきらめ"　181

理解への道　183

新しい解決方法　185

第6章　ゲド　　189

『老子』の功罪　191
複眼と相互関係／ル＝グウィンの老荘理解／陰と陽／生死と陰陽／無為のすすめ／無為と魔法

『影との戦い』という作品の"影"　207
"影"の予兆／"影"を呼びだす／"影"とは何か／ネマールの死／"影"を認める／『影との戦い』と女性／3人の女性／"英雄"という生き方／なすべきことをしたあとで

『アースシーの風』のゲド　226
ゴント島／アドバイザー／老境のゲド

おわりに　235

人物・地名・事項一覧　239

引用・参考文献　241

あとがき　246

〈アースシー〉世界の地図 解説

■カルガド四島
ハートハー　ソル王の娘セセラクの出身地。翼のないドラゴンが生息。ドラゴンと人の「ヴェダーナン」に関する伝承がある。
アチュアン　テナーの出身地。墓所には、古い順に「玉座の神殿」「兄弟神の神殿」「神王の神殿」がある。
カレゴ・アト　『さいはての島へ』『帰還』『トンボ』『アースシーの風』の「様式の長」アズバーの出身地。ユパンの王、アワバスの神官、そして神王へと支配が変遷する。1058年現在はソル王が掌握。

■ハード語圏
ゴント　ゲド、オジオンの出身地。アチュアンを脱出したテナーも住む。
ウェイ　アイリアンの出身地。大賢人ジェンシャーは、ロークに「シリエスの石」を持参した。
イフィッシュ　ゲドの友カラスノエンドウ、『アースシーの風』の「呼びだしの長」ブランドの出身地。
エンラッド　モレドやレバンネンの出身地。ベリラは前首都。エルファーランとともに沈んだソレア島は、南のエア海にあった。
タオン　ハンノキの出身地。
オスキル　ゲドがローク学院に入学した当初の大賢人ネマールの出身地。セレットが住んだテレノン宮殿には、「テレノンの石」があった。言語や信仰が特異。ほかのハード語圏の人びとと比べ、肌の色が薄い。
パルン　セベルの出身地。パルンにおける魔法に関する考え方は、ロークとは異なっている。魔法使いクモは、パルンの知恵の書を用いて、生と死の境界を開けた。
ハブナー　アーキペラゴ暦158年以来の首都。マハリオンの死去から長年玉座が空だったが、現在レバンネンが即位。テハヌー（テルー）は王に依頼され、オン山でドラゴンに呼びかけた。また、同島には太古の力の強い場所「オーランの洞窟」があるが、人びとからは忘れられている。
ローク　ローク山とまぼろしの森があり、島全体が太古の力の中心地でもある。魔法使いの学校ローク学院がある。
ペンダー　ドラゴンのイエボーが占拠するが、ゲドによって退散させられる。
セリダー　西の果ての島。エレス・アクベとドラゴンのオームが戦って、ともに死去。ゲドとアレン（レバンネン）を案内したオーム・エンバーもここで死んだ。

〈アースシー〉世界の歴史

約2000年前　天地創造をうたった『エアの創造』がハード語になる。

　　　　　　エンラッドの王・女王の時代（エンラッド島のベリラが都）。

約1200年前　最古の地図が描かれる。

アーキペラゴ暦※
元年　　　エンラッド家傍系出身の魔法使い、モレドが王になる。
3年　　　モレドがソレア島のエルファーランと結婚。〈腕輪〉※が贈られる。
8年　　　「モレドの敵」と呼ばれる魔法使いが、モレドに戦いを挑む。双方死ぬ。
　　　　　津波によって、ソレア島とエルファーランは沈む。ふたりの子どものセリアドは助かる。

　　　　　7人の王・女王の時代。エンラッドに都。

158年　　ハブナーに遷都。

　　　　　14人の王・女王の時代。エンラッド・シリエス・エア・ハブナー・イリーンの5つの公国ができる。

　　　　　魔法使いアスが、"名づけ"に関しての本を編む（ポディ島を経て、現在はローク学院隠者の塔に）。巨大なドラゴンのオームと戦い、死ぬ。

600〜700年前　カルガドに、天空神の宗教が始まる。この神を最上位にすることで、双子神への信仰や土着の信仰を融合、神官たちが力をもち始める。
　　　　　カレゴ・アトのユパンの一族がカルガドの200以上の王国を支配下におく（都はユパン）。

400年　　イリーン家出身のヘル女王に、モレド家出身の夫から〈腕輪〉が贈られる。

430年　　マハリオン即位　親友の魔法使いエレス・アクベとともにカルガドと戦い、全艦隊を破壊する。
　　　　　エレス・アクベが「火の王」という魔法使いと対決し、これをくだす。
　　　　　オームとドラゴンが西の島々に火の攻撃を開始する。
440年　　マハリオンはドラゴンとの戦いに向かう一方、エレス・アクベをカルガドに派遣。エレス・アクベはヘルから〈腕輪〉を受けとり、カルガドのソレグ王の許にいく。

| | このころ、カルガドではユパンの王とアワバスの神官が対立しており、祭司長インタシンは、〈腕輪〉を破壊し、エレス・アクベを倒す。しかし、ソレグ王の姫に助けられ、彼女に〈腕輪〉の半分を与える（もう半分は、のちにアチュアンの宝庫にしまわれる）。エレス・アクベ、セリダーでドラゴンのオームと戦う。両者、死ぬ。 マハリオン、エレス・アクベの剣をハブナーの塔に掲げる。 |

452年　マハリオン死す。

　　　　カルガド、アワバスの神官の支配下に。双子神の祭司長が神官王となる（都は、アワバス）。

　　　　ハード語圏は王が決まらず、群雄割拠の暗黒時代。領主・都市国家・海賊などのたえまない抗争。魔法は戦いの手段となる。

600年ごろ　「手の人びと（魔法の理解、倫理的使用と教育に関心のある人びと）」のゆるやかな同盟がローク島で生まれる。ワトホートの軍閥に攻撃され、ほとんどの成人男子を失うが、同盟の思想はじょじょにほかの島に伝わっていく。

650年ごろ　ローク島のヤハン・エレハル姉妹とメドラが、「手の人びと」とともに魔法使いの学校ローク学院を設立。ハブナーのテリエルの攻撃を破る。
　　　　＊『ゲド戦記外伝』「カワウソ」
　　　　魔法は知の体系へとかたちづくられ、道徳的・政治的目的によって統制される一方で、太古の力や女性の魔術は、悪とみなされるようになる。

730年　初代大賢人ハルケル、ローク学院から女性を追放。

　　　　ローク学院と大賢人が、ハード語圏で王に代わる役割を果たすようになる。

840年　カルガドの政変。片方を殺した神官王のひとりが、自らを「天空の父の化身」だと宣言。神王となる。

980～90年ごろ　ゲド誕生
　　　　ゴントに地震がおきる。
　　　　＊『ゲド戦記外伝』「地の骨」
　　　　＊『影との戦い』ゲド、ユパンに住むソレグ王の末裔から〈腕輪〉の半分をもらう。

〈アースシー〉世界の歴史

1018年ごろ※ ＊『こわれた腕輪』ゲドとテナー、アチュアンの宝庫から〈腕輪〉のもう半分を見つけ
　　　　　　　出し、ハブナーにもって帰る。
　　　　　　＊『ゲド戦記外伝』「湿原で」
　　　　　　＊『さいはての島へ』『帰還』
1043年ごろ　レバンネンが王位につく（都は、ハブナー）。
1050年ごろ　＊『ゲド戦記外伝』「トンボ」
　　　　　　ハートハーの将軍ソルがアワバスに攻め込み、カルガドの王となる。
　　　　　　ソルは、娘セセラクをレバンネンの許におくる。
　　　　　　＊『アースシーの風』
1058年　　　現在

※アーキペラゴ暦は、モレドが玉座についた年をその紀元としている。
※〈腕輪〉とは、モレドがエルファーランに贈ったもので、それをエレス・アクベが"平和の印"としてカルガドにもっていった。したがって、「モレドの腕輪」「エルファーランの腕輪」「エレス・アクベの腕輪」と呼ばれる。レバンネンとセセラクの結婚により、セセラクの腕を飾ることになった。
※「1018年ごろ」の根拠：「約40年前、ロークのハイタカとアチュアンのテナーが、壊された腕輪を直したのだった」というレバンネンのことば（Wind 68）から。
　しかし、マハリオンの死後800年間、玉座が空だったといわれていることをそのままあてはめれば、レバンネンが王になったのは452＋800＝1252年となり、計算があわない。また、『さいはての島へ』での「モレドが世を去って2000年たっていた」（Shore 28）という記述とも矛盾している。

主な登場人物

ゲド Ged──『影との戦い』『こわれた腕輪』『さいはての島へ』『帰還』『ゲド戦記外伝』の「湿原で」("On the High Marsh")『アースシーの風』
通称「ハイタカ」「タカ」。ゴント島生まれ。魔法の才能に恵まれ、魔法使いの学院ロークで学ぶ。ドラゴンと話すことができる"竜王"であり、カルガドのアチュアンから、エレス・アクベの腕輪をもち帰るなどの偉業を行う。ローク学院の大賢人のとき、生と死の両界の扉を閉めるために魔法の力をすべて使い切る。ゴントに戻って市井の男として生き直す決心をし、テナー、テルー(テハヌー)と暮らす。その後は公の場所に出ることを拒み続けるが、適切な問題提起をして、ドラゴンの東進問題の解決に貢献する。

テナー Tenar──『こわれた腕輪』『帰還』『アースシーの風』、『さいはての島へ』ではゲドによって言及される
アチュアンでは「アルハ」、農夫と結婚してからは「ゴハ」と呼ばれる。カルガドのアチュアン生まれ。5歳のとき、アチュアンの墓所の大巫女の生まれ変わりとして両親から引き離され、のちに「食われし者」アルハとして「名なき者たち」に仕える。地下の迷宮で、エレス・アクベの腕輪の割れた半分を求めて潜入してきたゲドと遭遇、アチュアンから脱出する。オジオンの許に一時寄寓するが、農夫と結婚してふたりの子どもを育てる。夫と死別したあと、少女テルーを引きとり、力を使い果たしたゲドの世話もするが、その過程で、自らも変わっていく。ゲドやテルー(テハヌー)と家族として暮らしていたが、レバンネン王の会議に出席。カルガドの王女セセラクと親しくなり、彼女との対話からドラゴン問題の解明に寄与する。

オジオン Ogion──『影との戦い』『帰還』『ゲド戦記外伝』の「地の骨」("The Bones of the Earth")、『こわれた腕輪』『さいはての島へ』ではゲドによって言及される
真の名は「アイハル」。ゴントの寡黙な魔法使い。師ヘレス(ダルス)とともに、ゴントの地震を静める。ゲドの才能を見出し、教え、世話をする。ゲドがオスキルから逃げ帰ったときに助言を与えた。臨終の際、テナーがつき添ったが、そのとき予言めいたことばを残す。

テルー Therru〈テハヌー Tehanu〉──『帰還』『アースシーの風』
「テルー」は、テナーが名づけた"燃える"を意味するカルガド語。のちに、真の名は「テハヌー」で、しかもドラゴンのカレシンの娘であることがわかる。男ふたり女ひとりの浮浪者とともに生活していたが、虐待されていた。ひどいやけどを負ったのち、テナーに引きとられる。魔法使いアスペンからテナーとゲドを救う。レバンネン王の要請でドラゴン会議に出席、ドラゴンに呼びかける。死者の国ドライランドの石垣がなくなったのち、ドラゴンの姿になり、西の果てにいってしまう。

アレン Arren〈レバンネン Lebannen〉──『さいはての島へ』『帰還』『アースシーの風』
エンラッド公国の王子。モレドとエルファーランの子孫。「アレン」は通称、「レバンネン」は真の名。

王となってからは真の名を名のる。王子のとき、父王の使いとして大賢人だったゲドに会う。ゲドとともに死者の国ドライランドにいき、生還する。これはマハリオンの予言が成就されたことを意味し、レバンネンは800年間空席だったハブナーの玉座に迎えられる。カルガドにたいして根気強く平和交渉をしていたが、カルガドの王に娘セセラクをおくりつけられて激怒する。その後、ドラゴンの束進問題を解決する過程でセセラクの勇気に感心し、ついには結婚する。

トリオン Thorion──『さいはての島へ』『ゲド戦記外伝』の「トンボ」("Dragonfly")、『ゲド戦記外伝』の「湿原で」ではゲドによって、『帰還』ではレバンネンによって、言及される
ゲドが大賢人のときの「呼びだしの長」。ゲドとアレンが死者の国ドライランドの奥へとすすんでいるとき、帰り道がわからなくなったトリオンに遭遇する。ゲドたちがドラゴンに乗ってロークに戻ったとき、トリオンは病床からおきだしてくるが、その後、死ぬ。しかし、魔法を使って生きかえり、大賢人になろうと画策する。アイリアンとの対決後、彼は地面に崩れ落ちる。もう、人としての姿は消えていた。

アズバー Azver──『さいはての島へ』『帰還』『ゲド戦記外伝』の「トンボ」『アースシーの風』
カルガドのカレゴ・アト出身の「様式の長」。もともとは戦士だったが、魔法を学びたくてロークにくる。アイリアンがロークにきたときには、彼女をまぼろしの森に住まわせた。ドラゴン束進の問題は、このまぼろしの森で解決された。

アイリアン Irian──『ゲド戦記外伝』の「トンボ」『アースシーの風』
ウェイ島出身の娘。自分の力を知りたいという強い気持ちにつき動かされ、男装してロークにくる。ちょうどトリオンを大賢人にするかどうかで、長たちが割れているときだった。トリオンとの対決時にドラゴンに変身し、西に去っていく。ドラゴンが束進し始めたとき、テハヌーの求めに応じてドラゴン会議に出席。死者の国ドライランドの石垣が崩されたのち、カレシン、テハヌーとともに、西に去っていく。

カレシン Kalessin──『さいはての島へ』『帰還』『アースシーの風』
もっとも年長のドラゴン。ゲドによると、性別も不明だという。テルー（テハヌー）は「セゴイ」と呼びかけたことがある。死者の国ドライランドを通過して生還したアレン（レバンネン）とゲドを背に乗せて、ローク、ゴントへとおくった。ゴントではテナーに会い、挨拶をする。ゲドとテナーが魔法使いアスペンに囚われたとき、テルー（テハヌー）の呼びかけに応じやってきて、アスペンを滅ぼす。ドライランドの石垣が崩されたのち、西へと去っていった。

第1章 〈ゲド戦記〉の世界

〈ゲド戦記〉シリーズは、原題は〈アースシー（Earthsea）〉シリーズ、あるいは近年〈アースシー〉サイクルとも呼ばれている作品群で、全部で6冊ある。シリーズの邦題が〈ゲド戦記〉とされたのは、第3作までがゲド（Ged）の物語だったからだが、第4作以降そうともいえない展開になったことから、シリーズ名や各巻の邦題とその内容が少し離れる現象がおきている。とくに第4作の邦題と原題のずれは著しい。

各巻の邦題、原題、初版発行年は、次のとおりである。
①『影との戦い』（A **Wizard** of Earthsea, 1968）
②『こわれた腕環』（The **Tombs** of Atuan, 1971）
③『さいはての島へ』（The Farthest **Shore**, 1972）
④『帰還』（**Tehanu**, 1990）
⑤『ゲド戦記外伝』（Tales from **Earthsea**, 2001）
⑥『アースシーの風』（The Other **Wind**, 2001）

また、翻訳版は『アースシーの風』のほうが『ゲド戦記外伝』よりはやく出版されたが、原書は短中篇集『ゲド戦記外伝』の発刊が半年はやい。そして、『ゲド戦記外伝』の最後におさめられている「トンボ」（"Dragonfly"）は、『帰還』と『アースシーの風』を結ぶ作品でもある。

この章の目的は、〈ゲド戦記〉シリーズの概説である。まず作者を簡単に紹介したうえで、当シリーズの特徴を述べていきたい。

●●●●●●●●●●●●
作者アーシュラ・K・ル＝グウィンについて

育った環境
　アーシュラ・K・ル＝グウィン（Ursula K. Le Guin）は、1929年10月21日、アメリカのカリフォルニア州バーク

本書における各作品からの引用を記述するにあたっては、右に示した原題の太字部分を使用している。

『ゲド戦記外伝』
邦訳の発行元である岩波書店は、シリーズの文庫化にあたって『ゲド戦記外伝』を『ドラゴンフライ』と改題している。同書におさめられている「トンボ」も、「ドラゴンフライ」とした（2009年）。
本書では、初版のタイトルをそのまま踏襲して記述する。

レーで生まれた。父は、アメリカ先住民の研究で著名な文化人類学者の**アルフレッド・クローバー**であり、母は、臨床心理学の修士号をもつ作家の**セオドーラ・クローバー**である。

彼女の家庭は、ひとことでいえば「わたしたち（us）」と「すべての人々（everybody）」を混同させない（Le Guin, *The Wave in the Mind* 241。以下、同書は*Wave*と略記する）環境だったといえるだろう。"ちがい"を意識して、それを無視するのではなく、"好奇心をもつ""肯定する"といった雰囲気があふれていたようだ。父は幅広い関心の持ち主で、学者たちが訪ねてくると必ず夕食の席での討論となったという（*Wave* 172）。

宗教とは無縁に育った（*Wave* 55）ことに加え、世の中にはさまざまな考え方があることを、子どものときから肌で感じとっていたにちがいない。彼女自身、「わたしは、人類学者、インディアン、ナチスドイツからの亡命者、ふう変わりな民族学者のあいだで育った。家族がもっとも親しかった**友人はインディアン**で、毎年夏の6週間、いっしょにすごした（I grew up amongst anthropologists, Indians, refugees from Nazi Germany, crazy ethnologists. The best family friend was an Indian who came to stay with us for six weeks every summer.）」（Marilyn Yalom, *Women Writers of the West Coast* 72）とインタビューで語っている。

彼女を魅了した"ちがい"のなかで、本書に関係するのは次の2つである。

まず、アメリカ先住民に関することだ。**彼女の一家**は、夏休みをナパ・バレーの農場ですごすのを恒例としていた。ル＝グウィンはそこで、パパゴ族のファンが大人なのに自分の誕生日を知らないことに驚き、ロバートからはユ

アルフレッド・クローバー
Alfred L. Kroeber, 1876-1960
アメリカの文化人類学者。カリフォルニア先住民の宗教儀礼の研究が有名。著書に、*Anthropology*（1923）、*Handbook of Indians of California*（1925）などがある。

セオドーラ・クローバー
Theodora Covel Kracaw Brown Kroeber Quinn, 1897-1979
アメリカの作家・文化人類学者。シオドーラとも。夫のアルフレッドといっしょに仕事をした先住民ヤヒ族イシ(Ishi)の伝記が有名。著書に、*The Inland Whale*（1959）、*Ishi in Two Worlds*（1961）、*Ishi: The Last of His Tribe*（1964）などがある。

友人はインディアン
"Indian Uncles"によると、ここでいう「友人」とは、「パパゴ族のファン・ドローレスと、ユロック族のロバート・スポット(The two Indian friends ... are the Papago Juan Dolores and the Yurok Robert Spott)」（*Wave* 14）だった。母の著作で有名なイシは、ル＝グウィンが生まれる前に亡くなっている。

彼女の一家
ル＝グウィンには、3人の兄がいた。母と死去した前夫のBrownとのあいだにできたふ

たりの息子と、アルフレッドとのあいだにできたひとりの息子である。

イシ

1911年に北カリフォルニアで見つかったネイティブアメリカン。彼は、長いあいだ白人から隠れて生きてきたヤヒ族の、最後の生き残りだった（「イシ」という名前は、ヤヒ族のことばで「人」をあらわしている）。

白人世界に"迷い込んで"以降、彼は人類学博物館に住んで「入り込んでしまった新しい世界の生活について学びながら、学者や博物館への訪問者に、失われてしまった世界の生活を教える（learning the ways of the new world he had entered and teaching the ways of his own lost world to the scientists and to visitors to the museum.）」（Wave 10）という生活をしていた。しかし、1916年に結核にかかって死去した。

電報

「伝えてくれ。わたしに関する限り、科学なんてものはくたばってしまえと思っていると。わたしたちは、友人の味方をしたいと思っている（Tell them as far as I am concerned science can go to hell. We propose to stand by

ロック族の道徳的感情である「恥（Yurok moral sentiment, shame）」（Wave 19）を教わったという。また、父とロバートが英語とユロック語で語りあう姿を見るなどの経験をしている。ル＝グウィンはまだ先住民の歴史を学ぶ前だったのだが、後年、このときの父親とインディアンたちとの交流について、「父とインディアンの人たちとの友情は、まさに友情だった。いっしょに仕事をするうちに育まれ、個人的な好意と尊厳がその土台にあった彼らの友情には、保護も取り込みもともなわなかった（"His friendships with Indians were that; friendships. Beginning in collaborative work, based on personal liking and respect, they involved neither patronisation nor co-optation"）」（"Indian Uncles" Wave 12）と語っている。

　父の研究と母の著作で有名な、最後のヤヒ族**イシ**とのあいだにあったのも、同様の友情だったのだろう。先住民の多くの死の原因となった結核でイシもまた亡くなったときの、彼の死体解剖に反対する父アルフレッドの強い口調の**電報**がそれを証明している。

　ル＝グウィンは文化人類学者ではないし、もちろん父親と同一視してはならないが、たとえば母の書 Ishi in Two Worlds: A Biography of the Last Wild Indian in North America の日本語翻訳（行方昭夫訳『イシ──北米最後の野生インディアン』岩波書店）再版に寄せた序文や、「インディアンのおじさんたち」（"Indian Uncles" Wave）に流れる文勢には、父への深い共感が感じられる。アメリカ先住民文化への興味は、知的な刺激だけでなく、家族や自らの経験をとおして、彼女の人間性の深い部分とつながっているように思われる。

　彼女を虜にしたもうひとつの"ちがい"は、タオイズム（老荘思想・道教）だ。彼女はタオイズムを「非常に複雑な

第1章●〈ゲド戦記〉の世界

古代からの民間宗教で、2000年にわたって中国文化の主要な要素だった（an ancient popular religion of vast complexity, a major element of Chinese culture for two millennia）」（Wave 279）と説明しているが、この思想の中心のひとつである『老子』は、**父の愛読書**だった。

父は、ときどき本を開いてメモをしていた。何をしているのかと尋ねると、「自分の葬式のときに読んでもらいたい章を、書きとめている」と答えたのだという。

彼女はまず、その本の装丁に、それからその中身に魅了された。『老子』の内容については6章で詳しく考察したが、ル＝グウィンは「若いころに老子を見つけたことは幸運だった。彼の本と人生をおくることができたのだから（I was lucky to discover him so young, so that I could live with his book my whole life long.）」（Le Guin, *Lao Tzu Tao Te Ching* iv）と述べている。しかも、『老子』の解釈が翻訳者によってさまざまだったことから、「この本は西洋的理解を超越しているのにちがいない（the book must be beyond Western comprehension.）」（*Lao Tzu Tao Te Ching* 108）と考えるようになり、さらなる探求心に火がついたのではないだろうか。

長くこの書に興味をもち続け、とうとう69歳のとき、自分なりの解釈の集大成として1冊の本にまとめた。その歩みの基底には、家族の存在と、"ちがい"に興味をもつ家庭の雰囲気があったと思われる。

母親は、作家としては遅い出発だったものの、1961年に前述した *Ishi in Two Worlds: A Biography of the Last Wild Indian in North America* を出版して名声を確立した。ル＝グウィンは彼女に関して、「セオドーラは、その母や、西部開拓時代の後期に子ども時代をすごした強い女性たちから、女性の独立と自尊という強固な遺産を受け継いだ。

our friends.）」（Wave 12）という内容。しかし、父親がニューヨークから送ってきたこの電報も、イシの解剖をとめることはできなかった。

父の愛読書
Paul Carus の *Lao-Tze's Tao-Teh-King*（1898）のことをさしている。

……彼女は生涯を通じて、自分は歓迎されている存在だということ、女に生まれてよかったという確信を、娘のわたしに与えてくれた（Theodora had a firm heritage of female independence and self-respect. ... She made her daughter feel a lifelong welcome, giving me the conviction that I had done the right thing in being born a woman.）」（"Theodra" *Dancing at the Edge of the World: Thoughts on Words, Women, Places* 140。以下、同書は*Dancing*と略記する）と書き、外面的には伝統的な女性の役割を演じたように見える母の内奥を見据えて、評価している。また、これから論じることになる〈ゲド戦記〉シリーズの誕生は、母親の本を出していた出版社の依頼がその発端であったことも、忘れてはならないだろう。

妊娠中絶

クローバー家の末っ子であり唯一の娘として生まれ育ったル＝グウィンは、高校卒業後、アメリカ東部のラドクリフ・カレッジに入学、コロンビア大学で修士号を取得した。専門は、フランス・イタリアのルネッサンス期の詩。フルブライト奨学生としてパリ留学中の1953年に、フランスの歴史学者チャールズ・ル＝グウィン（Charles A. Le Guin）と結婚して**3人の子どもをもうける**。その後、長くオレゴン州のポートランドに住み、当地を多彩な作家活動の拠点としている。

"順風満帆"に思える彼女の歩みのなかで、ひとつ特筆すべきことがあるとすれば、妊娠中絶の権利獲得同盟ポートランド支部に依頼された講演で、大学時代の自らの妊娠中絶経験を語っていることだろうか。中絶が"犯罪"とされていたころの、当事者の孤独な苦しみと自分の**両親の行動**を語り、「妊娠中絶反対グループの目的は、生命の保護ではない」と看破する。「彼らが望んでいるのは管理だ。

3人の子どもをもうける
彼らは、チェロ演奏家、英文学教授、市場調査員になった。4人の孫にも恵まれた。（Le Guin, *Cheek by Jowl* 148）

両親の行動
両親は法を軽く考える人たちではなかったけれども、この件に関しては法を破る決心をした。娘の将来を考えるなら、それが正しいことだと思ったからである。彼らは中絶手術をする医者を捜し、「ニューヨークで最も高級な人工妊娠中絶医（"the highest-class abortionists in New York City"）」（*Dancing* 77）に高額な費用を払った。

つまり、行動を管理すること、女性を管理することなのだ（what they want is control. Control over behavior: power over women.)」("The Princess" *Dancing* 77-78）と述べるのである。

彼女のフェミニズムへの接近のおおもとは、アメリカ先住民文化、『老子』への関心の高さとともに、自らの体験に根ざしているのだといっていいかもしれない。

また、彼女はアメリカの**イラク介入に反対する態度**を明確にしたが、それは、"支配"の問題に敏感で、異文化にたいして謙虚な態度と好奇心を寄せているこの作家の基本的姿勢を考えるなら、十分にうなずけるものである。

作家として

多くの作家と同様に、ル＝グウィンもまた、幼いころから"書く"ことが生活の一部だった。何篇かの詩が雑誌に採用されたこともあった（Marilyn Yalom, *Women Writers of the West Coast* 72）。

ただし、小説家としての出発は、はやくはなかった。

それは、彼女の書く小説が「SFでもなければ、ファンタジーでもなく、かといってリアリスティックなものでもなかった（They were not science fiction, they were not fantasy, yet they were not realistic.)」(Le Guin, "A Citizen of Mondath" *The Language of the Night* 23。以下、同書は*Night*と略記する）ことが要因であった。アメリカで本を出版しようと思うなら、「カテゴリーにあてはまるものを書くか、評判になるか（You must either fit a category or "have a name".)」("A Citizen of Mondath" *Night* 23）しかなかったからだ。

それで彼女は"SF"というカテゴリーにあてはまるものを書き始め、1966年に『ロカノンの世界』(*Rocannon's World*)と『辺境の惑星』(*Planet of Exile*)が、翌1967年に『幻影の都市』(*City of Illusions*)が出版された。

イラク介入に反対する態度
2002年に「イラク戦争に反対する芸術家と作家の請願書」を提出したという。小谷真理は、2003年5月にアメリカ・ウィスコンシン州で行われたSF大会（WISCON27）に出席し、特別ゲストのル＝グウィンが「パネルなどでは、反戦デモに参加し、ブッシュ大統領にも投書したと怪気炎をあげていました」と報告している（「SFマガジン」2003年9月号）。

彼女の名声を確立したのは、SFである『闇の左手』(*The Left Hand of Darkness*, 1969) であるとともに、ファンタジー分野に分類される〈ゲド戦記〉3部作の成功であった。

いったん名声が確立されると、作品をカテゴリーにあてはめることから解放され、彼女の活動領域は、「SF、ファンタジー、子どもの本、文学、詩、文学批評、女性学」(Donna R. White, *Dancing with Dragons* 1) と、多岐にわたるものになっていった。そのなかでの主なものは、架空の宇宙を舞台にしたSFの〈ハイニッシュ・ユニバース (Hainish Universe)〉シリーズ、想像の王国を舞台にした『オルシニア国物語』(*Orsinian Tales, 1976*)、未来のカリフォルニアが舞台の『オールウェイズ・カミングホーム』(*Always Coming Home*, 1985) などの作品群であろう。また、子ども向けの文学に焦点をあてるならば、『いちばん美しいクモの巣』(*Leese Webster*, 1979)、『火と石』(*Fire and Stone*, 1989)、『赤い馬に乗って』(*A Ride on the Red Mare's Back*, 1992) などの絵本、羽のはえた猫を主人公にした〈空飛び猫 (Catwings)〉シリーズが4冊 (1990-99)、青春期に特有の問題を描いた『ふたり物語』(*Very Far Away from Anyone Else,* 1976) や『はじまりの場所』(*The Beginning Place,* 1980) などがあげられる。

批評との関係

多くのジャンルにわたって書くことに加えて、批評家や学者との関わりが強いことも、彼女の特徴だ。自らの内面世界に閉じこもる作家とは対照的に、批評家との対話を積極的に行い、自らも批評するという彼女の姿勢は、SFやファンタジー、子ども向けの文学など、それまでマイナーだったジャンルを表舞台に押しあげる役割を果たすことになった。また、ホワイト (Donna R. White) が「批評的な

『闇の左手』
1969年に出版されたこの作品は、ヒューゴー賞 (1953年創設。前年度に英語で発表された作品あるいは活動が対象となる。現存するSF賞のなかでもっとも歴史が古く、もっとも権威があるとされている)、ネビュラ賞 (アメリカSFファンタジー作家協会=SFWAが、過去2年間のうちにアメリカ合衆国内で出版・発表されたSF作品を対象に 毎年授与する文学賞) をダブル受賞した。

〈ゲド戦記〉3部作の成功
1960年代の後半は、ヒントン (S. E. Hinton) が『アウトサイダー』(*The Outsiders*, 1967) で大評判をとり、10代の読者向けの市場が非常に意識し始められた時代だった。そんななか、パーナサス出版社が、ル＝グウィンに若い読者向けの本を依頼した。その結果誕生したのが〈ゲド戦記〉3部作 (『影との戦い』『こわれた腕輪』『さいはての島へ』) だった。
『影との戦い』はボストン・グローブ＝ホーンブック賞を、『こわれた腕輪』はニューベリー賞銀賞を、『さいはての島へ』は全米図書賞を受賞した。日本では、清水真砂子の名訳に、ユング心理学者河合隼雄の批評もあいまって人気

第1章 ●〈ゲド戦記〉の世界

対話はル゠グウィンにとって影響を与えているので、作品理解やアメリカ文学における彼女の位置を知るうえで、批評知識は重要だ」(*Dancing with Dragons* 4）と述べるように、批評したりされたりすることの成果が彼女の作品の構成要素や養分となったことも忘れてはならない。

そして、このような姿勢が、SF世界の批判にもつながっていく。つまり、固定ファンをもっているがゆえに狭い世界に満足する傾向があるSF分野を危惧し、「わたしたちの大半が必要としているのは、誠実で真摯な文学批評、つまり、なんらかの基準である（What almost all of us need is some genuine, serious, literate criticism: some standards）」("A Citizen of Mondath" *Night* 24）と、読み手からの真剣な反応がないからこそ陥っているSF界の"よどみ"を憂えた。そして、「書くことは責任をともなう行為だ（writing ... is a responsive one.）」("A Citizen of Mondath" *Night* 25）と述べ、開かれた場に自らをおこうとする。

だが、このようにSFの自己ゲットー化を批判する一方で、「ゲットーの外には、一段高いところからSFを見下す批評家たちがいる（outside the ghetto, there are critics who like to stand above SF, looking down upon it ...）」("Escape Routes" *Night* 205）と、SFを低級でくだらないものにしておきたい勢力があることを認識している。

これは、SFばかりではなく子どもの文学にもあてはまることだが、ジャンルわけの背後にあるのは、**文学を「高級なもの」と「低級なもの」とに区別するヒエラルキー**なのである。ル゠グウィンは、この悪循環──自己ゲットー化と文学のヒエラルキー──にたいして、批評や対話を重視していくことで挑戦し続けている。

を博している。

〈ハイニッシュ・ユニバース〉
〈ハイニッシュ・サイクル（Hainish Cycle）〉とも呼ばる。先にあげた『闇の左手』のほかに『所有せざる人々』(*The Dispossessed*, 1974)、『世界の合言葉は森』(*The Word for World is Forest*, 1976) などが有名。

文学を「高級なもの」と「低級なもの」とに区別するヒエラルキー
このような階層構造のなかでは、「大衆的」「子ども向け」というレッテルをはられると、それは「低級なもの」を意味することになる。

変化を是認

　さらにル＝グウィンを特徴づけるのは、彼女が"変化していく作家"だということだ。

　評論集『夜の言葉』（The Language of the Night, 1979）は初版から10年後に改訂版が出るのだが、両者には主なちがいが2つある。ひとつは、**総称代名詞としての彼（he）**の使用をやめて、「they」「she」「one」「I」「you」「we」に変えたことだ。当初は強い抵抗感があったことを告白しながらも、「彼（he）は彼なのであって、それ以上でもそれ以下でもない（but finally admitted that he means he, no more, no less, ...）」（"Preface to the 1989 Edition" Night 2）という認識に到達したからには、女性という存在が消されてしまう旧来のやり方は二度としないと、ル＝グウィンはいう。

　また、この本におさめられた「ジェンダーは必要か」（"Is Gender Necessary?"）というエッセイに関しては、初版と改訂版を併置させて、自身の議論の変容を一目瞭然にした。つまり、ページの左半分に初版の文章（10年前の作者）を配置し、右半分では"いま"の作者が代名詞を直し、当時の考えを批評し、変更を加えたのである。

　これは、一方では「元のテクストを消し去るのは倫理に反する」と思いながらも、それでも当初のまま出版することはできなかった彼女の、一種の"妥協"の産物だろう。他人からの批評を恐れないだけでなく、自己批評にも潔さが感じられるが、**当然リスクを冒すことになる**。それでもあえて挑戦するこの作家の姿に、真摯さと自信だけでなく、変化をむしろ是認する気質を感じることができるのだ。

　ル＝グウィンは、学問的で進取の気性に富む環境に育ち、自らも学界と親しく関わる環境に身をおきつつ、多ジャンルにわたって書くとともに、自分の作品が介在する交流、

総称代名詞としての彼（he）
たとえば、"one""everyone""every teacher"などを受ける代名詞を"he"で代表させること。これは、英語という言語自体に組み込まれた性差別の例とされた。したがって、"he"のかわりに"he or she""she""（数の不一致はあるものの）they"を使用するなどのくふうがなされるようになった。

当然リスクを冒すことになる
作者自身、1989年の時点で、「1990年代に再び同じようなことをしなくてすむことを願っている（I do hope I don't have to do this again in the nineties.）」（"Preface" Night 2）と述べている。

書き手と読み手の相互作用にたいして、真摯に応えようとしている作家なのだといえるだろう。

〈ゲド戦記〉シリーズの特徴

〈ゲド戦記〉シリーズとは

　前述したように、〈ゲド戦記〉シリーズは、1968年から2001年にわたって刊行された6作品をさしている。便宜上、前半の3部作、後半の3部作というわけ方がされる場合もある。

　物語上の時間は、『影との戦い』『こわれた腕環』『さいはての島へ』と、順を追ってすすんでいく。そして、『さいはての島へ』と『帰還』は重なりつつ、前者から後者へと時が流れる。それは『こわれた腕輪』から25年後の話である（*Tehanu* 34）。さらに『アースシーの風』は『帰還』の終末から15年後に始まるが（*Wind* 10）、その中間に、『ゲド戦記外伝』の「トンボ」が挿入されている。

　これらの作品がシリーズの本流だが、シリーズ内外にも関連した物語が存在している。

『ゲド戦記外伝』におさめられた短・中編物語群は、シリーズ本流の幅を広げ、語り直し、補い、そして密かに批判する。

「地の骨」("The Bones of the Earth")は、『影との戦い』においてゲドがローク学院に出発する際に「10年前におきた」（*Wizard* 31）と述べているゴントの地震に関する話であり、「湿原で」("On the High Marsh")は、ゲドが大賢人（Archmage）だったころ——したがって『さいはての島へ』以前——におこった話である。また、「カワウソ」("The Finder")はゲドの時代より300年前を舞台としてお

り、ローク学院設立のいきさつが語られる。ほかに、時代の明示されない恋物語である「ダークローズとダイヤモンド」("Darkrose and Diamond")と、アースシーの歴史をまとめた「アースシー解説」("A Description of Earthsea")、そしてシリーズ当初の地図とは若干異なる、非常に古い地図も加わっている。

これら『ゲド戦記外伝』所収の物語群から透けて見えるのは、単純化とは対極にある、複雑で矛盾に満ちた、**多義的な"語り"** という志向性であろう。

こんどは、シリーズ外の作品に目を転じてみよう。

短編集『風の十二方位』(*The Winds Twelve Quarters*, 1975)所収の「名前の掟」("The Rule of Names", 1964)と「解放の呪文」("The Word of Unbinding", 1964)は〈ゲド戦記〉シリーズ開始以前の作品で、〈ゲド戦記〉シリーズは、これらを"種子"として成長した。前者に登場したドラゴンは、『影との戦い』にも顔を出している。

また、「バッファローの娘っこ、晩になったら出ておいで」("Buffalo Gals, Won't You Come Out Tonight", 1987)もシリーズ後半の幕開けであった『帰還』以前の短編で、作者が講演「アースシーを生きなおす」("Earthsea Revisioned")で言及したように、〈ゲド戦記〉シリーズを考えるうえで重要な作品といえよう。この作品の主人公である少女の描写は、〈ゲド戦記〉シリーズの後半で登場する"ドラゴンであり、かつ女である者たち"を理解するうえで、多くのヒントを与えてくれると思われる。

〈ゲド戦記〉シリーズの考察には、『影との戦い』から『アースシーの風』に向かう時間軸にそった物語と、『ゲド戦記外伝』におさめられた短中編集、そして、シリーズ外では

多義的な"語り"
この傾向は、前半の3部作からあった。『影との戦い』や『さいはての島へ』の巻尾には、異説がいくつか紹介されている。

第1章 ●〈ゲド戦記〉の世界

あるものの、関連の深い数編の短編にたいする目配りが必要なのである。

〈ゲド戦記〉の斬新さ

シリーズ1作目の『影との戦い』が出版された1968年は、ロイド・アリグザンダー（Lloyd Alexander）のファンタジー〈プリデイン物語〉シリーズ（The Prydain Chronicles, 1964-68）が完結した年でもあった。
〈プリデイン物語〉シリーズが終わったと同時に、〈ゲド戦記〉シリーズが始まったといえるのだが、両シリーズの性格には、大きなちがいが見られる。それは、前者が"ウェールズの伝承"という、いわばヨーロッパ文化の古層を取材した新しい国アメリカ人のファンタジー秀作であるのにたいして、後者は、前者が用いなかった装置・道具を駆使したファンタジーであるということだ。つまり、ヨーロッパの伝統が底流にあるとはいえ、その彩色を極力目立たなくさせ、かつ東洋の思想やアメリカ土着の先住民文化から鼓舞された要素を前面に押し出すことで、西洋文化を相対化する力をもったファンタジー――。これが、当時もいまも、〈ゲド戦記〉のもっとも目立つ、"新しさ"と"力強さ"であろう。

それだけではない。当初――1970年前後に――出版された際には3部作だけとみなされていた〈ゲド戦記〉シリーズは、1990年に第4作、そして2001年に短中編集と続編が発刊されて、全6冊、30年以上にわたるものとなった。つまり、ル＝グウィンの作家人生のほとんどを覆う時間的長さをもつものとなったのである。しかも、彼女の、批評され、批評してきた対話的な成果が、作品として具現化した側面をもった。

その代表的な成果が"フェミニズム"にまつわるものだ

〈プリデイン物語〉

プリデイン国の片田舎ケア・ダルベンに住む豚飼いの少年タラン（Taran）の冒険物語。予言の力をもつ豚のあとを追ったことから始まった冒険は、仲間と出会い、数々の試練に耐えるなかで、タランを鍛え、ついには死者の王アローンからプリデインを守ることで完結する。
タランは最後に、永遠の命が約束された地へいくことを断わり、人間として限りある命を生きていくことを選ぶ。
同シリーズの最終巻となった『タラン・新しき王者』（The High King, 1968）は、ニューベリー賞を受賞している。

といっていいだろう。ル＝グウィンは、「視点をジェンダー化することを、今回は隠すことも否定することもしない（This time the gendering of the point of view is neither hidden nor denied.）」（*Earthsea Revisioned* 12）とはっきり宣言した。つまり、シリーズは第４作の時点で"変化"したのである。

もちろん、過去の作品を損なうような変更は加えられてはいない。しかし、続編としての物語の流れを維持しつつも、新たな視点——とくにフェミニズムの視点——が注入されるという手法が用いられたことで、以前の作品までもが、**"異化"される**という結果をともなった。

したがって、前作の発刊から18年たった1990年に第４作『帰還』が発表されたとき、「すでに完結した」と思われていた作品に続きがあったことへの驚きに加えて、内容に関する賛否両論があったのは、この"変化"への距離感が大きな影響を与えたからにちがいない。

そして、「〈アースシー〉最後の書」と副題がついたこの第４作の出版から11年後の2001年にさらに２作が加わったことで、第４作を"例外"として無視する態度は許されなくなった。つまり、〈ゲド戦記〉シリーズを、「長い期間にわたって書かれ、しかも変化を内に秘めている全６巻のシリーズ」として規定し、議論する時期が到来したのである。

作者ル＝グウィンの特徴については、すでに、「アメリカ先住民文化」「『老子』」「フェミニズム」「多ジャンル」「批評」「変化」などのことばを用いて示してきたが、このほとんどは、ファンタジーである〈ゲド戦記〉シリーズにも該当するといえるだろう。「『老子』」はとくにシリーズ前半の、「アメリカ先住民文化」はシリーズ後半の、それぞれ"鍵"となる重要な思想である。また、「フェミニズ

"異化"される

もっとも顕著なのは、第２作『こわれた腕輪』であろう。ゲドが主人公とされた３部作のなかでは、あくまでも彼の"冒険譚"のひとつという位置づけであったが、第４作におけるテナー（Tenar）の変化によってその膜がはがれて、"テナーという女の物語"としてとらえ直さざるをえなくなった。

第1章 ● 〈ゲド戦記〉の世界

ム」「批評」「変化」は、このシリーズがどうして前半3作で完結せず、続編を必要としたかを考えるうえでのキーワードだと思われる。

前半3部作の"伝統性"と"革新性"

　当シリーズの邦題は、〈アースシー〉ということばを使わず、〈ゲド戦記〉とされた。前半3部作がゲドの物語だったからだ。

　ゲドは、アーサー王物語におけるマーリンと同様、魔法使いだ。魔法使いが脇役ではなく主人公で、しかも魔法を学ぶ学校があるという設定は〈ハリー・ポッター〉シリーズと同じだが、30年も先行していたことになる。

　加えて、ゲドが**浅黒い肌の持ち主**であるという設定は、たとえばカニグズバーグ（E. L. Konigsburg）の「ママと天国の真珠の門のこと」（"Momma at the Pearly Gates" *Altogether, One at a Time*, 1971）で語られる「黒板に黒い人をどう描くのか」という問いかけと同様、大きな意味をもっていた。

　『影との戦い』は、アメリカの公民権運動の熱気がさめやらぬ時期に書かれた。作者は、当時の思いについて、次のように回顧している。「わたしは、白人の読者がヒーローに同一化して彼の肌のなかに入り込み、それからその肌が黒いことに気づくというようにもっていきたかった。頑迷な人種偏見への一撃をねらったのだ（I saw myself as luring white readers to identify with the hero, to get inside his skin and only then find it was a dark skin. I meant this as a strike against racial bigotry.）」（*Earthsea Revisioned* 8）と。したがって、ゲドの肌の色は作者の人権感覚を示すとともに、物語の伝統や語り方の約束ごとに埋没されず自覚的であろうとする、作者の一種の"宣言"なのだと考えられるだろう。

浅黒い肌の持ち主
ル＝グウィンは、ゲドの肌の色をとても重要視している。映画「LeGend of Earthsea」（Sci Fi Channel）にたいする批判「白く塗られたアースシー――いかにSci Fiチャンネルがわたしの本を台なしにしたか――」（A White washed Earthsea――How the Sci Fi Channel wrecked my books）という文章において彼女は、「テナーの肌の色は白で、褐色の髪。ゲドは赤褐色。カラスノエンドウ（Vetch）は黒（Tenar ... is a white brunette. Ged ... is red-brown. His friend, Vetch, is black.）」と述べ、この映画のゲドとカラスノエンドウ役に白人の役者を起用したことに怒りを表明した。

しかも、第1作『影との戦い』での、善は黒、悪は白という"反転"の構図から、第6作『アースシーの風』での、両者の"平和共存の模索"へという物語の流れにおいて、ゲドの肌の色の意義は深まっている。

読者は、自らが生きている現実世界をどこかで意識しながらアースシー世界を眺めているのだが、ゲドの肌の色は、現実と虚構という2つの世界それぞれの力関係を比較させ、現実世界の自明性を揺さぶる効果をもつのである。

主人公ゲドの正確な年齢については、『影との戦い』だけが18歳までと述べている以外に、はっきりとした言及はない。しかし、『さいはての島へ』には、ゲドの年齢は「40か50」（*Shore* 23）だと学院生のひとりが推測している箇所がある。また、作者自身、前半3部作各巻のテーマを「成熟」「性」「死」（"Dream must explain themselves" *Night* 50）だと述べているように、これらは人生の季節それぞれの課題に適合しているのだといえよう。

前半の3部作だけのときは「青少年期」「成年期」「老年期」と考えられていたが、後半の3部作が出版され、『さいはての島へ』『帰還』から15年後が舞台となる『アースシーの風』でのゲドが、「70そこらに見えた」（*Wind* 5）と述べられていることを考えると、『さいはての島へ』そして『帰還』のゲドはむしろ「中年期」であり、『アースシーの風』の彼を「老年期」ととらえたほうが、年齢的には妥当と思われる。

したがって、前半3部作は「青少年期」「成年期」「中年期」のゲドに対応させたかたちで、「自己確立の時期」「異性との出会いの時期」「後進を育て、自らの人生の修正を図る時期」という、それぞれの時期に大きな比重をもつ問題を提起しているのだといえよう。

学院生のひとり
名前は、カケ（Gamble）。彼は、『アースシーの風』では「風の長」としてレバンネン（Lebannen＝アレン Arren）と再会した。

だが——だからこそというべきかもしれないが——物語は、ゲドという"英雄"の行為を称えるというよりも、彼の"人間くささ"に焦点をあてているように思われる。

物語は、後年、竜王（Dragonlord）や大賢人となった偉大な男の「これは、彼が名をなす以前、歌がつくられる前の物語である（this is a tale of the time before his fame, before the songs were made.）」（Wizard 2）といった回顧的表現から開幕する。"英雄"になる前の物語というわけである。ゲドは寒村の鍛冶屋の7番目の息子で、彼が1歳にならないうちに母親が亡くなるという生い立ちの設定は、昔話の雰囲気をももっている。

そして同書は、ゲドの偉業として、「ドラゴンの道を無事に航海したこと、エレス・アクベ（Erreth-Akbe）の腕環をアチュアンの墓所からハブナーにもち帰ったこと、世界の島々の大賢人として、再びローク学院に戻ってきたこと（he sailed the Dragon's Run unscathed, or brought back the Ring of Erreth-Akbe from the Tombs of Atuan to Havnor, or came at last to Roke once more, as Archmage of all the islands of the world）」（Wizard 233）の3つをあげ、さらに『さいはての島へ』には、「ファンドールの黒い井戸にふたをし、ネップの分厚い防波堤を建造した（the man who had capped the Black Well of Fundaur, ... and built the deep-founded seawall of Nepp...）」（Shore 14）という業績も加えられている。ただし、このうち読者が実際にくわしく知ることができるのは、2つ目だけである。つまり、"偉業"とされるゲドの行為の多くは、具体的には語られてはいない。

そして、前半の3部作は、ゲドが力を失って姿を消すところで終末を迎える。すでに大賢人となっていた彼が、最後の責務をまっとうして故郷に帰り、もうこれからアースシーの表舞台に現れることはないだろうと、いわば公的な

死を予見させて終わるのである。しかも、歌が伝える物語と故郷で伝わる物語の2つが紹介され（*Shore* 213-214）、どちらがほんとうか特定されることなくあいまいにされ、余韻を漂わせながら、彼と物語は消えていくのだ。

　本来なら華々しく語られるであろう英雄時代の物語が一部分しかふれられず、英雄への準備期間と終わり方が大きな比重を占めるということは、"英雄"を特別な存在としたうえで彼のなしとげた行為を語るというよりも、読者と同じような"悩み多き人間"として、彼の内面や性格といった"彼そのもの"を語りたいという傾向を表している。そして、昔話的な出だしに加えて、物語の終わり方を伝承のようにしてぼかすという手法は、いまここで生きている読者の世界から遠ざけ、あくまで「お話」としてのまとまりをもたせたいという意向も示しているように思われる。"いま"ではない"いつか"の、"ここ"ではない"どこか"の物語として――である。

　したがって、前半の3部作は、この2つの傾向――つまり、現在に引きつけ、かつ離すという相反する傾向――をもっているのである。

　また、前半の3部作は、その基底に「不遜・傲岸への罰」「囚われの乙女との出会いと脱出」「死者の国への旅」といった伝統的なモチーフが使われ、これに影、ドラゴン、魔法使い、力をもつ石など、これも古くから西洋の物語に登場する定石的人物・事物が彩りを添える。加えて、光と影、静と動、ことばと沈黙など、二項対立的な構成を用いて、物語は進行する。

　一方、西洋の物語に特徴的な、事物を善と悪に二分して善が悪を撃退するというクライマックスについては、全面的に追随してはいない。つまり、古い材料を用いながらも、

その"調理法"は革新的だったのだということができよう。

『影との戦い』でゲドが対峙する「敵」は、怪物でもなく、野蛮人でもなく、邪悪な宇宙生命体でもない。それは、自身の"影"である。そして、その"影"という「敵」は、負かすものでも追い払うものでもなく、受け入れるものであるという結末は、パラドックス的な衝撃力をもち、善悪二元論の限界を突破した。

『こわれた腕環』においてゲドは、腕環の半分を手に入れ、少女をつれて逃げるだけで、その地の新しい支配者になるわけではない。腕環も、もともとゲドが属するハード語圏にあったもので、新たに獲得したのではなかった。しかもその腕輪は、カルガドとの平和を望むための贈りもので、攻撃的な武器でもなかった。さらに、囚われの乙女との結婚もないことは、読者の期待と、そして当事者である乙女の淡い思いすら裏切ってしまった。結婚による物語の完結というしきたりに、あえてしたがわなかったのである。

『さいはての島へ』でのゲドは、邪悪な魔法使いが生と死のあいだの扉を開けて両界の支配者になろうとした試みをくじく。3部作はどれも、死者あるいは死者の国との関連が深いが、とくにこの作品では死を真正面からとりあげている。20世紀に入ってから子どもの文学に死を避ける傾向が長く続いたことを考えるならば、これは画期的な変化といえよう。
　ゲドは、生と死の両界をわけるその扉を閉め、秩序が乱された状況を以前に戻そうとするが、それによって魔法的な力を失ってしまう。
　こういった犠牲が払われたにもかかわらず、ゲドはそれ

で新しい何かを得たわけではない。世界を元に戻しただけなのだ。ここには、トールキン（J. R. R. Tolkien）の『指輪物語』（*The Lord of the Rings*）における、指輪を捨てる行為に通じるものがある。

　さらに"物質的な獲得"という点から前半３部作を考えると、失われた「エレス・アクベの腕輪」をもち帰る『こわれた腕輪』だけが、かろうじてこのパターンにに該当する。しかし、これとて、いっしょに逃げてきた少女の悔恨と不安が語られるわけで、お祭りさわぎのような幸せな結末が描かれているとはいえない。

　ようするに、３部作はどれも、その結末に一抹の"苦さ"をもっているのであり、ここに、"悪をくじき、富と異性と名誉を得る"といった単純な英雄物語とは明らかに一線を画するものがある。

シリーズ第４作の登場

　斬新で、ユニークで、高い評価を得て完結したと思われていた〈ゲド戦記〉シリーズだが、ル＝グウィンは、前半３部作が完成した18年後に、第４作を出版した。彼女は、その作品『帰還』発表後の講演で、次のように述べている。

「〈ゲド戦記〉シリーズは子どもの本として出版されたので、わたしは社会が承認する"女性役割"を果たしたことになる。行儀よくし、決まりを守っている限り、わたしは自由に英雄たちの国に入っていけた。わたしはその自由が大好きで、その自由に条件があるとは思ってもみなかった。しかしいま、たとえ妖精の国であっても政治から逃れることはできないのだということを、わたしは知っている。そういう観点からふりかえると、わたしは

第1章● 〈ゲド戦記〉の世界

ある部分では"見せかけの男性"として決まりにしたがって書き、あるところでは"うかつな革命家"として、決まりに逆らって書いたのだといえるだろう（Since my Earthsea books were published as children's books, I was in an approved female role. So long as I behaved myself, obeyed the rules, I was free to enter the heroic realm. I loved that freedom and never gave a thought to the terms of it. Now that I know that even in Fairyland there is no escape from politics, I look back and see that I was writing partly by the rules, as an artificial man, and partly against the rules, as an inadvertent revolutionary.）」（*Earthsea Revisioned* 7）。

　つまり、前半3部作は、あるところでは慣習にしたがって書いた"伝統性"があり、あるところではしきたりを破った"革新性"があるというように、両者が混在しているというのである。

　もちろん彼女は、前半の3部作を否定するわけではない。「自由に制限があったとはいえ、そのなかでわたしは自由だった。上手に書いたと思う（Within the limits of my freedom I was free; I wrote well.）」（*Earthsea Revisioned* 7）と自己肯定し、第4作の発表は、過去の罪を償ったのではなく、「わたしはそれを積極的差別是正措置（アファーマティブ・アクション）と呼びたい（I'd call it affirmative action）」（*Earthsea Revisioned* 12）と、自信をもって変化を是認するのである。その変化は、「**アドリエンヌ・リッチ**の非常に貴重なことばを用いるなら、わたしは、アースシーを"改訂"したのだ（In Adrienne Rich's invaluable word, **I had "revisioned" Earthsea**）」（*Earthsea Revisioned* 12）と規定されている。

　　　　＊　　＊

アドリエンヌ・リッチ
Adrienne Cecile Rich, 1929–。アメリカのユダヤ系女性詩人。1951年に、最初の詩集『世界の変容』（*A Change of World*）を発表。詩人であるだけでなく、フェミニズムの理論家としても有名。*Of Woman Born*（1976）、*On Lies, Secrets, and Silence*（1979）、*Blood, Bread, and Poetry*（1986）などの著作がある。

I had "revisioned" Earthsea
「revision」は「見直し」「改訂」という意味だが、リッチはこれを、「ふりかえる行為、新しい目で見る行為、新しい批判的方針をもって古いテクストに入り込む行為」（Adrienne C. Rich, *On Lies, Secrets, and Silence* 35）だと定義している。

以上を前提として、本書は、見直された、あるいは"改訂"された〈ゲド戦記〉シリーズの内なる変化に焦点をあてる。

　まず、「ドラゴン表象」という視点からシリーズ全体を通観していくことで、変化の方向性を確認したい。次に、このシリーズの流れを変えた『帰還』を中心に、テナーについて考察する。さらに、「見直し」路線のさらなる発展として「死者の国」「カルガド」も考える。

　つまり、「女」「死者」「外国文化」という諸相から、シリーズの内なる変化がどのようになされたのか、その結果、アースシー世界はどう変わったのかを考えていきたい。

　そして、最後にゲドに戻り、英雄物語の変容を論じたい。

引用文献

Konigsburg, E. L. "Momma at the Pearly Gates." *Altogether, One at a Time*. 1971. N.Y.: Aladdin Paperbacks, 1998.
Le Guin, Ulsula K. *A Wizard of Earthsea*, 1968. N.Y.: Puffin, 1994.
——. *The Tombs of Atuan*. 1971. N.Y.: Puffin, 1974.
——. *The Fastest Shore*. 1972. N.Y.: Puffin, 1974.
——. *The Winds Twelve Quarters*. 1975. N.Y.: Harper, 1995.
——. *The Language of the Night*. 1989. N.Y.: HarperCollins, 1991.
——. *Dancing at the Edge of the World: Thoughts on Words, Women, Places*. 1989. N.Y.: Harper & Row, 1990.
——. *Tehanu*. N.Y.: Puffin, 1990.
——. *Earthsea Revisioned*. Cambridge: Green Bay, 1993.
——. *Lao Tzu Tao Te Ching: A Book about the Way and the Power of the Way*. Boston: Shambhala, 1998.
——. *Tales from Earthsea*. N.Y.: Harcourt, 2001.
——. *The Other Wind*. N.Y.: Harcourt, 2001.
——. *The Wave in the Mind*. Boston: Shambhala, 2004.
——. *Cheek by Jowl*. Seattle: Aqueduct Press, 2009.
——. "A White washed Earthsea—How the Sci Fi Channel wrecked my books" http://www.ursurakleguin.com
Rich, Adrienne C. *On Lies, Secrets, and Silence*. 1979. N.Y.: Norton, 1995.
White, Donna R. *Dancing with Dragons*. Columbia: Camden, 1999.
Yalom, Marilyn. *Women Writers of the West Coast*. Santa Barbara: Capra, 1983.

第2章 〈ゲド戦記〉シリーズにおけるドラゴン表象

Dragon

〈ゲド戦記〉シリーズのほとんどの作品はゲド（Ged）やテナー（Tenar）の人生に寄り添ったものだが、これらが重なることで、彼らの物語というだけでなく、アースシーのある"時代"が、彼らをとおして語られるという側面をもつ。しかも、巻がすすむにつれて、ちょうどカメラレンズが後方に引いていくように視界が広くなり、特定の時間もまた、連続する歴史のなかに位置づけられていく。ものごとや人物が、ズームの変化による拡張された空間や時間のなかで問い直され、再度位置づけられる。

この章では、〈ゲド戦記〉シリーズがファンタジーであることを「魔法」や「魔法使い」とともに**特徴づけている存在**である「ドラゴン」をとりあげ、その表象の変化を追うことで、シリーズ全体の変化を確認していきたい。

ル＝グウィンが、ドラゴンとは「元型、精神の表現形式、わかり方だ（Dragons are archetypes, yes, mindforms, a way of knowing）」（Earthsea Revisined 21）だと定義したうえで、固定したものでなく「いろいろな可能性を秘めたものとして見れば、それは未知への導き手となる（If we see it only as a vital potentiality, it becomes a guide into mystery.）」（Earthsea Revisined 22）と述べているように、〈ゲド戦記〉シリーズにおけるドラゴン表象は、そこに登場する人びとと密接にからみあっていると考えられる。ドラゴンの変化は、それに関わる人びとの変化と表裏一体なのである。

その大まかな道筋は、次のようなものだ。

ドラゴンの最初の変化は、シリーズ前半『影との戦い』（A Wizard of Earthsea）から『さいはての島へ』（The Farthest Shore）という流れのなかでおこる。それは、悪役から脱皮して肯定感が付与される過程である。

次に、『帰還』（Tehanu）や「トンボ」（"Dragonfly"）では、ドラゴンは女と結びつき、"女でありドラゴンでもある"存

特徴づけている存在
トールキン（J. R. R. Tolkien）は、「ドラゴンにははっきりと妖精の国の印がついていた。ドラゴンのいるところとは、異界なのだ」（"On Fairy-Stories" 151）と述べている。

第2章 ●〈ゲド戦記〉シリーズにおけるドラゴン表象

在も生ぜしめた。

　さらに『アースシーの風』（*The Other Wind*）では、まじない師のハンノキ（Alder）を通じて響いた死者の訴えがドラゴンの侵入と呼応していることが明らかになったことで、ドラゴンと死者とが結びつく。その端緒となったのがカルガドの王女セセラク（Seserakh）が述べるカルガド人のドラゴン観だったため、ドラゴンはさらに、カルガド文化ともつながったのである。

　つまり、ドラゴンは、アースシーの人びととの物語にじょじょに介入し、人びとを変化させると同時に自らも変化し、物語の推進力になっていく。そのからみあいを考察してみれば、ドラゴン表象が何であり、どのように変容したのかが、明らかになっていくだろう。

ドラゴンとは

　ドラゴンとは、いったい何なのだろうか。

　農耕文化の誕生とともに、再生と不死性のシンボルとして、あるいは、雨を恵む、自然を動かし得る呪力として、蛇への信仰が生まれたといわれる。そしてドラゴンは、その発展形——つまり、青銅器時代の灌漑農業のもとで誕生した「政治化された蛇」（『龍の起源』111）——だと、荒川紘は論じている。

　蛇とドラゴンが類似の関係にあることは、身体が長く描かれる東洋のドラゴンの形態からはもちろんのこと、"虫・蛇（worm）" とも呼び称される西洋のドラゴンのありようからも、推測することは可能であろう。その外見はさまざまだが、もっとも普及しているのは「蝙蝠の翼をもち、尾には針があり、火を吐く」（Katharine M. Briggs, *A Dictionary of Fairies* 106）という、紋章や絵画によく見られる姿だと思わ

政治化された蛇
インドやエジプト文明には大きくて猛毒をもつコブラが棲息していたので、あえてドラゴンを創造する必要はなかったのだとも述べている（『龍の起源』112）

れる。

　ドラゴンの概念が生まれたのは、中国とメソポタミアである。ただし、その政治化の方向は異なった。
　中国のドラゴンが、治水を上手に達成できる為政者側につき、河や水の神であるとともに、それを治める王権のシンボルとされたのにたいして、メソポタミアのそれは、治めなくてはならない濁流と結びついた。さらに、征服されるべき先住民文化とも同一視され、権力に歯向かうもの、逆らうものとされた。後者のドラゴンは、"反権力の象徴"と位置づけられたのである。
　ことばを変えると、東洋のドラゴンが、水＝農業に関係がある自然といかにうまくつきあっていくかという思想を背景にもっているのにたいして、西洋のドラゴンは、主として退治すべき"悪の化身"なのだということになる。
　したがって、西洋文化におけるドラゴンは、聖書に登場する、天使たちとの戦いに負けて地上に投げられる赤いドラゴン（ヨハネ、Revelation 12-9）にしろ、イギリス最古の叙事詩『ベーオウルフ』（Beowulf）の後半に出てくる、宝を盗まれたことで復讐しようと火を吐くドラゴン（38-55）にしろ、"退治されるべき存在"として登場する。
　このことは、ブリッグス（Katharine M. Briggs）が収集したドラゴンにまつわる英国の民話12のうち、退治されないドラゴンはひとつもない（A Dictionary of British Folk-Tales in the English Language 159-171）という結果からも証明される。
　子ども向けに書かれた文学においても、たとえばトールキンの『ホビットの冒険』（J. R .R. Tolkien, The Hobbit, 1937）に登場するスマウグ（Smaug）も、メインの『闇の戦い』（William Mayne, A Game of Dark, 1971）に出てくるドラゴンも、やはり退治されなくてはならないものとして描かれて

いる。

　その一方で、これらとはまったく反対の、「飼いならされた」とでもいうべき、**害をなさないドラゴン群**も少なくはない。これらは、あらかじめ退治されて卑小化され、そのうえで子どもに供給されたものなのだと考えることも可能だろうが……。

　ル＝グウィンの作品にも、怪物を殺す話の『**始まりの場所**』(The Beginning Place, 1980) があり、石を食べて丘になったドラゴンの絵本『**火と石**』(Fire and Stone, 1989) もあるが、〈ゲド戦記〉におけるドラゴンは、これら以上に複雑な存在である

　当シリーズに登場するドラゴンとしては、『影との戦い』でのイエボー (Yevaud)、『さいはての島へ』でのオーム・エンバー (Orm Embar) とカレシン (Kalessin)、ドラゴンであり女であるテハヌー (Tehanu＝テルー Therru) とアイリアン (Irian) が主なものといえるが、ほかにも、800年前に大魔法使いエレス・アクベ (Erreth-Akbe) と刺しちがえて死んだオーム (Orm)、『さいはての島へ』や『アースシーの風』に登場するドラゴンの群れや、テハヌー (テルー) の伝言を預かるアマウド (Ammaud)、『こわれた腕環』(The Tombs of Atuan) でふれられ『アースシーの風』で詳しく話されるカルガドのドラゴンなども登場している。

　このうち、最初に出てきたイエボーの特徴を把握することが、当シリーズにおけるドラゴン像を考える糸口となるだろう。

●●●●●●●●●●●
イエボー

　イエボーは、雇われ主である人びとの安全のためにゲド

害をなさないドラゴン群
グレアムの中編「ものぐさドラゴン」(Kenneth Grahame, "Reluctant Dragon", 1898) や、ネズビット (Edith Nesbit) の作品群が、その代表格であろう。長期にわたる陳腐なドラゴン・イメージへの揶揄・反発が感じられる。

『始まりの場所』
それぞれ家庭に問題をかかえていた男女の主人公が、薄暮の国で「見るものがかたちを与える」という怪物を、ふたりで殺す。これを契機に、彼らは現実世界で新しい出発をすることになる。つまりこの怪物は、「現実世界において、彼らがのりこえなければならない問題」だったのである。

『火と石』
ドラゴンが村を襲ってくるので、人びとは池の中に逃げ込まなくてはならなかった。ドラゴンは叫び声をあげるのだが、その声を「岩」と解読した子どもがいた。ドラゴンは、投げ与えられた岩を食べて寝てしまう。いま、ドラゴンは、子どもがのぼる丘になっている。

が対決した、**ペンダーのドラゴン**である。ゲドは当時、自分の"影"におびえており、この問題にとりくむために、ドラゴンとの対決を急いだ。

ペンダーで8匹の子ドラゴンの成長を見守っていたイエボーは、次のように描写されている。

> ゲドが塔の一部だと思っていたものは、ペンダーのドラゴンの肩だった。ドラゴンは巨体を伸ばし、ゆっくりとおきあがった。うろこ状の頭をおこすと、壊れた塔より高くなり、尖った頭頂や三重の舌も見えた。爪のある前脚は、塔の下の瓦礫(がれき)に隠れている。鈍い灰色のうろこは、光を浴びて割れた石のようだった。体は猟犬のようにしまっていたが、丘のように大きかった。
>
> What he had taken for a part of the tower was the shoulder of the Dragon Pendor as he uncurled his bulk and lifted himself slowly up. When he was all afoot his scaled head, spike-crowned and triple-tongued, rose higher than the broken tower's height, and his taloned forefeet rested on the rubble of the town below. His scales were gray-black, catching the daylight like broken stone. Lean as a hound he was and huge as a hill. (*Wizard* 113–114)

巨大さ、三重の舌、するどい爪、全身を覆ううろこといった描写に加えて、翼をもち、火を吐くという特徴が、子ドラゴンの戦いぶりのなかで明らかになった。加えてイエボーは、「息子たちを殺しても、わたしの宝は奪えないぞ(You will not win my hoard by killing them [my sons].)」(*Wizard* 114)といい、宝を所有していることも示す。

じつはイエボーは、〈ゲド戦記〉シリーズ以前の短編**「名前の掟」**("The Rule of Names")に、「アンダーヒル氏(Mr. Underhill)」として登場している。そこでは、自らの

ペンダー
ゲドが赴任した九十群島の西に位置する島。かつては領主の城があったが、いまはドラゴンに占拠され、しかも子どものドラゴンも育っているらしい。

「名前の掟」
「名前を教えても聞いてもいけない」という掟は、「名前を口にするというのは、それがさしているものを"支配"するということなのだ(To speak the name is to control the thing.)」("The Rule of Names" 105)という理由による。

第2章 ●〈ゲド戦記〉シリーズにおけるドラゴン表象

狡猾さ、強欲さをペンダーの領主の末裔に暴露されるが、ドラゴンの姿に戻って、宝をかえせと主張する領主を食べてしまう。つまり、〈ゲド戦記〉シリーズの最初に登場するこのドラゴンは、身体的な外見も、貪欲で人間を食べる、あるいは宝に関心があるという性格も、西洋的なドラゴンがもつ特徴の多くを体現していると考えられる。

しかし、典型的な西洋ドラゴンとは異なっている部分もある。それは、彼らが「太古のことば（the Speech of the Making）」を話すということである。しかもこのことばは、本来ドラゴンのものなのだ。

子ドラゴンのほとんどを暴力的にやっつけたゲドがイエボーと向かいあったとき、彼らの対決は、"ことば"によるものとなる。イエボーが「"影"の名前を教えてやろう。宝石をもっていってもいい」と誘惑するのにたいして、ゲドは自ら学んだ歴史文献からこのドラゴンの名前を推測して、彼の"真の名"を呼ぶことで圧倒。ついに、人間の領域である東にはこないという約束をさせることに成功する。"真の名を知ることは、相手を支配することになる"というロークの魔法知を忠実に実践することで、この交渉はゲドに有利に終わるわけである。

だが、「昔から人間に抱いてきた悪意（the ancient malice and experience of men in dragon's gaze）」（*Wizard* 118）とゲドが感じた敵意、ゲドの**もっとも弱い部分**に誘いをかける賢さ、そして自分自身の"強さ"の強調は、たとえことばを話すことができたところで、イエボーが"人間と敵対するドラゴン""人間によって退治されなくてはならないドラゴン"であることを示しているのではなかろうか。これは、『影との戦い』の後半に登場する**少女**が飼っていた小さなドラゴン、「翼も爪もあったが、少女の片手に入るくらい

もっとも弱い部分
「宝をやる」という申し出にたいしては平然としていたゲドだが、「おまえの"影"の名前を教えてやろう」という誘惑には、一瞬動揺を隠せなかった。

少女
この少女とは、ゲドの友人カラスノエンドウ（Vetch）の妹ノコギリソウ（Yarrow）である。彼女はふたりの兄と住み、家事を担当している。

の大きさしかなく、それが彼女の腕にしがみついていた（there clung, winged and taloned, a dragon no longer than her hand.）」（*Wizard* 199）と説明されるハレキ（harrekki）の無害さとは対照的である。

『影との戦い』には、前述した子どもの文学における2つのドラゴンの型──退治されるべき悪のドラゴンと、飼いならされたドラゴン──が登場し、前者が否定されている。

●●●●●●●●●●●
オーム・エンバー

一方、『さいはての島へ』でのオーム・エンバーの扱われ方は、イエボーの場合とはかなりちがっている。

「**オームの血筋をひく**（one of that lineage of Orm）」（*Tombs* 118）というこのドラゴンは、ゲドに「**エレス・アクベの腕輪**」**の由来**を教えてくれた。

このドラゴンについてゲドは、アレン（Arren）つまりレバンネン（Lebannen）に向かって、次のように話す。

「彼は、いちばん歳とっているというわけではないんだ。もちろん、たいへんな年齢であることはたしかだがね。だが、ドラゴンのなかではもっとも強大だ。ドラゴンも人間も名前を隠すもんだが、やつは隠さない。自分以上の力をもっている者がいるなんていう恐れがないからさ。でも、あいつなりに正直だ。昔セリダーで、彼はわたしを殺さずにおき、ある重要なことを教えてくれた」

"He is not the oldest, though he is very old, but he is the mightiest of his kind. He does not hide his name, as dragons and men must do. He has no fear that any can gain power over him. Nor does he deceive, in the way of his kind. Long ago, on

オーム
学識豊かな大魔法使いのアス（Ath）は、エンスマー（Ensmer）の西方でオームという名のドラゴンと戦って死んでしまう。時代が下って、エレス・アクベもセリダー（Selidor）で同じくオームと戦い、このときはエレス・アクベもオームも死んだ。

「エレス・アクベの腕輪」の由来
腕輪の由来については、第3章のP.94を参照。

Selidor, he let me live, and he told me a great truth;...."（*Shore* 146）

　ゲドの語り口には、"敵意"は感じられない。ドラゴンを支配しようという"欲望"も見えない。あるのは、異種の生きものとはいえ偉大なものにたいする"尊敬"である。
　オーム・エンバーが「西のほうにはもうひとりの**竜王**（Dragonlord）がいて、自分たちを破滅させようとしている。彼の力は、ドラゴンよりも強い（In the west there is another Dragonlord; he works destruction on us, and his power is greater than ours.）」（*Shore* 146）と訴え、ゲドの助力を求めていることから、ドラゴンのほうもゲドに一目おいていることがわかる。彼らのあいだには、"友情"と呼んでもいいような相互尊重の感情が流れている。
　また、「日の光を浴びて金色に輝く巨大な体格、乾いた金属性の匂いが、海や塩を含んだ砂の匂いといっしょになって、野性の匂いがした」というオーム・エンバーの描写も、「邪悪な優雅さ（there was a sinister grace）」（*Shore* 175）というくだりに多少"悪"のイメージが残っているものの、先のイエボーの場合と比べると、圧倒的に悪者のイメージは払拭されている。
　それどころか、オーム・エンバーは、その身を賭してもうひとりの竜王を押しつぶし、結果的にゲドを守ることになる。父祖がエレス・アクベと戦い、死んだ、その同じ場所で、このドラゴンは"英雄のために死んだ"のだともいえよう。

竜王
かつて、アチュアンの墓所でアルハ（Arha＝テナー）に、「竜王とは何か」と聞かれたとき、ゲドは、「ドラゴンが話をする人間（One whom the dragons will speak with）」（*Tombs* 92）だと答えている。

●●●●●●●●●●●
ドラゴンの"道理"

　ところで、オーム・エンバーのいう「もうひとりの竜王」

というのは、クモ（Cob）のことをさす。クモは、"いったん死にながらも、同じ肉体をもって死から戻ってきた"という理由で、ドラゴンから"自然界の外の生きもの"として畏れられるのだが、この"畏れ"がドラゴンへの魔法かけを可能にさせた。彼は、ドラゴンからことばを奪い、共食いさえもするような状況に追いやったのだった。

『さいはての島へ』は、「永遠に生きたい。不変でありたい」というクモの願望が、"死への恐怖"という人びとの感情に強く作用し、「時や場所を越えた力をもちつづけたい」という不遜な希求となっていく過程を描いている。

オーム・エンバーは、その様子を「ものの道理が失われていっている。……ことばも、そして死もなくなってしまうだろう（The sense has gone out of things.... There will be no more speaking, and no more dying.）」（Shore 169）と述べた。

裏がえせば、ドラゴンの考える"ものの道理"というのは、「すべてのものは**限りある命**をもっている」こと、そして「すべてのものは語る」ということではないだろうか。『さいはての島へ』には、ゲドのドラゴン観が、アレン（レバンネン）との対話のなかで多く披露されているが、それは、オーム・エンバーのいうドラゴンの"道理"に対応している。

> 「たしかに、哀れみとか慈悲の念はなく、ひたすら貪欲で油断できないというのがドラゴンだ。だが、彼らは邪悪だろうか。わたしにはドラゴンの行為を判定するなんてことはできないな。……彼らは人間より賢いぞ、アレン。ドラゴンといっしょにいるのは、夢といるようなものだよ。われわれは、夢を見る、魔法を使う、善を悪をなす。でも、ドラゴンは夢を見ない。彼ら自身が夢だもの。ドラゴンは魔法を使わない。ドラゴンの存在自体が魔法だ

限りある命
ドラゴンといえども、死なないわけではない。ただ、寿命は長く、ゲドは「1000年」（Tombs 92）と述べている。したがって、ドラゴンの時間に関する感覚は、人間のそれとはかなりちがっている。

からだ。彼らは、ことをなさない。ただ存在しているだけだ」

"The dragons are avaricious, insatiable, treacherous; without pity, without remorse. But are they evil? Who am I to judge the acts of dragons? ... They are wiser than men are. It is with them as with dreams, Arren. We men dream dreams, we work magic, we do good, we do evil. The dragons do not dream. They are dreams. They do not work magic: it is their substance, their being. They do not do: they are."（*Shore* 45）

　ここでゲドは、行為する人間にたいして「ドラゴンはただ存在している」、夢を見る人間にたいして「ドラゴンは夢そのものだ」と説明する。つまり、人間の行為を超えたところに存在するのがドラゴンなのだ。
　アレン（レバンネン）は、朝風に乗って舞うドラゴンを見たとき、「その飛翔には命あるものの栄光のすべてがあった。圧倒的な強さと野性、そして知性の優美さが、ドラゴンの美をつくりあげていた。彼らは、ことばと古来からの知恵をもつ、考える動物だからだ（All the glory of mortality was in that flight. Their beauty was made up of terrible strength, and utter wildness, and the grace of reason. For these were thinking creatures, with speech, and ancient wisdom.）」（*Shore* 161）と感じる。ドラゴンは、野性や自然——つまり、すべての命あるもの、したがって、いつかは死ぬもの——の象徴なのである。
　だが、一方でゲドは、「ドラゴンにとって、わかりやすく話すということは、むずかしいことなんだ。……ほんとうのことが人間にはどのように見えるかということが、まるでわかっていない（It is hard for a dragon to speak plainly. ... he does not know how truth looks to a man.）」（*Shore* 168）と述べ、ドラゴンの特異性も強調している。

つまり、ドラゴンが考えたり話したりする方法は、人間のそれよりもっと広い意味でとらえなくてはならないものなのだという。したがって、人がドラゴンと話すには、ライトソンの『星に叫ぶ岩ナルガン』（Patricia Wrightson, The Nargun and the Stars, 1973）における人間とその土地の精霊との会話のように、独特の会話の作法や、話のもっていき方が必要になる。

また、体を舐めることでゲドを死から救ってくれた小動物も、その行為によって語るべきことを示したのであろう。あるいは、森を逍遥するオジオン（Ogion）や、まぼろしの森（the Immanent Grove）にいる「様式の長（the Master Patterner）」が沈黙のなかで聞こうとしているのは、"森が語ることば"なのではないだろうか。

だから、ドラゴンの話し方の特異性とは、聞く者が聞けば、「自然の何ものであれ、何かを語っている」という汎神論に近い考え方である。換言するなら、ドラゴンのいう"道理"というのは、"自然の道理"なのだ。

したがって、前半の3部作におけるイエボーからオーム・エンバーへというドラゴンの変化は、「小さなハレキは飼いならすが、人間に害をなすものは退治する」という、人間にとっての"善悪二分法"に基づくドラゴンから、命あるものすべての"象徴"としてのドラゴンへの変容であろう。これを、"西洋のドラゴンから東洋のドラゴンへの移行"と見ることも可能だ。

自然の道理が加味されることで、オーム・エンバーは雲雨を支配する東洋ドラゴンと近しい存在になったのである。

だが、イエボーが英雄・聖人に退治される悪役ドラゴンであるのなら、オーム・エンバーはクモという悪役に殺される英雄ドラゴンだということにもなる。ドラゴンが体現

人間とその土地の精霊との会話
伝令役のサイモンは、水を背に向けてすわり、木の棒を高くもって待つことや、精霊への話しかけ方などを事前に指導された。（The Nargun and the Stars 104）

体を舐めることでゲドを死から救ってくれた小動物
この小動物の名前は、オタク（Otak）という（P.209の欄外を参照）。ゲドは、死にゆく子どものあとを追いかけたとき、死の国との境界で待っていた"影"を見て気を失ってしまった。「もしオタクが舐めてくれなかったら死んでいただろう」と考えたゲドは、動物の本能的な知恵のなかに魔法と似たものを感じ、それ以後「動物の目、鳥の飛び方、そよぐ木々（the eyes of animals, the flight of birds, the great slow gestures of trees）」（Wizard 106）から多くのことを学ぶ。これこそは、オジオンに近い認識であろう。

「様式の長」
魔法の学院ロークには9人の「長」がいる。「様式の長」の仕事は、意味や意図を読みとくことだ。

するものが変わったとはいえ、そして、一方が嫌われ、もう一方が尊敬されるとはいえ、両者とも排斥される意味では、西洋ドラゴンの範疇から抜けだせなかったともいえる。加えて、彼らがともに"雄"だったことも、忘れてはならないだろう。

●●●●●●●●●●●
カレシン

『さいはての島へ』の最終幕には、もうひとつのドラゴンが登場し、アレン（レバンネン）をロークに、ゲドをゴント島に運ぶ。

生と死の扉を閉じるために己のもつ魔法の力すべてを使い果たしたゲドを背負って死者の国ドライランド（the Dry Land）から**帰還**したアレンを待っていたのは、以下のような巨大なドラゴンだった。

> 剣が触れあうような、金属がこすれるような、音がした。鉄色のドラゴンが、曲がった脚で立ちあがったのだ。肩の関節にしわが寄っているのが見えた。わき腹のうろこには、エレス・アクベのよろいのように多くの傷があり、長い牙は黄色く、先が丸くなっていた。この、たしかで重々しい動きや、深くこわいような沈黙に、年齢のしるしが、それも想像を超えるほどの長い年月が、感じられた。……ドラゴンは何もいわなかったが、笑っているように思えた。
>
> There was a noise as of metal rubbing against metal, the grating whisper of crossed swords. The iron-coloured dragon had risen on its crooked legs.... Arren saw the wrinkles at the shoulder joints, and the mail of the flanks scored and scarred like the armour of Erreth-Akbe, and the long teeth yellowed and

帰還
アレンたちは、死者の国ドライランドから生者の国に戻るとき、山越えをした。境界の石垣には戻れないほど、ドライランドの奥にまで入り込んでいたからだ。このことによってアレンは、「マハリオンの予言」（P.185の欄外を参照）を達成することになり、ハブナーの玉座に迎えられることになる。

blunt. In all this, and in its sure, ponderous movements, and in a deep and frightening calmness that it had, he saw the sign of age: of great age, of years beyond remembering.... The dragon said no word, but it seemed to smile.(*Shore* 208-209)

　高齢とおぼしきこのドラゴンは、カレシンである。
　ゲドは以前、アレンの質問に答えて「いちばん歳のいったドラゴンだが……彼が何歳か、知らないんだ。わたしはいま"彼"といったが、じつは性別もわからないんだ(The eldest... I don't know.... how old he is. I say "he", but I do not even know that.)」(*Shore* 166)と、カレシンのことを説明した。最年長ドラゴン、しかも性別が不明だということが、このドラゴンの最大の特徴である。
　『帰還』には、「この世の始まり、セゴイ(Segoy)が海から大地をもちあげたとき、大地から最初に生まれたのは**ドラゴン**だった。そして、大地には風が吹いていた(When Segoy raised the islands of the world from the sea in the beginning of time, the dragons were the first born of the land and the wind blowing over the land.)」(*Tehanu* 19)という天地創造の詩(the Song of the Creation)の冒頭部分が示され、世界を創ったのはセゴイであると、テハヌー(テルー)は教わる。そして、この巻の終末、テナーたちを助けるために呼び寄せたカレシンに向かって彼女は、「ほかにどうしたらいいのかわからなかったの、セゴイ(I did not know what else to do, Segoy.)」(*Tehanu* 201)と答える。つまり、カレシンに「セゴイ」と呼びかけているのだ。「セゴイが"大地の太古の力である"、あるいは"力であった"のだと考えられる。セゴイは、アースシーそのものの名前かもしれない(It may be that Segoy is or was one of the Old Powers of the Earth. It may be that Segoy is a name for the Earthsea itself.)」

ドラゴン
のちにドラゴンと人がわかれたという伝承によるならば、このドラゴンは、二者が分割する以前の「ドラゴン人間」だと考えられる。
両者がわかれた理由については、P.150の欄外を参照。

第2章 ●〈ゲド戦記〉シリーズにおけるドラゴン表象

("A Description of Earthsea" 276) ということならば、ゲドが述べた「ドラゴンはただ存在しているだけだ」という定義に果てしない時間が加わったものが、カレシンだといえよう。つまり、命あるドラゴンが、ロ-ク山やまぼろしの森、アチュアンの墓所などと同様に大地の太古の力であるということは、それは、脈々と続く自然・命――ということになるのではないのだろうか。

カレシンはまた、「ドラゴンの目を見てはならない」とされてきた常識への検証の機会も与える。『帰還』のはじめの部分で、ゲドをゴント島まで運び、テナーに託す場面である。

> 人(男たち、men)はドラゴンの目をのぞきこんではいけないといわれていたけれども、テナーにとっては、なんでもなかった。ドラゴンは、黄色い目でまっすぐ彼女を見た。……そしてテナーも……黒い目でまっすぐドラゴンを見た。……ドラゴンは、とげのある首をひねってもう一度テナーを直視して、「**テッセ、カレシン**」と、釜の火のような乾いたとどろき声をあげた。……「**テッセ、テナー**」。女も、震えてはいるもののはっきりとした声で答えた。
>
> She had been told that men must not look into a dragon's eyes, but that was nothing to her. It gazed straight at her from yellow eyes under armoured carapaces wide-set above the narrow nose and flaring, fuming nostrils. And her small, soft face and dark eyes gazed straight at it. ... Turning back the head on the thorned neck, it stared once more directly at Tenar, and its voice like the dry roar of a kiln-fire spoke: "Thesse Kalessin." ... "Thesse Tenar," the woman said in clear, shaking voice. (*Tehanu* 41-42)

テッセ
ドラゴンの話すことばは、太古のことば(the Old Speech)、真のことば(the True Speech)、あるいは天地創造のことば(the Language of the Making)だ。
"Aro Kallessin?" (*Shore* 166)
"Agni Labannen!" (*Shore* 167)
"Kallessin, ...senvanissai'n ar Roke!" (*Shore* 209)
"Sobriost" (*Shore* 209)
"tolk" (*Tehanu* 116)
などが示されている。

テナーとカレシンは、おたがいの目を見つめあい、挨拶をかわす。男には禁止されているドラゴンの目を見つめる行為が、なぜ女になら可能なのだろうか。それは、ハットフィールド（Len Hatfield）が「ドラゴンは、家父長制社会が女性にわりふっている象徴的な"他者性"という役割を満たしている」（"From Master to Brother" 48）と述べるように、ドラゴンも女性も、"他者"であるからだ。

英雄がドラゴンを倒して、捕らわれていた乙女・姫を救うという話のなかでは、退治されるドラゴンも救われる女性も、英雄との関係性で語られる"客体物"にすぎない。したがって、「目を見たら相手に取り込まれるのではないか」というドラゴンにたいする男性の恐怖とは、「相手を支配したい」という自らの欲望の反転なのだと考えられるのである。

テナーは、カレシンと会ってから何度も夢を見る。

「風が吹き、バラ色と金色にかすんだ広大な空を、彼女は飛んでいた。『カレシン』彼女の声が呼びかけた。光の淵から、ある声が答えた（[H]er sleep opened out into a vast windy space hazy with rose and gold. She flew. Her voice called, 'Kalessin!' A voice answered, calling from the gulfs of light.）」（*Tehanu* 47）と書かれているように、飛翔と光のイメージに満ちた夢である。

テナーは、虐待された少女テルー（テハヌー）や力を失ったゲドとともに生きることで、社会が女性に負わせる役割を超えたものを追求していく。

「彼女は産んできた。自分の子どもを産み、新しい自分自身も産んだのだ（She has borne, she has given birth to, her children and her new selves.）」（*Earthser Revisioned* 18）と、作者は"産（生）む"という能動行為を強調するが、そ

英雄がドラゴンを倒して、捕らわれていた乙女・姫を救う
ドラゴンを退治する女性がいないわけではない。たとえば、聖マルタだ。彼女は、武器をつかわず「巡礼服を着て、素足で竜に近づき、聖水あるいは十字架で竜をおとなしくさせる」という（ウーヴェ・シュテッフェン『ドラゴン』青土社、1996　286）。

の過程は、翼をもったドラゴンへのあこがれに支えられているといえるだろう。つまり、自らの目で世界を見、判断することが可能になったテナーの変化の端緒は、「見てはいけない」という常識の枠を破り、ドラゴンと見つめあったことから始まったのだ。

女であり、ドラゴンである存在

　ドラゴンと女性との類似性と、女性が新しい自己を生みだす過程をもっと端的におしすすめたものが、テハヌー（テルー）の、あるいはアイリアンの、女でありドラゴンであるという"二重性"をもつ存在であろう。

　テハヌーは、**キメイの女**（the Woman of Kemay）の話――かつて、人間とドラゴンはひとつであったという話――に強い興味をもつ。ひとつであったものは、ものや知識を所有することに熱心な者たちと、ただ飛ぶことや何ものにもとらわれない自由を愛する者たちとにわかれてしまう。しかし、次の一節はさらに重要だ。

> 「翼をもった、人でありドラゴンである者たちのなかには、東ではなく西に向かった者がいて、彼らは外海をはるかに越えて、世界の向こう側にいった。そこで彼らは、平和に暮らしている。野性と知恵を備え、人間の頭とドラゴンの心をもつ大きな翼ある存在として」
>
> "[S]ome of them, still both human and dragon, still winged, went not east but west, on over the Open Sea, till they came to the other side of the world. There they live in peace, great winged beings both wild and wise, with human mind and dragon heart." (*Tehanu* 20)

キメイの女の話
オジオンがテナーに話してくれたキメイ島のおばあさんの話。オジオンには、おばあさんがドラゴンに姿を変えているのか、ドラゴンがおばあさんに姿を変えているのか、わからなかったという。(*Tehanu* 18-21)
彼女が教えてくれた歌については、P.118を参照のこと。

これに見るように、いまだに人間でありドラゴンである者たちが存在していて、彼らは「もうひとつの風に乗って踊っている（dancing on the other wind）」（Tehanu 18）のだというのである。

　テナーは、虐待されたうえ、たき火のなかにうち捨てられ、骨にまで達するやけどを負わされた少女テハヌー（テルー）に、かつての自分——「食われし者（the Eaten One）」だったアチュアンの大巫女——を見て、彼女を守り愛しむことに全力をそそぐ。
　しかし、いくら愛情を受けても、いったん損なわれたものが元に戻ることはない。だから、テハヌー（テルー）にとって「自分が守られていて愛されている」という感覚の次に必要なのは、自分が主体的に行動する力ではないだろうか。トライツ（Roberta S. Trites）が「明らかにドラゴンは、自分にはないと彼女が感じている、主体的に行動する力を表している」（Waking Sleeping Beauty 133）と述べるように、ドラゴンの話こそが彼女に力を与えたのである。

　『帰還』の終わりで、カレシンを呼ぶことでテナーたちを助けたテハヌー（テルー）が、じつはカレシンの娘であることが明らかにされる。しかし、ドラゴンであり人間でもある者たちがいる場所にいくことが可能であるにもかかわらず、「わたしはここにいることにする（I will stay with them.）」（Tehanu 201）と、テハヌーは自分でテナーたちの許に残ることを決めた。
　男性中心の弱肉強食社会でいちばん弱いところにいたこの少女が、はじめて自分の意思をはっきり口にできるようになったのは、ドラゴンのおかげなのである。

第2章●〈ゲド戦記〉シリーズにおけるドラゴン表象

　一方、「トンボ」に登場するアイリアンは、かつての名家の末裔である父が土地訴訟に負け、泥酔する姿を見、愚痴を聞いて育つ、孤独な少女だ。

　彼女は、「大きくて力が強く、不器用で、無邪気で、ものを知らず、怒りっぽい（A big, strong, awkward, ignorant, innocent, angry woman）」（"Dragonfly" 212）という印象を人に与えているが、それは「自分が何か力をもっているのではないか」「それは何なのか」という思いを常にもっていたからでもあった。

　ある魔法使いから男装してローク学院に忍び込むことをすすめられたアイリアンは、ロークに向かう。大賢人（Archmage）だったゲドがロークを去って7年、死んだと思われた「呼びだしの長（the Master Summoner）」トリオン（Thorion）は、術を使って自分を再び生者の許に召喚し、大賢人になろうと画策していた。長たちの考えは割れており、アイリアンの処遇問題をめぐって火に油がそそがれたようになる。

　アイリアンの味方になったのは、4人の「長」だった。そのうちのひとりカルガド出身の「様式の長」アズバー（Azver）は、彼女を森に住まわせる。

　あるとき、アイリアンは、森を歩いていて声を聞く。それは、遠く西のほうから聞こえる呼び声か叫び声のようなものだった（she heard a call – a horn blowing, a cry? – remote, on the very edge of hearing. She stood still, listening toward the west.）（"Dragonfly" 241）。

　テナーの夢同様、これは彼女の"変化"の予兆であろう。その後、彼女は自分のなかの力を感じる瞬間を何度かもつようになる。以下は、アイリアンとアズバーの会話である。

　「なぜあなたがきたのか、わたしにはわからないが、こ

ある魔法使い
ゾウゲ（Ivory）は、3年前にローク学院にやってきて1年前に追い出されたので、正しくは魔法使いとはいえない。彼は、女の子を自分の部屋にひきいれてとがめられたことを根にもち、意趣返しにアイリアンを利用しようとした。これにたいして「守りの長（the Master Doorkeeper）」は、「どうしてあんなやつを学院に入れたのか、しばしば考えていましたが、いまわかり始めてきました（"I've often wondered why I let that boy in ... Now I begin to understand".）」（"Dragonfly" 231）と述べた。

れは偶然ではない。『呼びだしの長』もそれは知っている」

「ひょっとして、彼を滅ぼすためかも。……あるいはわたし、ロークを壊すためにきたのかも」

そのとき、アズバーの青い目がきらめいた。「やればいい！」

彼に向かいあって立つと、アイリアンの体に震えがはしった。彼女は、自分がアズバーより大きくなったような、これまでの自分よりずっと大きくなったような気がした。

"Why you came I don't know, but not by chance. The Summoner too knows that."

"Maybe I came to destroy him.... Maybe I came to destroy Roke."

His pale eyes blazed then. "Try!"

A long shudder went through her as she stood facing him. She felt herself larger than he was, larger than she was, enormously larger. ("Dragonfly" 255)

体内にやどる大きな力の感覚は、ローク山での**トリオン**との対決の際、ドラゴンに変身するときに頂点をむかえる。

アズバーは、女人禁制の学院にアイリアンを入れたことで様式を破るのかとほかの長たちから責められたとき、「壊すのはガラスではない……それは息であり、火だ（It is not glass, to break, ... It is breath, it is fire.）」("Dragonfly" 260) と答えているが、まさに「自分の力を知りたい」というアイリアンの強い思いが火となって、支配欲が生死を超えた男とそれを支持するグループ──「選ばれた男だけが支配する力をもつべきだ」とする勢力──をうち破ったのである。

つまり、アイリアンをとおしてローク学院は、以前とはちがった視点で見直され、相対化された。それだけではな

トリオン

『さいはての島へ』と「湿原で」（"On the High Marsh"）におけるトリオンは、優秀な「呼びだしの長」として登場している。しかし「トンボ」では、アイリアンが「長がわたしの前を通りすぎたとき、お墓が見えた（When he passed me, ... I saw a grave.）」（"Dragonfly" 239）と感想を述べたように、彼は魔法の力で生きかえった者として登場する。体が冷たくなり、脈がとまっていたにもかかわらず、息だけはあったトリオンは、埋葬される直前に目を開け、口をきいた。まさに「生きかえった」のである。

い。こうして誕生した新しいアイリアンは、あらためてローク学院の枠におさまらない存在となった。ロークは、彼女なしではトリオンの問題を解決できなかったが、彼女にとってロークの知は、通過点にすぎなかったのである。

　以上述べてきたテナー、テハヌー（テルー）、アイリアンの3女性は、ドラゴンによって自分を変化させ、主体的な力を得たのだといえよう。
　彼女たちは、自らの目で世界を見つめた。つまり、「世界はどう見えるか」という問題と、「だれが世界を見るのか」という問題は、たがいに結びついているのである。
　とくにテハヌー（テルー）とアイリアンの、女でありドラゴンでもあるという"二重性"は、彼女たちが女の目とドラゴンの目という"複眼"で世界を見るということであろう。しかも、**彼女たちの二重性は、まったく肯定的にとらえられている**。
　この、「どちらにも属しているが、一方に優越性をもたせることも、どちらかを否定することもしない」という二重性の肯定は、分裂し矛盾をはらんだ自己をそのまま引き受けようという態度ともつながるのではないだろうか。そしてそれは、常なる自己の相対化をともない、刷新し続けることでもあろう。

　このように『帰還』や「トンボ」で示された女とドラゴンという二重性は、続く『アースシーの風』において、ハードとカルガド、生者と死者の二重性の問題へと発展していくのだが、ここでもドラゴンが鍵を握っている。

> 彼女たちの二重性は、まったく肯定的にとらえられている
> フランスに、半身蛇の女性メリュジーヌの話がある。彼女は人間と結婚し、子どもを産み、砦などの建築を行うという積極的で有益な女性にもかかわらず、その"二重性"は、あくまで"異形"と見られている。『メリュジーヌ』（ジャン・マルカル、大修館書店、1997）、『メリュジーヌ物語』（クードレッド、青土社、1996）

ドラゴンと死者の国ドライランド

『アースシーの風』は、レバンネン（アレン）がハブナー（Havnor）で戴冠し、ハードの王となった年の15年後から始まる。

滑りだしたばかりの新しい時代は、西からのドラゴンの侵入、東からのカルガドの圧力という、800年前のエレス・アクベの時代と同じ問題がつきつけられることになった。しかし、問題は同じであっても、吉田純子が「世界の隅々にローク・ハブナー型の正義と権力を浸透させるような……枠組み自体がここにいたって俎上にのせられることになった」（『少年たちのアメリカ』149）と述べるように、"英雄エレス・アクベの戦いと死"というかつての解決方法では対処できなくなっていた。当初、私的な問題という装いをもってさりげなく現れた、村の**まじない師**ハンノキの夢が、これら公的な2つの外圧問題と交錯するからである。

ハンノキは、愛情ゆえに死者の国ドライランドにいる妻に引きつけられ、死者たちから「わたしたちを自由にしてくれ（set us free!）」（Wind 21）と呼びかけられる。怒りを吐露するようにドラゴンが山や野に火を吐き、じょじょにハブナーに迫ってきている情勢のなか、高度な魔術をもたない男を通じて死者たちが語るという、前代未聞の国内状況が出てきたのである。

レバンネン（アレン）は対策会議を開くが、ここで媒介者・調停者として力を発揮するのが、"二重性"をもっている人びとであった。

ドラゴンであり女であるテハヌー（テルー）はドラゴンと交渉し、アイリアンがドラゴン代表として会議に参加し

まじない師
ハード語圏では、魔法に携わる人は、3種類にわけられる。「魔法使い（wizard）」、「まじない師（sorcerer）」、そして「まじない女・魔女（witch）」であり、これがそのまま魔法の階層制に対応している。女性がローク学院に入学することを禁止した、初代大賢人のハルケル（Halkel）によって規定された。（"A Description of Earthsea" 293）

て発言する。カルガド出身のテナーが、カルガド王によっておくりこまれた王女セセラクの話を聞くことで、カルガド文化のドラゴン観・死生観を呈示し、これが契機となってさまざまな議論がすりあわされる。

　その過程で、ハンノキが背負うドライランドの死者の声と、ドラゴンの進攻とが結びついていく。死者の国ドライランドは、人間が、ドラゴンのもつ自由ほしさに、両者が別れたときの約束を破ってその一角を奪い、魔法をかけた結果生まれたものだということが、看破されるのである。つまり、ドラゴンの侵攻と死者の呼びかけとは呼応しており、両者とも死者の国ドライランドの壁の破壊を願っていたのだ。

　これまで、ドライランドへの越境という行為は、常に力ある魔法使いを魅了し、だからこそ魔法の"自己抑制"である「**均衡**」が強調されてきた。したがって、欲望を優先して均衡を危ういものにした魔法使いはその違法性を断罪されたのだが、『アースシーの風』では、ホリンデール（Peter Hollindale）が「この最後で最大の罪は、異端者個人ではなく、魔法そのものにある。つまり、多島海世界の僭越的魔法が問われるのである」（"The Last Dragon of Earthsea." 187）と述べるように、魔法そのものの違反性が、オーム・エンバーがいった「ものの道理」との関連で論じられることになった。死者を囲うドライランドの存在が「すべてのものは死ぬ」という自然の道理に反しているのなら、"**呼びだし**"という**魔法**が高級なものとして体系化されているロークの魔法知もまた同様ではないかというのである。

　この問いかけによってロークの魔法は、抑圧してきたパルンの魔法や、「野蛮」だとして排斥してきたカルガドの

均衡
一見対立しているものが、実際には相互に連関しあっているという考え方。

"呼びだし"という魔法
生者および死者の霊を呼びだす魔法。

知識体系によって誰何（すいか）され、相対化されることになった。とくに後者の、太古の大地の力を敬い、ドラゴンを退けるのではなく聖なる動物とみなす、どちらかといえば東洋的な考え方との比較において、ロークの魔法知もまたひとつの世界観にすぎないことが明らかになっていく。

そしてとうとう、魔法の"担保"であったドライランドの壁が、ドラゴンと人びとによって破壊される。その結果、風の吹かないドライランドの乾いた大地が動き、「苦しみ」と呼ばれている山からも火があがった。

レバンネン（アレン）は、山脈の上に新しいドラゴンを見る。それは、テハヌー（テルー）だった。

> 2頭のドラゴンは、オーム・アイリアンとカレシンだった。3頭目のドラゴンは、金色のうろこと翼で輝いていた。……のぼりつつある太陽の光がテハヌーにあたった。テハヌーは、名前のとおり大きくきらきら輝く星のように燃えた。
>
> Two he [Lebannen] knew, Orm Irian and Kalessin. The third had bright mail, gold, with wings of gold. ... one chasing the other higher and higher, till all at once the highest rays of the rising sun struck Tehanu and she burned like her name, a great bright star.（Wind 240）

レバンネンが船上で口ずさんだことのある歌の詞「ああ自由、わたしの喜び（O my joy, be free!）」（Wind 198）が、上記のテハヌー（テルー）の飛翔と、彼女と名前を同じくする夏の星の輝きに、そのままあてはまるのではないだろうか。かつて、テナーの許に残ると決めた彼女は、ここでもうひとつの新たな自己を生みだしたのだ。彼女のこの"変身"は、なすべきことを果たし、自信をつけ、そして親と別れていく娘の自立であるともいえよう。

「苦しみ」と呼ばれている山
『さいはての島へ』の終盤、アレンは力のつきたゲドをおぶって山を越えた。その後、彼はポケットに黒い小石が入っているのを見つける。レバンネン王となったいまも、その石を袋に入れて首からさげている。

レバンネンが船上で口ずさんだことのある歌
嵐のすぎた晴れやかな朝、昔聴いた歌がレバンネンの心に浮かんだ。
「ああ　わたしの喜び！
輝かしいエアよりずっと前、
セゴイが島をもちあげたより昔、
海には朝の風が吹いていた。
ああ自由、わたしの喜び！」
（O my joy! / Before bright Éa was, before Segoy / Bade the islands be, / The morning wind blew on the sea. / O my joy, be free!）（Wind 198）

さらに、この死者の国を囲う壁の破壊は、ハンノキと妻とを再び結びつけ、レバンネンとセセラクを新たに結びつける契機となる。生と死、ハードとカルガドの結合である。

分割と再結合

　カレシンは、「わかたれていたものが、いまわけられる（What was divided is divided.）」（Wind 240）と告げ、「様式の長」アズバーは「つくられたものは壊される。壊されたものは癒える（What was built is broken. What was broken is made whole.）」（Wind 240）と答えるのだが、これは、天地創造の詩である「つくることと壊すこと、始まることと終わること、だれがはっきりわかっていようか（The making from the unmaking, The ending from the beginning. Who shall know surely?）」（Tehanu 169）と響きあっている。つまり、男たちが守る"魔法知"によって他者性を刻印されていた「女」「死者」「カルガド」が、ドラゴンと結びついて主体性を奪いかえすという変化を通じて、既存の秩序が壊され、新しい世界が創造されるということなのである。換言すれば、「いまあることを受け入れ、維持するという倫理的価値観」（C. N. Manlove, "Conservatism in the Fantasy of Le Guin." 290）つまり、現状維持ではないかという批判もあった最初の3部作の"均衡"概念が、ここで"改訂"されたのだともいえよう。

　ドラゴンは、山や野に火を吹き、翼を使ってそれらの上を飛んだ。同時に彼らは、これまでのアースシー世界の人びとの、思想的あるいは力学的な"枠"もうち破ったのである。作者が、「わたしたちは、不条理という崖を越えるよう理性に頼むことはできない。ただ想像力だけが、"永

遠に続く現在"という束縛状態からわれわれを解き放つことができる（We cannot ask reason to take us across the gulfs of the absurd. Only the imagination can get us out of the bind of the eternal present）」（*Dancing* 45）と述べるように、既存の秩序を転覆することができるのは、理性ではなくて想像力なのであろう。

　新しい世界を創造するためには、どこかで現状から飛躍するものが必要なのだが、これこそドラゴンが担ったものである。ドラゴンの話すことば――「太古のことば（the Speech of the Making）」――は、直訳すれば「創造のことば」ということになるだろう。これは、既存の知識の保守・権威づけとは対極にある、常に自由で開かれたことばなのではないだろうか。

　アースシーのドラゴンは、退散させられるイエボーから、命あるものの象徴であるオーム・エンバーへ、さらに脈々と続く命であるカレシンへと比重が移動していったが、同時にカレシンは、アースシー世界の"他者"たちに結びついていった。その結果、ドラゴンと他者とが連合して、アースシーという大地と海の世界の限界を火と風でうち破っていく。何ものにもとらわれない自由を希求するドラゴンは、世界変化の触媒とでもいうべき役割を担ったのである。

引用文献

Beowulf. Ed. E. Talbot Donaldson. London: Longmans, 1967.

Briggs, Katharine M. *A Dictionary of British Folk-Tales in the English Language*. London: Routledge & Kegan Paul, 1971.

―――. *A Dictionary of Fairies*. London: Allen Lane, 1976.

Hatfield, Len. "From Master to Brother: Shifting the Balance of Authority in Ursula K. Le Guin's *Farthest Shore* and *Tehanu*." *Children's Literature* 21 (1993): 43-65.

Hollindale, Peter. "The Last Dragon of Earthsea." *Children's Literature in Education* 34 (2003): 183-193.

Le Guin, Ursula K. "The Rule of Names." 1964. *The Wind's Twelve Quarters*. 1975. N.Y.: Harper, 1995.
—— . *A Wizard of Earthsea*. 1968. N.Y.: Puffin, 1994.
—— . *The Tombs of Atuan*. 1971. N.Y.: Puffin, 1974.
—— . *The Farthest Shore*. 1972. N.Y.: Puffin, 1974.
—— . *Dancing at the Edge of the World: Thoughts on Words, Women, Places*. 1989. N.Y.: Harper & Row, 1990.
—— . *Tehanu*. N.Y.: Puffin, 1990.
—— . *Earthsea Revisioned*. Cambridge: Green Bay, 1993.
—— . "Dragonfly." 1997. *Tales from Earthsea*. N.Y.: Harcourt, 2001.
—— . "A Description of Earthsea." *Tales from Earthsea*. N.Y.: Harcourt, 2001.
—— . *The Other Wind*. N.Y.: Harcourt, 2001.
Manlove, C. N. "Conservatism in the Fantasy of Le Guin." *Extraporation* 21-3 (1980): 287-297.
Tolkien, J. R. R. "On Fairy-Stories." 1964. *Poems and Stories*. N.Y.: Houghton Mifflin, 1994.
Trites, Roberta Seelinger. *Waking Sleeping Beauty*. Iowa: Iowa U.P., 1997.
Wrightson, Patricia. *The Nargun and the Stars*. 1973. N.Y.: Mcelderry, 1974.
荒川紘『龍の起源』紀伊国屋書店、1996
吉田純子『少年たちのアメリカ——思春期文学の帝国と〈男〉』阿吽社、2004

第3章　見直すテナーと見直される世界

Tenar & Tehanu

『こわれた腕環』──母から脱出する娘

　第1作『影との戦い』（*A Wizard of Earthsea*）において、ゲド（Ged）が魔法使いのオジオン（Ogion）にその才能を見出されたのは、彼らの住むゴント島に隣国カルガドの兵士たちが略奪にきたとき、これを追い払ったのがきっかけであった。カルガドという国は最初に、異なる文化を背景にした侵略者＝悪者として登場したわけである。

　続く第2作『こわれた腕環』（*The Tombs of Atuan*）では一転、カルガド人の女性テナー（Tenar）に焦点があてられて物語が始まる。

　〈ゲド戦記〉シリーズが前半3部作だけをさしていたときは、主人公はあくまでもゲドだった。そのため、『こわれた腕環』は彼がアチュアンの墓所にいった冒険談という視点に制約されざるをえなかった。

　しかし、6冊のシリーズ全体をとおして見ると、後述するように、第1作が"男の世界"のなかでの男の子の成長を描いた作品なら、第2作は"女の世界"のなかにおける女の子の成長を描いている──というまとめ方をすることができる。

　ここでは、ゲドの冒険を後景に押しやって、テナーを中心に考察していく。

　彼女は、個をささげることで、自らが属する組織における一定の力を保持していたが、ゲドの来訪を機に、自分の人生を問い直すことになる。それによって得たものと失ったものは何だったのかを考えていきたい。同時に、カルガド人、カルガド文化がどのように描かれているのかも、確認しておきたい。

第3章●見直すテナーと見直される世界

アチュアンの墓所

　まず、簡単に物語の概略を述べておこう。

　カルガドは、ゲドの生まれたゴントの東に位置し、**4つの島**からなっている。テナーは、このうちのひとつアチュアン島にある聖地（Place）「アチュアンの墓所（the Tombs of Atuan）」で、脱出までの十数年を暮らした。アチュアンの墓所は隔絶された砂漠にあり、塀で囲まれていて、内部には女性と宦官しか入ることができない。

　敷地内には3つの神殿があり、テナーはそのなかでもっとも古い「玉座の神殿（Hall of the Throne）」の、「名なき者たち（the Nameless Ones）」に仕える大巫女になる。

　巨大な"ふくらはぎ"を思わせる神殿の2つの円柱の奥には大きな空(から)の玉座があり、地下には洞窟とそれに続く大迷宮がある。神殿の裏手には「墓所」と呼ばれる9つの石柱がたっていて、のちの地震のときにはぽっかりと口を開き、これらの墓石を呑み込んでしまうことになる。『影との戦い』に登場するローク山やテレノンの石に比べるとアチュアンの墓所は、形態的に女性の特徴をもっているということができる。

　墓所には、迷路になっている地下と、「墓」と呼ばれる石柱がある。地下を"大地の子宮"と考えるならば、子宮（womb）と墓（tomb）をあわせもつこの場所は、"誕生"と"死"との"循環"を示しているということになろう。しかも、始めも終わりもない地下迷宮は、「子宮と卵巣の生み出す周期的なサイクルに閉じ込められた女性の人生を暗喩する」（吉田純子「パワー・ゲームを降りた女の生き方──『帰還』の場合」33）ということもできる。

　さらに、地震によって石柱が地下に呑み込まれるという描写は、自然現象の力の大きさを示すと同時に、呑み込む太母の恐ろしさをも連想させる。

4つの島
カルガドは、政治の中心カレゴ・アト（Karego-At）、墓所のあるアチュアン（Atuan）とアトニニ、そして『アースシーの風』に登場するセセラク（Seserakh）の出身地ハートハーの4島で構成されている。

つまり、アチュアンの墓所は、「母なる大地」あるいは「太母がもっている、豊穣と死の両面をあわせもつ女性空間」だということができるだろう。

玉座の神殿のおおまかな歴史は、次のようにテナーに語られる。

「昔、まだ4つの島が帝国に統一されていないころ、神王さまがわれらを治める前の時代、小さな国の王やら王子やら族長やらがいっぱいいて、争いが絶えなかった。……そのようなとき、彼らは、**あなた**にどうすればいいのか聞きにきた。そうするとあなたは『空の玉座』の前にいき、名なき者たちにおうかがいをたてたものだ。ずっと昔のことだがな。それから、神官でもある王たちがカレゴ・アトを治め、しばらくしてアチュアンも支配した。そしてこの100年あまりのあいだ、神王が4つの島をまとめあげ、帝国を築いた。……神王は神なのだから、名なき者たちにおうかがいをたてる必要はないわな」

"Long ago, ...before our four lands joined together into an empire, before there was a Godking over us all, there were a lot of lesser kings, princes, chiefs. They were always quarrelling with each other. And they'd come here to settle their quarrels. ... And they'd ask you what to do. And you'd go before the Empty Throne, and give them the counsel of the Nameless Ones. Well, that was long ago. After a while the Priest-Kings came to rule all of Karego-At, and soon they were ruling Atuan; and now four or five lifetimes of men the Godkings have ruled all the four lands together, and made them an empire. ...And being a god, you see, he doesn't have to consult the Nameless Ones very often." (*Tombs* 31-32)

つまり、遠い昔の大巫女は、領主や族長の"仲裁"とい

あなた
アチュアンで生まれ育ったテナーは、大巫女の生まれ変わりとして新たな大巫女になった。ここでは、生まれ変わるまえの大巫女の話を、現在の大巫女であるテナーにしている。

う役割と、それを実行するための力をもっていたが、「神」を名のる王が力づくで島々を制圧し、帝国をうちたてて以来、その力を失ってしまったのだ。そのことを象徴するように、玉座の神殿は、後年建設された「神王の神殿（Temple of the Godking）」や「兄弟神の神殿（Temple of the God Brothers）」に比べると荒れ果てていて、その権威は忘れられつつある。玉座の神殿の大巫女がもっとも位が高いということになっているが、それは名ばかりになって久しい。いまは、権力者である神王に刃向かった罪人を"いけにえ"として始末する役割を担わされているにすぎないのだった。

　この歴史から喚起されるのも、女性のイメージである。

　まず、いちばん古い歴史をもつ玉座の神殿の由来は、太古から続いてきた自然信仰だと考えるのが妥当であろう。石柱や地下の洞窟は――自然の産物か古代遺跡かは不明だが――特別の場所として認識され、人びとの、自然にたいする畏怖、太古の力への崇拝の対象となったことが、その歴史の端緒と思われる。そして、その信仰が広まると、畏怖する対象と人びとのあいだの媒介者として、巫女が出現したのではないだろうか。

　しかし、玉座の神殿から兄弟神の神殿、神王の神殿へとその中心が移行する聖地の歴史は、男神を中心とした神がみが出現してくるにつれて大地母神の信仰が力を失い、さらに負の要素をも付加される、女神の歴史と重なっている。

　多くの国や部族が統一され、ひとつの国家が形成されるにしたがって、自然信仰や太古の力への**崇拝は変化し**、衰微し、ついには新たな権力に利用されることで細々と命運を保っているにすぎなくなる。いまやアチュアンの墓所は、栄光のない隔離された女の場所に変化してしまったのであ

崇拝は変化し
『アースシーの風』に出てくるオーランの洞窟（the Cave at Aurun）は太古の力のやどる場所だが、いまでは人びとからすっかり忘れられ、ごみ捨て場と化していた。（Wind 171）

る。しかも、"罪人を殺す"という役割を引き受けさせられているので、闇の部分を受けもたされたうえで権力に奉仕させられていることになろう。

　ことばを変えると、アチュアンの墓所は、空間的のみならず歴史的にも、女の場所を示しているということになる。

名なき者たち

　次に、空の玉座にすわる「名なき者たち」について考えてみたい。ゲドが属しているハード語圏において、"真の名（true name）"を知るということは、「**その生を手中にする**（Who knows a man's name, holds man's life in his keeping.）」（*Wizard* 89）ことを意味する。魔法使いの仕事は、この"真の名"を知ることだといってもいいのだが、それは、オジオンが草を例にして「根・葉・花が四季の変化でどう変わるかを知り、匂いをかいだだけでも、種を見ただけでも、それとわからなくてはならない（When you know the fourfoil in all its seasons, root and leaf and flower, by sight and scent and seed, then you may learn its true name, knowing its being ...）」（*Wizard* 22）と述べたように、どこか科学者を彷彿とさせる作業でもある。つまり、対象を"知"で切りとり、分析し、意識化するというのである。

　名前を知ることがこのような特徴をもつのであれば、「名なき者たち」とは、意識化できないもの、名前がないから支配できないものを表すことになる。つまり、『影との戦い』においてゲドが向きあい、最終的には自らにとり入れた"影"を「個人的影」と呼ぶならば、「名なき者たち」というのは、「社会の影」なのだと考えてもいいのではなかろうか。社会が意識しないもの、無意識の領域に押し込めているものである。

　「名なき者たち」が女性をイメージする神殿に祀られてい

その生を手中にする
ゲドがドラゴンのイエボー（Yevaud）を退散させたのは、まさにこの原理による。

第3章●見直すテナーと見直される世界

るのは、女性が社会のなかで"無意識の領域"を担わされていることを意味している。つまり、両者とも"社会が意識化していない影の存在"という共通性をもっているということなのである。

さらにゲドは、「名なき者たち」について、次のように解釈する。

「彼らを否定したり忘れたほうがいいというのではないが、崇拝する必要はない。大地は、美しく、やさしく、輝かしい。しかし、それがすべてではない。同時に、恐ろしく、残酷で、暗いのも、大地なのだ」
"They should not be denied nor forgotten, but neither should they be worshipped. The Earth is beautiful, and bright, and kindly, but that is not all. The Earth is also terrible, and dark, and cruel."（Tombs 113）

ここでゲドは、大地を"明"と"暗"の2つにわけ、後者を「名なき者たち」と同一視している。つまり、知で分析できない、ことばで意識化できない部分を、"大地の暗部"とみなしているわけである。そして、「光が現れる前の昔からの聖なる大地の力、つまり闇、破壊、狂気の力（the ancient and holy Powers of the Earth before the Light, the powers of the dark, of ruin, of madness.）」（Tombs 114）と述べ、『影との戦い』における**テレノンの石**と同様に、「名なき者たち」は"光"に対立する"闇"であり、破壊と狂気の力――つまり"悪"――だと考えている。したがって「名なき者たち」が押しつけられている女性的な場も、"闇"のイメージを付着させられていることになろう。「名なき者たち」と親和性をもつ女性は、世の中の"闇"に埋没させられているということになる。

しかも、ゲドが「大地の太古の力がやどる場所はひとつ

テレノンの石
オスキルのテレノン宮殿にある。P.211を参照のこと。
〈ゲド戦記〉には、「テレノンの石」「シリエスの石」という2つの石が出てくる。どちらも、危険な力をもつ石のようだ。ゲドはロークにいるとき、ある書物で「ものいう石」に支配された竜王の話を読んだことがあった。(Wizard 91)

ではないが、ここほど強い力をもつ場所は、ほかにない（there are places which belong to the Old Powers of the Earth, like this one. But none so great as this one.）」（*Tombs* 86-87）と述べるように、アチュアンの墓所では、太古の力の暗部——闇や破壊力や狂気——が、空間的にも時間的にも保持された女性イメージをとおして強力に保たれていたといえよう。

　ゲドは、「名なき者たち」を崇拝する値打ちはないと断言するが、彼らの存在と力の強さをよく認識しており、「わたしは彼らに気づかれまいとしてずっと一生懸命だった。……でも、彼らはわたしのことを気づいてしまった。ぼんやりと、半分眠ったままで。……ひとりきりでは絶望しかない、ここは（I have striven to keep them still, to keep them unaware. ... yet still they are aware of me, half aware, half sleeping, half awake. ... One man alone has no hope, here.）」（*Tombs* 113）とその恐怖を語り、だからこそ、彼らにこの場所を残してやるべきだと主張した。

　彼は、自分の頬の傷——**エルファーラン**（Elfarran）呼びだしの際の傷——について、「わたしの顔の傷は、名なき者たちの一族につけられたものだ（This on my face is the mark of one of the kinship of the Nameless Ones.）」（*Tombs* 88）と述べているので、心底から「名なき者たち」のもつ力を理解していることがわかる。ここに、ゲドがアチュアンの墓所への野望をいっさいもたずに、あるいは攻撃をしかけたり破壊しようと思わずに、ひたすら逃亡する理由がある。ちょうど、『影との戦い』でテレノンの石とセレット（Serret）から逃げたように。

　男性である彼にとっては、「名なき者たち」が女性のイメージに結びつけられていることは、さほど問題ではない。

エルファーラン
魔法使いで王だったモレド（Morred）の王妃。彼女自身も太古の力に通じていたようだ。「モレドの敵」がおこした津波で、ソレア島とともに沈む。

第3章 ● 見直すテナーと見直される世界

しかし、テナーにとってはどうであろうか。

食われし者

　テナーは、ものごころついたときからこの場所で生き、ここしか知らない少女である。彼女はアチュアン島の貧しい農民の子として生まれたが、大巫女の**生まれ変わり**として5歳のとき聖地につれてこられ、翌年「食われ」て、「食われし者（the Eaten One）」であるアルハ（Arha）となる。つまり彼女は、「名なき者たち」に供され、供されることで大巫女としての力を得るのである。

　個をささげることで、たしかに彼女には一定の力が与えられた。しかし、「食われる」ということは、"自分がなくなる" ということであろう。加えて大巫女は永遠に生まれ変わるものなので、時間の流れがない。アルハには、自分の人生と呼べるものはないし、かつての自分の残滓である名前さえもとりあげられたのだった。

　個人としての変化は否定され、大巫女という立場・役割に限りなく同化することを求められる。ミサをさぼったときも、彼女だけ「何も残ってはいない。すべて食べられたのだから（There is nothing left. It was all eaten.）」（*Tombs* 28）といわれ、**ほかの少女**のように罰をくらうこともない。

　聖地で巫女たちが営む生活も、囲まれた塀のなかでの自給自足の、考える機会のない、連綿と続く毎日である。

　儀式や歌はすべて口承で伝えられた。なかには、いまでは意味の失われてしまったものもあった。

　つまり、アルハは変化の可能性をつみとられた "無時間的存在" である。閉ざされた場所で、自らを閉ざして生きることを強要され、自分らしさの発露を阻まれている彼女は、「未来を奪われた子ども」と表現することもできるだろう。

生まれ変わり
彼女の生母は、子どもをとりあげられるのを阻止しようとしてテナーが天然痘を患っているように装ったが、無駄だった。（*Tombs* 18–19）

ほかの少女
名前はペンセ（Penthe）で、このときアルハと同じ12歳。口べらしのために、7歳のときに神王の神殿の巫女になった。のちに、彼女が神を信じていないということがわかって、アルハは衝撃を受ける。（*Tombs* 48）

この変化のない退屈な生活のなかで唯一アルハが自分の意志でできることは、地下の迷宮を歩くことだった。光は禁止されていたので、彼女は手探りで闇のなかをすすむという冒険を続け、かなり自由に動きまわることができるようになっていた。
　光を禁止して目を使わせないということは、迷宮にたいする判断を拒み、いつまでも神秘なままに保ち、人間にたいして圧倒的な強大さを示すという効果をもつのであろう。つまり、対象となるものとそれを対象化する主体との"分離"を、拒んでいるのである。
　のちのアチュアン脱出の際、彼女は迷路を"見る"ことで、知っていたはずの道順が混乱してしまうのだが、これこそが、目を犠牲にしたアルハの「自由」がどのようなものであったかを表している。

　アルハがアチュアンを脱出する契機となったのは、暗黒と孤独が維持されているはずのその迷宮のなかで、異性であるゲドと"光"に遭遇したことだった。彼女は怒りの叫び声を発し、ゲドを地下に閉じ込めてしまう。だが、大巫女として当然すべきこと——つまり、彼を殺すこと——がどうしてもできない。アルハは、ゲドに怒りと好奇心をもち、魅了され、反発する。
　羨望と否定がないまぜになった感情をもつ一方で、エレス・アクベ（Erreth-Akbe）の腕輪の半分を盗むために単身迷宮に忍び込んだこの魔法使いにたいして、アルハは敬意もいだく。このふたりの交流は「恋」と呼んでもさしつかえないものであり、じょじょに信頼がうまれていった。
　ゲドは、「テナー」と、奪われていた名前で呼びかけ、彼女に自身の"真の名"を教える。ところが、神王の神殿の第一巫女コシル（Kossil）がゲドの存在を知ることとな

って、テナーは、アルハとして聖地に留まるのか、それともテナーとしてゲドといっしょに脱出するのかという選択を迫られる。そしてついに後者を選ぶのである。

ただし、この脱出には、アチュアンでの"母たちの死"が必要だった。

3人の母

テナーは、生みの母と別れさせられたのち、アチュアンで3人の"母"をもっていた。まず、付き人である宦官のマナン（Manan）である。"彼"は、名前の響きからもわかるように、テナーを幼い子のように扱い、甘やかす。一方、テナーは"彼"にたいしてわがままに、ときには暴君のようにふるまう。"彼"のことを好きではあるが、その意見を尊重しようとは思っていないのである。

テナーとマナンの関係は、個人として向きあう以前の、密着した"母子"関係を示している。

ふたり目の母サー（Thar）は「兄弟神の神殿」の巫女で、厳格だが冷静にテナーを教え導いた。マナンが情を示す乳母なら、サーは知を示す家庭教師のような存在だ。

サーは、これまでアチュアンに忍び込んだ魔法使いについてのテナーの質問にたいして、わかりやすくていねいに答えたし、自分亡き後のテナーを気にして、先代のアルハの行動や神王にまつわる情報を伝えた。

彼女は、テナーが16歳のときに病死してしまう。ゲドが侵入したとき——娘がいちばんアドバイスを必要としたとき——には、すでにいなかった。

3人目の母は、前出のコシルだ。彼女は、娘を支配する母である。テナーを意地悪く見つめ、感情的なものいいをし、身分上は自分より上に位置するテナーを、なんとか意のままにしようとする。その理由をカミンズ（Elizabeth

Cummins）は、次のように説明している。

> 王や貴族たちが闇の力を信じていたかどうかは疑わしい。しかし、支配者たちには権力基盤のシンボルが必要だ。大巫女は船首像のようなものだった。だから、大巫女になるように選ばれた子どもは最高のいけにえであり、破壊に提供する奉納物なのだ。（*Understanding Ursula K. Le Guin* 41）

つまり、"娘"としてのテナーは、支配する者にとって必要な存在であり、**コシルという"母"**は、支配者である王の代理人なのである。

テナーはコシルに対抗しようとするが、年齢や経験、あるいは背後に背負う権力の差から、到底かなわない。しかも、コシルには「名なき者たち」への畏れはなく、テナーが自分の意に添いそうもないと感じるや、「あなたは最初の巫女ですが、それは同時に最後の巫女でもあるのでは？（You are the First Priestess; does that not mean also that you are the last?）」（*Tombs* 106）とテナーを脅す。

一方、マナンはゲドを殺すように、そしてコシルとうまくやっていくように、何度も嘆願する。したがってテナーは、助言者もなくひとりぼっちで、自分の思いを貫けるかどうかという瀬戸際におかれた。そして彼女は、アチュアンのすべての母を捨て去ることで、この問題に解決を与えることになる。

テナーの脱出
たしかにテナーは、マナンのいうように、ゲドを殺してコシルと仲直りするのが現実的な選択だとは感じていた。

コシルという"母"
実母が装ったテナーの"病気"を見破ったのは、コシルだった。

しかし、以前、神王がおくってきた**囚人を殺す命令をくだしたときの深い悔恨**が心の奥に潜む彼女には、ゲドを殺すという決断はできなかった。これは、目先の判断を超えて、いわば"彼女らしさの核"につながる心情であろう。

　テナーはコシルにうそをつき、ゲドを大宝庫にかくまう。そのときにゲドが、彼女の本来の名前を呼んだのだった。

　ゲドは、「あなたは、布で覆われて暗いところに隠されているランプみたいだった（You are like a lantern swathed and covered, hidden away in a dark place.）」（*Tombs* 115）と説明する。彼女は「テナー」と呼びかけられた後、**迷宮の壁画の間に描かれた死者たち**の夢を見た。

> 死者のひとりが近づいてきた。彼女は最初、こわくて逃げだそうとしたが、動くことができなかった。それは人間ではなく鳥の顔をしていたが、**髪は金髪だった**。そして、女の声でやさしくいった。「テナー」と。彼女は目が覚めた。口は粘土でふさがれていた。地下の墓のなかに横たわっていたが、手足は死者の衣装で覆われ、動くことも話すこともできなかった。あまりにも絶望が深かったので、ついにそれは胸をつき破り、火の鳥のようになって石を割り、光のなかに出てきた。
>
> One of them came up quite close to her. She was afraid at first and tried to draw away, but could not move. This one had the face of a bird, not a human face; but its hair was golden, and it said in a woman's voice, "Tenar", tenderly, softly, "Tenar." She woke. Her mouth was stopped with clay. She lay in a stone tomb, underground. Her arms and legs were bound with grave clothes and she could not move or speak. Her despair grew so great that it burst her breast open and like a bird of fire shattered the stone and broke out into the light of day.... (*Tombs* 103–104)

囚人を殺す命令をくだしたときの深い悔恨
アルハは、神王を殺そうとして捕えられ、舌を切られてアチュアンまでおくられてきた囚人たちを餓死させる命令をくだしたことがある。このとき彼女は、熱を出し、悪夢に苦しめられた。

迷宮の壁画の間に描かれた死者たち
人間の顔と手足をもつ、大きくてうすぎたない鳥のような姿として描かれていた。

髪は金髪だった
テナーの髪は黒っぽいのだが、生母の髪はテナーのそれとは異なり金髪だった。（*Tombs* 10）

テナーは、ゲドに呼びかけられたことで、忘れていたはずの生母の髪の色と声を思い出すことができた。そして同時に、**この夢**は、自身の意識に先じてアチュアンで彼女がおかれていた状況——口をふさがれ、体も動かせない状態で地下の石墓に横たわる現状——と絶望をつき破りたいという欲求を、直感的に示している。

テナーは、異性の来訪を機に長い眠りから目覚める「眠り姫」なのだといえるだろう。

もちろん、ただ受け身的に王子がくるのを待っていたわけではない。彼女がゲドを見つけ、彼を助けたいと思ったのだ。ゲドとの脱出も、テナーが決断したからこそ可能だった。

だが、この脱出は、思慮を重ねた——あるいは、時が熟した——というよりも、事態のほうが先にすすんでしまう。コシルにたいする恐れが後押しし、またゲドに「アルハであるべきか、テナーであるべきか。両方にはなれない（You must be Arha, or you must be Tenar. You cannot be both.）」（*Tombs* 121）と問いつめられて、テナーは、自分がどこからどこへいくのかを十分に認識しないまま脱出しなくてはならなかった。

さらに、脱出の過程でこれを阻止しようとした**マナンが死に**、脱出後には地震がおきて、**地下にいたコシル**は当然死んだとされる経過は、テナーの心に大きな傷を与える。

この脱出は、たしかにテナーの"再生"ではあるのだが、同時に、自分のなかのアルハを断ち切り、母たちと別離させられる経験でもあった。テナーが、ゲドを殺して墓所に戻ろうかと悩むのは、この手ひどい断絶による痛みのためである。

この夢
夢は、〈ゲド戦記〉シリーズ全編をとおして重要な要素だ。思考したり、意識化する以前に、現実認識や大まかな未来図を直感するのが、夢の役割だと思われる。

マナンが死に
マナンは、ゲドをつき落とそうと地下の岩棚で待ち伏せしていたが、反対に自分が落ちてしまう。

地下にいたコシル
コシルは、ゲドを殺して埋めたというテナーのことばがうそないかもしれないと思って、死体を確認しようとしていた。

第3章●見直すテナーと見直される世界

テナーの逡巡

　脱出後、テナーはいっとき開放感にあふれるが、しばらくたつと、じょじょに不安が増していく。彼女はゲドに、「向こうでもわたしといっしょにいてくれる？（Will you stay with me there?）」（*Tombs* 144）と質問するのだが、ゲドはこれに同意することができない。

　『影との戦い』においてゲドが"影"を追いつめていく航海の場合、彼には友人の同行があったし、オジオンという年長の助言者も、また自らが帰るべきところもあった。しかし、テナーは圧倒的に孤独である。したがって彼女が、「ゲドがわたしを強引につれてきたんだ。……でもいま、腕輪を手に入れ、墓所は滅び、その巫女は誓いを破ってしまった。だから、ゲドにはもう自分が必要ではないのだ……（He had made her follow him. ... And now that he had the ring, now that the Tombs were in ruin and their priestess forsworn forever, now he didn't need her, ...）」（*Tombs* 147）とゲドを疑い、恨みに思うのも当然ではなかろうか。

　彼女はたしかに、変化を許さない隷属の闇からは逃げた。しかし同時に、その闇のなかに、母たちと、アルハであった自分を、おきざりにしたのである。

　闇と女性とが結びついていたがゆえに、闇を捨てることは、これまでの自分のすべてを捨てることと同じだった。『こわれた腕輪』の終末に漂う不安感は、根を断たれてひとりたたずむテナーの、この不安を反映している。

　しかし、『こわれた腕輪』の語りは、テナーの苦悩を自由に関する一般的な意見にすりかえているように思われる。

　舟が陸を離れたとき、テナーは泣くが、それに続くのは、「彼女が悟り、わかり始めていたのは、自由の重さだった。……自由は、与えられた贈りものではなく、しなくては

ならない選択だ。しかもその選択は、いつもやさしいとばかりはいえないのだ（What she had begun to learn was the weight of liberty. ... It is not a gift given, but a choice made, and the choice may be a hard one.）」（Tombs 149）という説明である。

この解説に封じ込められたものは、迷った末にやっと脱出したものの、彼女が直面することになった２つの大きな現実的な問題であろう。

ひとつは、これまでアチュアンで身につけた知識がまったく役にたちそうもないうえに、ことばも通じない外国にいかなくてはならない——つまり亡命者・難民になる——という現実。そして、カルガドにとってテナーは、アチュアンの墓所を捨てて逃げた"裏切り者"であるという事実である。とくに後者は、ゲドが直面したネマール（Nemmerle）の死と同様、テナーがこれから背負わなければならない重荷であろう。

ゲドは当初、彼女の思いを理解しているとは思えなかった。彼は、エレス・アクベの腕輪をハブナーにもち帰るなら「みんなはあなたのことを『白い貴婦人』と呼ぶよ。あなたは色が白いから。それに、若いしきれいだから、みんなに好かれるだろう。ドレスもたくさんもてると思う。……称賛と感謝と愛を受けることになるんだ。孤独とねたみと暗闇しか知らなかったあなたが（They'll call you the White Lady because of your fair skin, and they'll love you the more because you are so young. And because you are beautiful. You'll have a hundred dresses ... You'll meet with praise, and gratitude, and love. You who have known nothing but solitude and envy and the dark.）」（Tombs 140）と、彼女が受けるであろう恩恵を口にする。

若くて美しいから愛されるとか、**ドレスが何着ももてるなどという発話**は、彼がテナーを子ども扱いし、見くびり、女性を理解していないことの証拠だろう。
　だが彼も、ナイフをもって逡巡したり、どこかの島におきざりにしてくれというテナーの訴えを聞いて、ハブナーにいったあとはオジオンのところにおくり届けることを約束する。「あなたは邪悪なものから逃げてきた。自由を求めて。そして、自分の道を見つけるまで、つかの間の沈黙を得ようとしている（you come escaping evil; seeking freedom; seeking silence for a while, until you find your own way.）」（*Tombs* 154）と、彼女が自分で考え、選択することのできる時間と空間とを保証したのである。

　『こわれた腕輪』を読んだあとに『影との戦い』をふりかえってみると、後者が、若者一般の話ではなく"男の子"の話なのだということを、強く意識することになる。
　ゲドはけっして幸福な子ども時代をおくったわけではなかったが、そのときどきの選択ができる立場にはあった。したがって、彼が"影"との決着をどうつけようと、それは彼自身の問題だった。しかし、テナーは、個性を強く侵害され、自らの個を眠らせることでようやく生きのびることができる環境にいた。名をとられ、個をもたない"器"としての人生をおくるように強要されるという設定は、女性を一定の役割に押し込めようとする社会的な力の描写として秀逸だ。
　だが、地下の迷路が、一方で闇の恐ろしさをもちながらも、他方で彼女だけが自由に歩ける空間であったという二面性をもつことは、アチュアンに留まることと脱出することが、"不幸か、幸福か"という単純な基準で描かれているわけではないことを意味する。けっして「脱出こそが幸

ドレスが何着ももてるなどという発話
このときのゲドが何歳だったのかは明らかにされていないが、いかにも女性をよく知らない男の発想だったように思われる。

福を保証するのだ」と力強く宣言してなどいないのだ。

　この複雑さは、『こわれた腕輪』が出版された当時の社会情勢、とくに女性がおかれていた状況と関連しているのではないだろうか。
　1960年代のアメリカは、公民権運動を皮切りに、先住民や女性などの人権運動が大きく発展した時代だった。伝統は軽視され、"変革"が旗印になった。
　ベティ・フリーダンは、一見幸福そうに見える中産階級の主婦層に「名前のない病気（problem that has no name）」が蔓延していると報告し、若い女性たちは、妻役割・母役割に重点をおく母親の世代の生き方・女の人生を否定した。これは、母たちの監督のもと、「名なき者たち」に仕えていたテナーがすべてを捨てて逃げだす過程と重なりあう。
　しかし、母を否定してはみたものの、それに代わる新しい"何か"を見つけるのは容易なことではなかったし、母を全否定したことにたいする疑問も、心の奥でくすぶっていたのではなかろうか。テナーの不安と迷いは、まさにこれだろう。
　ゲドとテナーの結婚がないのは、ゲドの"英雄としての生き方"が結婚を拒んでいるといった理由だけではなく、母たちを否定したテナーにとっては、結婚が迷いや不安の逃げ道になってしまうからだ。つまり、この時点でゲドとテナーを結婚させることは、結婚によって大団円となる根強い西洋物語のしきたりにしたがうことになるのだが、それは、当の男女の力関係を見えなくし、かつ異文化を背景にしたふたりの関係を無視することになってしまうからではないだろうか。
　もしふたりが結婚していたならば、テナーはゲドに吸収されてしまったであろう。

ベティ・フリーダン
Betty Friedan, 1921-2006
アメリカのフェミニスト。同国で最大の女性団体である「全米女性機構（the National Organization for Women, NOW）」の創立者で、初代会長（1966-70）をつとめた。「名前のない病気」は、*The Feminine Mystique*（1963）で用いられた語。「女性は夫や子どもを通じて生きるべき」という規範にたいして、アメリカ人女性が感じた不満や不適応を表現した。

異文化を背景とした男女の物語

　異文化を背景にした男女の関係について、ル＝グウィンは『こわれた腕輪』刊行の前後に2作品を発表している。

　ひとつは1966年に刊行された『辺境の惑星』（Planet of Exile）。1年が2万4000日ある惑星を舞台に、冬の到来とともにやってきたガール族（Gaal）の襲撃が契機となって、冷淡な関係にあった2つの種族が結びつく話である。

　2つの種族のうちひとつは惑星外からやってきた高度な文明をもった人びとで、その惑星にもともと住んでいた人びとの文化を破壊しないように暮らすことを決めたものの、かつての文明の忘失と人口減少が続いている。もうひとつは、文字をもたず、前者の「進歩」概念からはほど遠い暮らしぶりであるにもかかわらず、その惑星の環境に順応している土着の種族である。彼らは共通の敵であるガール族を前に協力体制をとらなくてはならない状況におかれるのだが、それぞれの種族出身の男女の恋を契機に、接触し、変化していく。

　だが、種族の設定そのものも問題含みだが、前者出身の男性が後者出身の女性ロルリー（Rolery）を保護しようとする気持ちが強いこと、ロルリーはたいして悩むことなく男性の集団に入ってしまうことなどは、2つの文化関係、男女関係が、「熟慮と保護意識」対「素朴でしたたかな態度」をそれぞれ示唆し、結果として関係の"高低"を表すと思われる。けっして平等ではないのである。

　もうひとつの作品『アオサギの眼』（The Eye of the Heron 1978）も、孤立した惑星が舞台である。

　物語に登場する2つの集団は、どちらも地球から追放された移住者たちであり、**両集団**は、農産物や道具、機械、魚などの提供でたがいに依存しているものの、その政治体制は異なっている。一方が、激しい労働と仲間うちの連帯

両集団
一方は、「シャンティタウン（Shantih Town）」（あるいは、省略して「タウン」）で、構成人口は4000人あまり。もう一方は、「シティ（Victoria City）」で、8000人あまりの人口で構成されている。

を尊び、討論によってものごとを解決しようとするのにたいして、もう一方は上層部が権力を握り、武力の使用に躊躇がない。

　後者集団に属する女性ラズ（Luz）は、正義感から自分の集団を裏切る行為をしてしまい、そのまま家に帰れなくなってしまう。ただし、前者集団の考え方に心酔するわけではない。また、前者集団の男性との恋が示されるやいなや、その男性は殺されてしまう。結局、ラズはどちらの集団も選ばず、新しい開墾地に向かうのだった。

　テナーは、この2つの物語に登場する女性（ロルリーとラズ）の中間に位置しているということができるだろう。つまり、ロルリーのように男性・異文化に組み込まれるわけではなく、ラズのようにどちらも避けるわけではない。男性との結婚はないが、異文化には組み込まれる——という構図である。したがって、テナーの脱出は、カルガド文化を捨ててハード語圏文化を選んだという側面が強調されざるをえない。

エレス・アクベの腕輪

　だが、物語の発端となった**エレス・アクベの腕輪**は、ある程度、両文化の結合・和解を表象している。

　『影との戦い』において、ゲドが"影"を追いかける旅の途中、ある孤島で老女からこの腕輪の半分をもらった話は、テナーがアルハとして知りえた話と結びつくことで、エレス・アクベ時代の両国の関係、それ以降のカルガドの政治と宗教の変遷などを明らかにする。

　ハード語圏の大魔法使いエレス・アクベが平和の印としてカルガドに持参した腕輪は、『影との戦い』でゲドがその死霊を呼びだしたエルファーランが身につけていたとの

エレス・アクベの腕輪
モレドがエルファーランに贈った腕輪。カルガドでは「ウルサクビ（Urthakby）の腕輪」という。（Wind 126）

第3章●見直すテナーと見直される世界

伝承をもつ古い環だった。しかし、カルガドの神官によって2つに割られ、半分はアチュアンの墓所にしまわれた。あとの半分は、エレス・アクベによって神官の政敵ソレグ王（King Thoreg）の娘に贈られ、代々王女に伝わっていたが、その**最後の子孫**がゲドに贈ったというのである。

つまり、こわれた腕輪の半分はカルガドの女性たちによって守られ、もう半分も、カルガドの女性テナーの協力と信頼があったからこそ見つけられ、再びひとつの腕輪として再生したのである。壊された腕輪は、両文化に属する人びととの結合があったからこそ直されたのだといえるだろう。

しかし、復元された腕輪は、カルガドを出てハブナーにもっていかれた。というのは、腕輪がそのかたちを失って以来、ハード語圏では分裂や争いが続き、それらをまとめる統治者の出現が待望されていたからだ。だが、カルガド側──とくに現政権──にとっては、かつての贈りものだった腕輪だけでなく、アチュアンの大巫女までも盗まれてしまったのだともいえる。換言すれば、腕輪は復元されたものの、両文化の関係は、まだ繕われてはいないのだ。

したがって、ハード語圏に渡ったふたりのカルガド人──つまり亡命者であるテナーと、『さいはての島へ』から登場する、カレゴ・アト出身の戦士からロークの「様式の長（the Master Patterner）」になった人物である**アズバー**（Azver）──の動向が注目されるものの、前半3部作では、ふたりの消息は多く語られることはなかった。つまり、前半3部作の時点では、カルガド文化は闇の側におかれ、否定され、排斥されていたのである。

だが同時に、異文化と男女にまつわる力関係に関して、テナーが陥る逡巡ぶりが、このカルガド文化の否定や排斥

最後の子孫
神官たちが権力を握る一方で、ソレグ王の一族は弱体化していった。ソレグ家の血を引くエンサル（Ensar）とアンシル（Anthil）は、ときの神王（the God King）の命令で孤島に流された。ゲドは、"影"を追跡している途中で彼らに出会う。（Wizard 180）

アズバー
長い金髪と不思議な緑色の目をもつ、背の高い男と描写されている。（Shore 19）

95

にたいしての疑問をつきつけているともいえるだろう。

　ゲドとともにハード語圏に腕輪をもち帰ったこのカルガド女性は、自分の行為にたいして、ゲドほど全面的に納得しているとはいいがたい。

　たしかに彼女は、隷属を強要され、権力に奉仕させられる場所を脱出した。しかし、脱出先のハード語圏社会にしても、まず見知らぬ異国であり、アチュアンのように彼女自身の名前や成長を奪うことはないにしろ、女性はロークにいくことも魔法使いになることもできないという、やはり男性優位の社会なのである。彼女がドレスの所有や人びとから愛されるといった次元に満足を見出す女性ではない以上、これから歩む人生がバラ色だといいきることはできないだろう。

　したがって、『こわれた腕輪』の巻末を流れる重苦しさは、生まれてはじめて自分の意思を貫き、その結果、母国と母たちを捨てざるをえなかった女性が、"喜び"の部分を圧倒するまでに膨らんだ"不安感"に動揺しながら、それでも未来を切り開いていこうとする悲壮な決意を反映しているのである。

●●●●●●●●●●●
アースシーの改訂『帰還』

18年後の続編

　3作目の『さいはての島へ』（*The Farthest Shore*）の刊行後18年もたってから、ル＝グウィンは「〈アースシー〉最後の書」という副題をもつ『帰還』（*Tehanu*）を発表した。たしかに作者は、『さいはての島へ』について「これは3部作の終わりだ。しかし、夢見ることをやめられない夢なのである（It is the end of the trilogy, but it is the dream I have not stopped dreaming.）」（"Dream Must Explain Themselves"

Night 51）と**1973年の時点**で述べているが、続編を予想した人はほとんどいなかったので、『帰還』の刊行は大きな衝撃を与えた。

作品のなかで流れる時間に関しては、前述したように、『さいはての島へ』と『帰還』は連続している。だが、両出版間に横たわる18年のあいだに、現実のアメリカは大きく変化していた。手短にまとめると、次のようになるだろう。

〈ゲド戦記〉前半3部作が刊行された1960年代から70年代初頭のアメリカは人権運動の高揚期で、公民権運動やマイノリティ運動、女性運動が盛りあがり、大学闘争、カウンターカルチャーに象徴されるように、若者が大きな影響力をもつようになった。アメリカのベトナム戦争介入にたいしてまっぷたつに割れていた世論は、反戦派がじょじょに多数を占めるようになっていく。そうした国内事情を背景に、『さいはての島へ』刊行の翌年（1973年）に、アメリカはベトナムから撤退する。アメリカはアジアの小国を相手にした戦争に"失敗"したのだった。

この心の傷は、オイル・ショックや経済の停滞、そして大統領自身の犯罪（ウォーターゲート事件）の衝撃ともあいまって、人びとの自信を手ひどく喪失させた。

しかし、1980年代になるとその反動が現れる。「強いアメリカ」を標榜する保守勢力が台頭し、強力な対ソ連（現・ロシア）防衛体制をつくろうとするのである。

ところが意外な展開が待っていた。"敵国"ソ連から平和への歩み寄りがなされるのだ。そして1980年代の終わり、東ヨーロッパの民主化運動が活発化し、とうとう『帰還』発刊の翌年である1991年に、ソ連は崩壊してしまう。世界の力関係は、ここで大きく変わったのだった。

1973年の時点
1989年には、この文章のあとに「まだわたしは夢見ることをやめてはいない（Nor I have yet stopped dreaming it.）」（Night 51）という注を入れ、シリーズ最後の本が刊行されることを述べている。

また、当時のアメリカの保守化傾向を示したものに、**男女平等権憲法修正条項**（Equal Rights Amendment, ERA）がついに成立しなかったことがあげられるかもしれない。

しかし、多くの揺り戻しがあるにしても、これまでの民主化運動がすべて反故にされたわけではないだろう。その歩みは鈍く、一直線にはいかないにしても、「人種、民族や性別を理由に特定の機会を奪ってもかまわない」という言説は、少なくとも公には否定されることが、共通の確認事項になったのである。

それでは、〈ゲド戦記〉という作品群のなかにおける"変化"とは、どんなものがあるのだろうか。

前述したように、『帰還』は前半3部作の改訂・見直し（revision）である。その見直しがどのようなものだったのかを、3つのキーワードをもとに考察していきたい。

まず、この章の後半では「女の視点」から考える。続く第4章では「死者の国」から、そして第5章では「カルガド文化」という側面から考察していきたい。

女の視点

『帰還』の刊行は、「〈ゲド戦記〉シリーズは、ゲドの物語である」という"前提"に再考を迫った。なぜなら、この作品では『こわれた腕輪』でアチュアンから脱出したテナーが前面に出てくるからである。

『帰還』でのテナーは、死者の国ドライランド（the Dry Land）の旅から帰郷し、魔法使いクモ（Cob）が開けてしまった生と死の境界を閉じたことで力を使い果たしたゲドに向かって、「あの迷宮では、わたしたちのどっちがどっちを救ったんだっけ、ゲド？（"Which of us saved the other from the Labyrinth, Ged?"）」（*Tehanu* 47）と問いかける。こ

男女平等権憲法修正条項
1972年に連邦議会で発議されたのちに各州の承認にかけられたが、批准期限である1982年までに必要な承認数を得ることができず、廃案となった。

第3章●見直すテナーと見直される世界

れは、直接的には『こわれた腕輪』におけるアチュアン脱出に関してのものであるが、同時に、前半3部作にたいするテナーの問いかけでもあるだろう。

　テナーのこの問いかけは、作者ル＝グウィンの次の発言と呼応している。

4作目の『帰還』は、3部作が終わったところから始まる。舞台はこれまでと同じ、階層的に序列化された男性が支配する社会だ。だが、視点を変えたい。つまり、ジェンダーが関わらないような体裁をとりつつも、その実「英雄の伝統」という**男性視点**からではなく、ある女性の目を通じて世界は眺められることになる。視点をジェンダー化することを、今回は隠すことも否定することもしない。**アドリエンヌ・リッチの非常に貴重なことば**を借りるなら、わたしは〈ゲド戦記〉シリーズを"改訂"したのである。

The fourth book, Tehanu, takes up where the trilogy left off, in the same hierarchic, male-dominated society; but now, instead of using the pseudogenderless male viewpoint of the heroic tradition, the world is seen through a woman's eyes. This time the gendering of the point of view is neither hidden nor denied. In Adrienne Rich's invaluable word, I had "revisioned" Earthsea. (Earthsea Revisioned 12)

　ここで述べられている「ある女性の目」とは、具体的にはテナーの視点である。アチュアンの墓所の大巫女だが、自分固有の人生をささげる"御供"だった彼女は、ゲドとの出会いが契機となって、アチュアンを脱出する。しかし、前述したように、ゲドと結ばれることはない。しかも「脱出後、こう生きよう」という確固とした意志をもった娘としても描かれてはいない。その結果、『こわれた腕輪』の

男性視点
ル＝グウィンは、「女性は小説のなかでは独立と平等を勝ちとったが、英雄物語ではそうではない。……それはずっと、男らしさの確立や確認に関わる物語だった（Women won independence and equality in the novel, but not in the hero-tale. ... the hero-tale has concerned the establishment or validation of manhood.）」（Earthsea Revisioned 5）と述べている。

アドリエンヌ・リッチの非常に貴重なことば
P.45を参照のこと。

終末でテナーは、たたずんでしまう。"何から何への脱出"なのか確信がもてず、不安感に襲われるからである。テナーは、英雄が囚われの乙女を救い、彼女と結婚するという伝統的枠組みからははみ出たものの、混乱し、迷ったまま、おきざりにされたのだった。

したがって、上記の「どっちがどっちを救ったんだっけ」というテナーの問いかけは、『こわれた腕輪』を10代のテナーの話として奪回し、それをアチュアン脱出後25年たった『帰還』における40代のテナーに結びつけることを求めていると思われる。つまり、〈ゲド戦記〉シリーズは『帰還』刊行の時点で、ゲドを主人公とするひとつの物語から、テナーを主人公とするもうひとつの物語を含んだ"重層的構造"になったのである。ジェンダーのアンバランスを是正する試みへの一里塚ということができるだろう。

テナーの変遷

『帰還』では、アチュアン脱出後のテナーの変遷が簡単に紹介されている。それによると、彼女は腕輪をもたらした白い貴婦人（The White Lady）としてオジオンに魔法を学ぶが、男のよろいを着た女、つまり男に準ずる女として生きるのを拒否して伝統的な女の領域に入り、農夫の女房ゴハ（Goha）となる。テナーは、農場で働き、「女の仕事」とされていることをやり、ふたりの子どもを育てた。

しかし現在、子どもたちは独立し、夫も亡くなり、妻・母という役割を終えたので、もう何の力も残っていないように感じている。

テナーは、アチュアンからエレス・アクベの腕輪をハード語圏にもたらした外国人で、それを利用する生き方をす

第3章●見直すテナーと見直される世界

ることも可能だったが、ドレスの所有やみんなに愛されることに価値をおく女性ではなかった。したがって、オジオンのところに滞在しながら、何かをするために自分が所属できる場所を探したのだと思われる。

しかし、そのような場所はなかった。オジオンの弟子として魔法使いの名誉男性的存在になるか、伝統的な女性領域に入るかという以外の可能性を、ハード語圏の社会も彼女に提示することはできなかったのだ。アチュアンの墓所を脱出して自由になれたかに思えたテナーは、じつは2つの選択肢をもらっただけだったのだといえよう。

大巫女のときのように、人生がそのまま立場に同化することは要求されないにしても、与えられた役割を引き受けるということについては、ハード社会もアチュアンと大きなちがいはなかったのかもしれない。

彼女は、"伝統役割"という社会的に目立たない場所に引っ込んだ。ゲドが魔法使いの頂点を極めていくのにたいして、テナーは、肌の色やことばに"外国人"のしるしはあるものの、平凡な**市井の女**になったわけである。

しかし、そんな彼女に転機が訪れる。テルー（Therru＝テハヌー Tehanu）という、レイプされ、虐待され、あげくの果てに燃えているたき火のなかに放り込まれた女の子との出会いであり、魔法使いとしての力を使い果たしたゲドとの再会である。テナーは、このふたりとの出会いと交流を契機として、新たな自己を生みだしていくことになる。

同時にそれは、彼女の目をとおしてアースシー世界を見ることで、それまで「当然」だとされてきた社会の諸々を"見直す"ことでもあった。

ここではテナーに焦点をあてて、①テナーはアースシー世界をどのように見直したのか、②見直す過程で、彼女自

市井の女
オジオンは臨終間際、「テルー（テハヌー）にすべてを教えよ」とテナーにささやいたあとで、「なぜ、わたしはおまえをいかせたのだろうか。なぜ、おまえはいったのだろうか。あの子をここにつれてくるためか（Why did I let you go? Why did you go? To bring her here.）」(Tehanu 27)と続けた。しかし、テナーが夫のヒウチイシ（Frint）とどのようないきさつで結婚したのかは、いっさい語られていない。

身は新しい自己をどう生みだしたのか、そしてその結果、③『帰還』は、〈ゲド戦記〉シリーズのなかでいかなる意義をもつのか——を解明していきたいと思う。

テナーによる見直し

まず、テナーによるアースシー世界の見直しを、「力」「男と女」「英雄像」という3つの側面から考えてみたい。

ⓐ力の均衡から力の本質へ

前半3部作の物語の底を流れていたのは、"均衡"の問題であった。それはまた、「力をどう使うか」という問題でもあった。

『こわれた腕輪』では自分の個と力の関連が、『影との戦い』『さいはての島へ』では自分の欲望と力の関連が、それぞれ語られた。

『こわれた腕輪』でのテナーは、アチュアンで、自分の個性とひきかえに大巫女としての力を得ていたが、結局その力はもっと巨大な力に利用されているにすぎなかったことに気づく。

また、『影との戦い』でゲドが学ばなければならなかったことは、魔法使いとしての力を得て知識が広がっていけばいくほど、その人間のたどるべき道は狭くなり、ついには「選ぶのではない。ただ、やらなくてはならないことをするだけだ（he chooses nothing, but does only and wholly what he must do）」（Wizard 92）という境地に達することだった。動植物の生き方を範とした「無為」が理想とされたのだ。

ところが、『さいはての島へ』では、力ある魔法使いクモが、己のもつ力の正しい使い方をしないで生と死のあいだの扉を開けてしまった。このため魔法が減退し、ゲドは

第3章●見直すテナーと見直される世界

それを食いとめるために全力をつくす。

『さいはての島へ』には、本来ならば生きるために用いる才能や力を、「いつまでも不変でありたい」という欲望のために使っていく人びとの様子と**現実社会の荒廃**が、ハジアという麻薬、秩序なき町、泥棒が多く女の姿が少ない市場の有様、さらに赤ん坊のいけにえ、まじない師殺しという伝聞などをとおして描かれている。

『帰還』でも、テナーの住むゴント島の、治安が悪くなり、人びとの信頼が失われていった様子が描写されている。

そして、魔法使いクモが倫理感をもたずに自身の力を行使したように、『帰還』の登場人物である少女テルー（テハヌー）の身体には、制御をもたない力が働いた「結果」が刻印された。

「Abuse（虐待する）」という単語には、力を乱用する、悪用するという意味があるが、テルーはまさに「力を不当に行使された子ども」だといっていいだろう。泥棒も"乞食"もするグループのなかで育ち、6～7歳になっていると思えるのに2歳の子どもほどの体重しかなく、たき火のなかにうち捨てられたこの少女は、頭の右半分と右手に骨にまで達するやけどを負うという運命を背負わされる。

テナーは、少女を虐待した者たちへの怒りを表明するなかで、自分がかつて暮らしたアチュアンでの付き人が宦官であったことに改めて気づき、次のように問いかける。

　なぜ子どもはいるの？　何のために存在しているの？
　使われるためよ。レイプされるためよ。去勢されるためよ。わたしが闇で暮らしていたとき、そこでみんながやっていたことは、これだった。それからわたしはここにきたけれど、光のなかに出てきたと思っていた。わたし

現実社会の荒廃
『さいはての島へ』には1970年代のアメリカ社会の現実が映しだされているように思われる。当時は、ベトナム戦争で実際に多くの若い人が死んでおり、一見変わりのない日常生活のなかにも不安や空虚な思いが充満していた。そのなかから、マリファナへの逃避や、絶対的な心の平安への切望が出てきたのではないだろうか。

は真のことばを学んだ。自分の男を得、子どもたちを産み、不自由のない暮らしをした。満ちあふれた日の光のなかで。でも、この日の光のなかで、あいつらはやったのよ。その子どもに。

> What's a child for? What's it there for? To be used. To be raped, to be gelded ... When I lived in the dark places, that was what they did there. And when I came here, I thought I'd come out into the light. I learned the true words. And I had my man, I bore my children, I lived well. In the broad daylight. And in the broad daylight, they did that - to the child. (*Tehanu* 55)

　つまりテナーは、アチュアンでもハード語圏でも、力は強者から弱者へ、弱者からさらなる弱者へと順繰りに加えられていくことを悟るのである。

　しかも、弱者は対抗することができない。**テルー（テハヌー）を産んだ女**は、男たちから"乞食"をさせられるが、そのような環境から逃げる気力すら失わされている。孤立させられ、無力感にさいなまれているのだ。対決することができなかった彼女は、結局**男たち**に殺されてしまう。

　テナーとテルーにたいする攻撃も、すさまじいものだった。テルーを虐待した男たちは執拗にテナーたちを襲おうとするし、女性嫌悪を如実に示す魔法使いアスペン（Aspen）にも魔法をかけられる。これは、ゲドが「もし、強さというものが他人の弱さをよりどころにしているのならば、強いほうの人間もびくびくしながら暮らすことになるだろう（If your strength is only the other's weakness, you live in fear.）」（*Tehanu* 179）と述べるように、無力感をのりこえようとする"弱者"である女にたいしての、"強者"である男の不安感の反映であろう。加えて、ヘザー・ニール（Heather Neill）がル゠グウィンへのインタビューで報告するように、「子どもを虐待した男たちのほとんどが、それ

テルー（テハヌー）を産んだ女
女の名前はセニニ（Senini）という。殺された女のことが話されているときに、テルーがつぶやいた。（*Tehanu* 167）

男たち
ハンディ（Handy）、ハイク（Hake）、シャグ（Shag）の3人（*Tehanu* 167）。ハンディとハイクが、セニニやテルーと暮らしていたらしい。ハイクは、テルーの実の父親かもしれない。

第3章●見直すテナーと見直される世界

を恥じたりしない事態が相変わらず続いている。子どもの虐待は文化的に許容されているのだ」("Strong as Women's Magic.")という、加害者が責任を負わなくてもいい"文化システム"がある。

さらに、被害者であるテルーにたいして、あたかも被害を受ける原因が彼女の側にあるように**責める傾向**があることは、その背後に「何がおこるかは、その人のもって生まれたものだ（you are what happens to you.）」（*Tehanu* 147）という、「結果こそが人間の善し悪しの証明だ」という思想もある。

このように、『帰還』では、力を行使した者＝加害者が免罪され、被害者が結果のすべてを引き受けさせられ、スティグマを受ける社会の構図が明確にされるのである。

力の本質そのものが問題提起されたことで、前半3部作で語られていた"均衡"の限界が明確になる。つまり、力に関する思考方法が見直されたのである。

ⓑ男の連帯と女性排除

次に、力を"男と女"という側面から考えてみたい。3作目までの登場人物は圧倒的に男が多く、男同士の関係である競争、征服、支配が描かれたのにたいして、『帰還』では、アクションが少ないかわりに、頻繁に対話が行われる。これらの対話は、テナーがテルー（テハヌー）を引き受けたことで生じるのだが、共感し、反論し、あるいは保留にしてさらに考えるなど、多くは相手との対等な対話である。

白いクモを表す「ゴハ」の名のとおり、テナーは人びととのあいだにネットワークをつくるが、それは母語の特徴、つまり「しゃべられたものであれ、書かれたものであれ、それは答えを期待する。それは会話であり、その語源

責める傾向
テナーは、作男がこっそりと魔よけのしぐさをするのを見た。また、テナーの息子ヒバナ（Spark）は、「あんなふうになるなんて、あいつは何をしたんだ（What did she do, to look like that?）」（*Tehanu* 188）とテナーに尋ねた。

は『いっしょに向かおう』という意味をもつ（The mother tongue, spoken or written, expects an answer. It is conversation, a word the root of which means "turning together".）」（*Dancing* 149）といえるだろう。

　しかし、テナーとの対話そのものが成り立たないこともある。以下、そのような例を３つあげてみたい。
　まず魔法使いアスペンだが、彼は女性嫌悪を露骨に表す。テナーの発言にそっぽを向き、「女がしゃべるのは、泥棒より悪い。……わたしの意志に逆らって、再びわたしにもの申すなんてことをしてみろ、ル・アルビから追い出してやるからな。崖からつき落とすぞ（a woman's tongue worse than any thief. ... if you cross my will or dare so much as speak to me again, I will have you driven from Re Albi, and off the Overfell.）」（*Tehanu* 107）と脅す。さらに物語の終末、アスペンはテナーに魔法をかけ、四つんばいにさせて「**ビッチ（bitch）**」と呼びかけ、発言する女の舌を罰しようとした。
　彼のことばは脅しと命令で、最初からテナーのことばを聞く耳はもっていないのである。
　次は、ロークの長のひとり「風の長（The Master Windkey）」との対話である。
　アスペンから逃れたときに救ってくれた王の船の上で、テナーは「風の長」を紹介される。800年ものあいだ空席だったハブナーの玉座には、『さいはての島へ』でゲドとともに旅だったレバンネン（Lebannen＝アレン Arren）がすわり、新しい時代が始まったかのようであったが、魔法の最高権威であったロークの長たちは、ゲドのあとの**大賢人（Archmage）**を決めることができず、「ゴントの女」ということばを唯一の手がかりに、ゴント島にやってきた。しかし、「風の長」は女が大賢人になるとは想像もできな

ビッチ（bitch）
本来は犬、オオカミ、キツネなどの雌のことだが、女性を軽蔑的に呼ぶ蔑称。売女、尻軽女、あま、スケ。

大賢人
10番目の「ロークの長」にあたる。ハルケル（Halkel）がこの名称と役割を決め、自らが初代大賢人となった。ハルケルは、ローク学院から女性を追放した人物でもある。

第3章 ● 見直すテナーと見直される世界

くて、「力ある男の姉妹か母親のことかもしれません。あるいは、先生かも。まじない女もそれなりに賢いですからなあ（sister or mother to a man of power, or even his teacher; for there are witches very wise in their way.）」（Tehanu 132）という。テナーが意見を述べても機嫌をとるような見当ちがいの受け答えをし、それをたしなめられると、「もうしわけございません、奥様。ふつうの女にたいしていうようにしゃべってしまいまして（I'm sorry, my lady, I spoke as to an ordinary woman.）」（Tehanu 134）と謝るのだ。

礼儀正しいのだが、テナーの話に耳を傾けない点では、アスペンと同様であろう。

最後の例は、長いあいだ音沙汰のなかったテナーの息子**ヒバナ**との対話である。

テナーが「それでは、ここにいるのね？（Are you here for a stay, then?）」と尋ねても、彼は「そうかもな（I might be.）」（Tehanu 186）としか返事をしない。これは、明確な言質を与えないことで自分の"自由"を保とうという姿勢である。

そして彼は、食卓に座って食べものが出てくるのを待ち、食べたあとにテーブルを片づけるようにといわれると、「それは女の仕事だ」と拒否するのである。

彼は、母に、妻に、娘にかしづかれていた父ヒウチイシのまねをしているのだといえよう。まず農場仕事から逃げ、希望した船乗りをやめて帰宅してからもたいして農場には貢献していないのに、周囲から「主人」として遇される彼は、その内実と関係なく父から息子へと再生産される"主人"というものを示している。

以上3つの例をあげてみたが、これらの背後にあるのは男だけの緊密な人間関係、イヴ・セジウィック（Eve K.

ヒバナ
多くの女性読者がヒバナをわがままな若者と非難していることにたいして、作者は次のように述べている。
「それでは、息子たちはすべて善良で賢く、親切なのだろうか。テナーは（世の女たちと同様）ヒバナの弱点を自分のせいにしているが、むしろわたしは、分不相応の力を与えることで男の子を甘やかす社会のほうを非難したい（Are all sons good, then, all wise, all generous? Tenar blames herself for Spark's weakness (just like a woman!), but I blame the society that spoiled the boy by giving him unearned power.）」（Earthsea Revisioned 14）

Sedgewick）のいう「ホモソーシャル的欲望（Homosocial desire）」であろう。それは、「男の真のパートナーは男しかいない」という了解のもと、男だけですべてを決定しようとする連帯関係である。

ホモソーシャル関係には女性嫌悪がともなうが、それは女性が"男同士の絆"を破る可能性があるためである。そのためホモソーシャルは、異性愛の相手である女性の価値を低め、道具扱いし、管理し、女性を男性から隔離しようとする。

アスペンに魔法をかけられそうになったとき、宮廷の男たちがテナーを助けてくれたことがあったが、その後、男たちが何事もなかったかのようにアスペンとつれだって領主館に帰るのを見て、彼女は複雑な気持ちになる。そこには、自分を害そうとした者も助けた者も所属する**"男たちだけの世界"**があり、女であるテナーは、はじき出された気がしたからである。

この女性の疎外感は、ゲドの物語でしかなかった3部作にも該当するものであろう。つまり、『帰還』でホモソーシャル関係と女性排除が明確にされただけでなく、前3作に隠蔽されていた同様の構図が暴かれ、見直されたのである。

ⓒ **英雄の裏側**

テナーによるアースシー世界の見直しは、さらに「英雄の裏側」と呼ぶべき面にもおよんだ。ホモソーシャルの頂点に立つ者、男のなかの男は"英雄"だが、しかし「英雄の裏側はしばしば悲しい。女性や召使いはそのことを知っている（the backside of heroism is often rather sad; women and servants know that.）」（Le Guin, "Sur" *The Compass Rose* 354）ということも、たしかなのだ。

ホモソーシャル関係には女性嫌悪がともなう
女性嫌悪のほかに同性愛恐怖をともなうことも、ホモソーシャルの特徴である。

"男たちだけの世界"
大橋洋一は、「おーい中村君」という古い歌謡曲の歌詞に出てくる、新婚の中村君を少々やっかみながらも「たまには酒につきあえ」と誘う男たちを例にあげている。
「緊密な男性関係を切り裂くものとして女性の存在（中村君の新妻）がある。と同時に、新婚の中村君の存在によって、この男性集団がゲイの集団とまちがわれることはない。しかも最終的には男どうしの酒席を求めている。……酒の席で重要なことがすべて決まるような、つまり男だけですべてを決定するような空間に中村君を再勧誘し、彼が家庭という女性的空間に収奪されないようにつとめているのです」（『新文学入門』岩波書店 1995　248）

ゲドは自分の力を正しく使い、大賢人までのぼりつめるが、「やらなければならないこと」をして魔法の力を使い果たしてしまった。彼は、かつての同僚だったロークの長たちに会うことをこわがり、屈辱感を覚え、死んだほうがましだと落ち込んでしまう。テナーはなんとか励まそうとするのだが、一方で「女ならそんな屈辱感には慣れっこになっている」と思わざるをえない。

ゲドが新たに学ばなくてはならないのは、競争や支配といった男の世界のヒエラルキー的な力を否定し、男らしさのよろいを脱ぎ、これまでの自分を相対化したうえでいまの自分を肯定すること、つまり"メンズリブ"である。

さらに、ゲドが英雄だったときに**魔法で性の意識を追い出していた**ことも、彼が力を失ったときに明らかになったが、新生ゲドは、人と結びつくことも学ばなくてはならない。つまり、男だけのホモソーシャル関係を否定し、女性とも男性とも対等な関係性をもつことである。

彼は、ヤギ番として山にこもるなかで気持ちを整理し、テナーの農園を襲おうとしていた男たちのひとりを魔法ならぬ「熊手」でやっつけることで新しい一歩をふみだし、テナーとも結ばれることになる。

『さいはての島へ』の結末、英雄としての所業をなしとげたゲドは、そのイメージを変えることなく人びとの視界から消えていくが、『帰還』でゲドのその後が描かれることで、前半3部作における"英雄像"が見直されたのである。

新しい自己形成

次に、「見直す」女であるテナーに焦点をあてて、彼女がゲドやテルーと関わることでどのような自己を生みだしたのか、そしてそれはアチュアン脱出時とどのようにちがうのかを考えてみたい。

魔法で性の意識を追い出していた

テナーは、眠っているゲドにキスをしたとき、これまでゲドとふれあったことがなかったこと、そしてそれを不思議に思わなかったことにあらためて気づいて、愕然とする。その理由を教えてくれたのは、まじない女のコケ（Moss）だった。彼女によれば、魔法使いは自分の性意識を「くくりの魔法を使って心から追い出してしまう（they put it right out of mind, with their spells of binding）」(*Tehanu* 92)のだという。

ⓐゲドとの関係

　テナーとゲドとの関係は、彼女と死んだ夫ヒウチイシとの関係に比べると、2つのちがいがある。ひとつは、テナーとゲドがよく話しあっていること、もうひとつは、ゲドが女にかしづかれた経験がないので、家事にたいする先入観——ヒバナがもっていたような「家事は女の仕事」という偏見——がないことである。ふたりの関係は、ホモソーシャル関係を保つ範囲内での異性関係——つまり、男同士の絆よりも下位に位置づけられる男女関係——という制限を超えた、より対等で自由な異性愛を希求しているのである。

　テナーは、次のようにいう。

わたしにとりえがあるとしたら、それは愛することよ。ああゲド、こわがらないで。あなたははじめて会ったときから男だったわ。武器や女が人を男にするのじゃない。魔法やどんな力でもない。その人自身よ。
Love is the only grace I have. Oh, Ged, don't fear me! You were a man when I first saw you! It's not a weapon or a woman can make a man, or magery either, or any power, anything but himself.（Tehanu 172）

　この発言は、「向こうでも、わたしといっしょにいてくれる？（Will you stay with me there?）」（Tombs 144）という、アチュアン脱出の際に不安でゲドにすがろうとした25年前の彼女の発言とは対照的である。ゲドに「こわがらないで」と告げるテナーのことばには、自分の欲求を自覚し、積極的にゲドと向きあう女の、彼を受け入れ、励まそうとする、深い共感がある。しかもこれは、業績をあげることで周囲も自らも英雄と認めてきた"条件つき承認"とは根

本的に異なっている。相手を、その"存在"ゆえに受け入れるのである。

　作者は、『帰還』の原題である*Tehanu*というタイトルに決めるまで、この作品を『ないよりは遅いほうがまし（Better Late than Never）』（*Earthsea Revisioned* 15）と呼んでいたそうだが、若くない男女の性愛を描いた意義も大きいのではないだろうか。

　人は一生を通じて変化することができるし、多様なかたちで家族をつくることができるという考え方を、中年の女性をとおして表現していることは、伝統的な恋愛作法をのりこえて自分の気持ちを追求する、女性の力強さを示していると思われる。

　テナーは、まわりの人びとがなんと思うかを考えて、さまざまな因習にうんざりしたりもするが、それでもすすんでいったのだ。

ⓑテルー（テハヌー）の全面的受容

　テルー（テハヌー）との関係を考えるには、まずテルーとは何者なのかということを明らかにしなければならないだろう。彼女は「力を不当に行使された子ども」だと前述したが、強者が弱者を支配する一連の循環のなかでもっとも弱い者、つまり"弱者の象徴"といえるだろう。「弱者」とは、換言すれば、"男中心の社会"のなかで周縁に追いやられ、沈黙させられた、"他者"である。ここには、女の外国人テナー、知的障がい者のヘザー（Heather）、男と同じような教育を受けることができなかったまじない女のコケ、それに力を失ったゲドも含まれるが、未来を奪われたかのように見える"女の子ども"であるテルーが、その"他者性"をもっとも代表しているといえるのではないだろうか。

うんざりしたり
少しばかりのひそひそ話やくすくす笑いはあったが、ゲドのことを「老主人（the old master）」として紹介し、承認してもらうことは、うまくいった。それでもテナーは、己を汚されたような気分を味わう。（*Tehanu* 173–174）
それは、個別的な事情を、寡婦、外国人、男、女という一般的イメージにはめこまれて納得されることへのいらだちなのだと思われる。

テナーがこの少女をなかば衝動的に引きとったのは、少女のなかにかつてのアルハ——アチュアン脱出時に断ち切った自分——を見たからである。テナーは、はじめて彼女を見たとき、「わたしはやつらに仕えたが、その許を去った。あなたをやつらの好きにさせはしない（I served them and I left them, I will not let them have you.）」（Tehanu 14）とつぶやく。

　ここでいう「やつら」とは、彼女が以前仕え、供された「名なき者たち」のことであろう。つまりテナーは、力を不当に行使され、しかもその力の痕跡が深く刻まれたテルーが、狂気や破壊にひっぱられて「名なき者たち」の餌食となることから"守る"と宣言したのである。

　テナーは、アチュアンのことばであるカルガド語で"燃える"ことを意味する「テルー」という名前を、少女につける。つまり、「焼かれた」テルーは、アルハつまり「食われた」テナーの、内なる子どもなのである。

　アドリエンヌ・リッチ（Adrienne Rich）は、女の心のなかに住む"女の子"について、次のように述べている。

　　多くの女たちのなかにはいまも"女の子"がいて、女の保護や優しさ、承認を切望し、女の力で守られることを願い、匂いや感触、声を求めている。不安や痛みを感じるときは、女の強い腕に抱かれたいと思っている。……わたしたちのなかにいる"女の子"の叫びは、恥ずかしいことでも、退行行為でもない。これこそが、強い母親と強い娘がいるのが当然な世界を創るという、わたしたちの願いの萌芽なのだ。（Of Woman Born 224-225）

　つまりテナーは、テルーをとおして自分のなかにある小さな女の子が求める思いを見つめることで、断ち切ったア

ルハをもう一度生き直すことができるのである。

　またテルー（テハヌー）は、存在そのものにジェンダーへの問いかけを含んでいる者でもある。
　テナーはアチュアン脱出後、結局、伝統的女性役割の場に身をおき、与えられた役割を引き受けることに関しては、選択の余地があったかどうかの差こそあれ、カルガド社会もハード語圏社会も大きなちがいはなかったことを示してしまったが、焼けただれた容姿のテルーには、そういった役割が求められる可能性すら疑わしいと思われる。だから、テルーの存在自体が、魔法使いアスペンが望むように、さらに焼きつくされて殺されるのか、それともテナーが模索するように、ジェンダーを超えて生きていけるのか、という問いを発しているのである。

　さらに「どこかこわい」と感じさせる野性的なものをもっているということも、テルー（テハヌー）の特徴である。行使された力の痕跡が深く刻まれたテルーの姿は、隠されていた社会の暗部が露呈されたことで人びとにこわさを感じさせるが、同時にこの野性的なものは、のちに述べるようにドラゴンのイメージにつながっている。
　テルーの焼けた体の半分は、ドラゴンのうろこを思わせるうえ、彼女は「ドラゴン」ということばを聞くと体に熱を帯びる。この"体の二重性"は、キメイの女の話や、**扇**を光にかざすと見える「人間でありかつドラゴンである」絵の二重性と同じである。
　この二重性は、ル＝グウィンが「女性／荒野（Women / Wilderness）」（*Dancing* 161-164）というエッセイでエレイン・ショーウォーター（Elain Showalter）に依拠してとりあげた、支配集団と無言化された集団の２つの円による文

扇
機おりのオウギ（Fan）の宝物。あでやかな衣装を身につけた男女が、ハブナーを背景にして描かれている。ところが裏側はドラゴンの絵で、光に透かしてみると、「男女には翼があり、ドラゴンたちは人間の目で見つめた（the men and women were winged, and the dragons looked with human eyes.）」（*Tehanu* 98）

化概念にもつながっていく（吉田純子「パワー・ゲームを降りた女の生き方」155）。それによると、2つの円が重なった部分は文明化された共有部分であり、その外側の三日月型は「荒野」なのだが、男性の荒野と女性の荒野は異なっているという。つまり「男性の荒野は現実である（The men's wilderness is real）」(*Dancing* 163) のにたいして、女性の荒野は以下のものである。

> 女性としての女性の経験、男性と共有することのない経験——そのようなものは"荒野"であるが、事実、マン（man＝人間・男性）にとってはまったくの他者であり、不自然な荒野なのだ。これは、文明が除外したもの、文化が排除したもの、支配者たちが、動物、野蛮、原始的、未発達、本物ではないと呼ぶものである。それは、これまで語られたことはなかったし、たとえ語られたとしても、だれも耳を傾けなかった。しかし、わたしたちは、それを語るためのことば——彼らのことばではなく、わたしたちのことば——を見つけ始めた。この、女性の経験を語るために。つまり、女性の経験とは、支配集団とされる男性にとっても、そして女性自身にとっても、真の荒野なのだ。
>
> the experience of women as women, their experience unshared with men, that experience is the wilderness or the wildness that is utterly other – that is in fact, to Man, unnatural. That is what civilization has left out, what culture excludes, what the Dominants call animal, bestial, primitive, undeveloped, unauthentic – what has not been spoken, and when spoken, has not been heard – what we are just beginning to find words for, our words not their words: the experience of women. For dominance-identified men and women both, that is true wildness. (*Dancing* 163)

第3章●見直すテナーと見直される世界

ショーウォーターの文化概念　　　　テルー

　上の左の図の黒い部分が女性の荒野を示しているのだが、図を反転させると、女性を表わす円とテルーの顔がそのまま重なる。つまりテルーは、男性と共有する部分と女性の荒野という二重性を文字どおり体現しているといえるだろう。したがって、テルー（テハヌー）とは、他者の象徴であり、ジェンダーへの問いかけであり、女性の荒野を体現している者なのだ。

　テナーは、このようなテルーを自分の子として守り育てる。テルーを産んだ女が陥った"無力化"の罠と戦い、テルーが狂気や破壊に陥らないように、安全と愛に包まれるように、心を砕く。テナーがテルーにたいして、名をつけ、守り、絶えず気にかけ、教え、そして思い悩むことは、前述したようにテナーのなかのアルハを生き直すことでもあるのだ。

　「この子のどこがいけないの」という強い思いは、テルーを"欠けた残骸"としてではなく、直視したそのまま受け入れることを可能にした。この全面的受容は、テルーの3つの特徴を自分の問題として受け入れたということを意味している。つまり、テナーは、テルーを自分のなかに取り込むことで、女である自分の目で世界を見、女である自分のことばで世界を語り、世界を見直すことができるようになったのである。

"無力化"
テルーの生母は、男たちになぐられたりやけどをさせられて"乞食"を強要されていた。村人が、なぜそんな男たちの許へ戻るのだと尋ねたとき、「どんなに逃げても、ずっと追いかけてくる」と答えたという。セニニというこの女は、結局男たちに殺された。妊娠4、5か月だったらしい。
(*Tehanu* 167)

115

ⓒアチュアン脱出時との比較

さらに、テナーの新しい自己形成を、アチュアン脱出時の再生と比べてみたい。

もっとも特徴的なことは、アチュアンでは「名なき者たち」と女とが結びついたのにたいして、『帰還』ではドラゴンが女と結びつくという点であろう。レン・ハットフィールド（Len Hatfield）は、そこに"他者"という共通項を見出した（"From Master to Brother" 8）。

アチュアンで、世の中の闇の部分を表す「名なき者たち」が女性をイメージさせる神殿に祀られていたのは、両者が意識化"できない、しない"存在であるがゆえに、たがいに通じるものがあったからであろう。女性、とくに女性の荒野は、闇のなかにおかれていたのである。だからテナーは、女のなかに埋没していてかえって女性が見えなかったのである。

ところが、『帰還』でのテナーは、「ドラゴンの目は見てはならない」という教えに反して、最古のドラゴンであるカレシン（Kalessin）と、たがいの目をじっと見つめあう。

その教えが魔法使いの教えであり、魔法使いが男だけだったことを考えると、ドラゴンは女、とくに女の荒野と結びつくということになる。つまりテナーは、テルーを自分のなかにとり入れることをとおして、女性の荒野を意識化しただけでなく、それを世の中の闇からドラゴンの飛翔する光の世界へと移行させたのではないだろうか。そして、ドラゴンと女が結びつくことは、女は、キメイの女のいう「野性と知恵を同時に備えた、ドラゴンであり人である者たちの住む西の果て」につながっている、ということにもなるのである。

テナーは、この新しい自己を、ゲドやテルーとの関係をもつ過程において、自分で生みだした。**妊娠にも似た火花、**

妊娠にも似た火花

空を飛翔する夢を見た翌朝、テナーは二番目の子ヒバナを思い出す。病気がちな子どもだったが、その名のとおり、体内の「火花」は消えなかった。いまテナーの中にあるのもそうした火花で、体が感じる妊娠（*Tehanu* 48）のような、何か新しいものが生れ出るかもしれない感覚だ。作者は、「母親の立場では、生まれ変わるではなく、生み変えること（not of rebirth but of rebearing ... in the maternal mode）（*Earthsea Revisioned* 18）と述べているが、能動的に新しい自己を生み出すことを、妊娠というイメージで強調したかったのだろう。

第3章●見直すテナーと見直される世界

夢のなかでのドラゴンや光のイメージで、彼女の変化は予言的に表現されている。アチュアンでの彼女の目覚め、外からきた異性による受身的な覚醒とは対照的である。

さらに、テナーの新しい自己は、単一の**アイデンティティ**ではないことも特徴だろう。これまでの人生の、アルハも、白い貴婦人も、ゴハも、すべてを包み込む、統一的でもあり多面的でもある、役割に分割されない、力強い主体意識なのである。

アチュアン脱出時の孤独で無力なテナーと比べると、『帰還』の彼女には、人びととのつながりがある。これは、大きなちがいである。テナーの生活そのものも、人びととの関係性を抜きにして語ることはできないが、テルー（テハヌー）を引きとってからのそれは、より強まっていく。

当初、テルーは、無表情で、反応のない、血が通っていない石のようだったが、少しずつ変化していった。

テルーは、コケやヘザーに慣れるが、はじめての積極的な人との関わりは、力を使い果たしたゲドにたいするものであろう。彼女はゲドの痛みを察し、彼を守るために、恐れていた村を通って手紙を届けるという行為を、自分から申し出る。また、泣くこともできなかったが、自分を虐待した男たちのひとりから身を隠し、硬く体を閉ざした彼女の顔にテナーの涙が落ちると、うめくようなすすり泣きの声をあげて、テナーにしがみついていった。ワンピースをつくってくれたテナーに「よく似合う」とほめられても最初は横を向いたが、すぐ「ワンピースきれい」とテナーの気持ちを思いやったり、泣いたテナーをなぐさめたりと、感情の表出もできるようになっていった。こうしてふたりのあいだの「くもの巣のような橋（a bridge of spider web）」（*Tehanu* 142）は、じょじょに強くなっていったのである。

アイデンティティ

アイデンティティ（identity）は、自己同一性などと訳される。心理学者のエリクソン（Erick H. Erikson, 1902-1994）などによって提示され、1960年代に普及した概念である。変動の時代に、あるいは個人においては青年期に、「自分とは何か」「自分らしさを保っている核は何か」という自己定義を模索する意義は、いささかも色あせていない。しかし、ひとつに決めなくてはならないという点には無理が感じられる。

さらに、テルーの心を癒して新たな主体性を勝ちとるのに大きな役割を果たす「物語」も、アチュアン脱出時にテナーがもっていなかったものだ。とくに「ドラゴンの話」が、テルーを魅了する。「ドラゴンであり、かつ人である者たちがいる。野性と知恵を同時に備え、人間の頭とドラゴンの心をもったわたしの仲間がいる」というキメイの女の話は、「名なき者たち」のなかに埋没させられていた女に"ドラゴン"という名をつけて、闇のなかから光のなかにひっぱりだした。

> 西の向こうのそのまた向こう
> 陸地を越えたところで
> わたしの仲間たちはおどっている
> 別の風に乗って
> Farther west than west
> beyond the land
> my people are dancing
> on the other wind. (*Tehanu* 18)

これも前述したが、ドラゴンはテルーにとって、「彼女がもっていない行為力を表す」(*Waking Sleeping Beauty* 133)とトライツ(Robarta S. Trites)が述べるように、主体的に行動する力を表していたと考えられる。そしてドラゴンの話は、テナーの愛情や周囲の人びととの関わりといっしょに、彼女をだんだんと強くしていった。テルーは、保護され、癒される客体的な存在から、新しい主体性をもつ存在へと変わっていく。

テナーとテルーの関係の大きな転換点は、アスペンの魔法にかかって**考えることができなくなった**テナーのなかからカルガド語で考えるアルハがよみがえり、テナーとテル

ドラゴンの話
テナーがテルーをつれてオジオンの許に急ぐときにした話。オジオンがキメイの女に会って教えてもらった話は、結果的にはテルーその人についての話だった。

考えることができなくなった
テナーは、ハード語で考えることができなくなったばかりでなく、何かをしゃべろうとすると別なことを口に出してしまった。彼女は、カルガド語で考え、ジェスチャーを用いて、なるべくしゃべらずに、魔法のかかったオジオンの家から退出した。(*Tehanu* 114-116)

第3章●見直すテナーと見直される世界

ーをアスペンから救ったときであろう。テルーを"生き直されたアルハ"と考えるなら、母としてのテナーが娘（テルーとアルハ）を守るという関係は、もうここでは成立していないと思えるからである。

さらに、『帰還』の終末で、アスペンの罠に落ちたテナーとゲドを救ったのは、娘テルーであった。娘のほうが母を守ったのである。

このときテルーは、最古のドラゴンであるカレシンを呼び寄せて「のたうちまわっている闇である」アスペンを滅ぼすのだが、同時に自分が、ドラゴンであり人であるテハヌー（Tehanu）であることも明らかにする。**テハヌー**というのは「白鳥の心臓」とも「矢」とも呼ばれる白い夏の星の名前なので、テハヌーは「変身の象徴」（Elizabeth Cummins, *Understanding Ulsula K. Le Guin* 211）とも、未来をさし示す矢とも考えられる。つまり、生き直されたアルハであるテルーは、アルハにはなかった友や援助者や帰るべき場所をもち、「ドラゴンの話」を内面化することで母をも守る、新しい強い自己を確立したのだということができよう。

このようなテナーとテルーとのつながりを母—娘関係ととらえると、母と娘がたがいの力を補強しあって、しかもふたりの強い自己を生みだしているように見える。これは、バーバラ・ジョンソン（Barbara Johnson）が「成熟とジェンダーのありうるべき姿を示す既存のモデルにたいする変更の試み」としてあげたうちのひとつに該当するのではないだろうか。

人間の心理と発達のモデルに内在する偏向したジェンダーを分析することことで、"成熟"という概念を、「理想化された自立」というよりも、「より広い相互関係を含

テハヌー
テナーがオジオンの家のなかから見た星は白い夏の星で、カルガド語では「テハヌー」と呼ばれるものだった。彼女が生母のことを思い出したことから推測すると、『こわれた腕輪』プロローグの星（*Tombs* 9）も、この星のことかもしれない。ゲドの故郷では「白鳥の心臓」「矢」と呼ばれていた。（*Tehanu* 71）

んだもの」としてとらえ直すことが可能だろう。……不完全な分離に耐えることが、「全面的な独立」を声高に述べるのとはちがった意味で、"成熟"とみなされることになるだろう。(Barbara Johnson, *A World of Difference* 142-143)

　アチュアンからの脱出が、"母親を切り離す"という、娘の成熟の——既存の——モデルだとするならば、『帰還』で希求されているものは、"ともに生きる"母娘関係である。母テナーは、娘と——あるいは娘を——生きることで、世界の見直しを行い、新しい自己を生みだした。娘テルーは、母と——あるいは母のなかで——生きることによって、自分の主体性を確立したのである。
　つまり、『帰還』は内部に『こわれた腕輪』をもっているのだと考えられる。『帰還』の円環的な構造それ自体も、妊娠—出産／誕生なのであるが、そのなかで母テナーも娘テルーも、ともに新しい自己の妊娠—出産／誕生を達成するのである。

『帰還』の意義
　最後に、長いあいだ3部作だと思われていた〈アースシー〉シリーズにとって『帰還』がどのような意義をもつのかをまとめてみたい。
　『帰還』が加わったことで、登場人物の人生やアースシー世界がより詳しく描写され、アプローチの可能性も広がってきた。しかし、『帰還』のもっとも大きい意義は、それまでの3部作を"相対化"したということだろう。つまり、男の英雄——才能があり、エリート教育を受けた男——が、どちらかといえば孤独に世の中のために行為をなすという話の土台そのものをつき崩す、「男が律する英雄主義

（male-order heroism）の解体」（Lissa Paul, "Feminist Criticism" 116）という視点を、『帰還』はもっているのである。

　それは、存在意義を自明とする世の中心にいる人たちに、これまで"他者"として扱われていた人びとが改めて「おまえはだれか？」と問いかえす視点である。つまり、"孤独"にたいしては"人びとの結びつき"を、"支配—従属のヒエラルキー的力関係"にたいしては"相互に影響しあう人びとの関係"を、"英雄"にたいしては"一般の人びと"を、"男と男の関係"にたいしては"女と男、あるいは女と女の関係"を、"冒険"にたいしては"日常"を――と、「もうひとつの視点」をつけ加えたのである。

　さらに、ブライアン・アトベリー（Brian Attebery）がル＝グウィンの作品について「彼女の物語世界には黄金律がある。つまり、人がさわったものがなんであろうと、それは人をさわりかえすということである」（"Ursula K. Le Guin" 264）と評しているように、前半3部作までのゲドは、ことばと沈黙、光と闇、生と死など一見対立しているように見えるものが、じつは相互に関係しあい、バランスをもっていることを知るわけだが、『帰還』では、3部作にもあったにもかかわらず隠されてきた"男女関係のアンバランス"を前面に出し、しかもその解決を現在進行形にしたまま、物語は幕をおろすことになるのである。

　そして、他者性の象徴たるテルー（テハヌー）が大きな役割を担うようになることが暗示されるだけでなく、彼女がドラゴンを体現していることは、マージョリー・ホーリハン（Margery Hourihan）が「古く、無意味で残酷な流儀を焼き払ってしまう炎の力」（Deconstructing the Hero 230）と述べるように、古いものを焼くことでのみ可能になる新しさを目指しているといえるのではないだろうか。

　と同時に、テルーは、学ぶことのないドラゴンとちが

って、野性の強さと知識を結びつけた（Suzanne E. Reid, *Presenting Ursula K. Le Guin* 46）存在でもある。ゲドは「レバンネン（アレン）が王になったことは、ほんの手はじめかもしれない。とばぐちなんだ（I wonder if Lebannen's kingship is only a beginning. A doorway）」（*Tehanu* 180）というが、彼が生と死の扉を閉め、レバンネンが王位についただけでは不十分で、アースシー世界にはテルー（テハヌー）に導かれる根本的変革が必要なのだということだろう。テルーがゲドとテナーを助けるために呼び寄せた最古のドラゴンのカレシンに、「セゴイ（Segoy）」と、世界を海からもちあげた天地創造者の名で呼びかけたことも、アースシーの新しい幕開け、新たなる天地創造の開始を示しているのではないだろうか。

　『帰還』は「〈アースシー〉最後の書」という副題をもっていたが、新アースシー世界の"黎明の書"でもあったのだ。

引用文献

Attebery, Brian. "Ursula K. Le Guin." *Dictionary of Literary Biography*. Vol.8 Ed. David Cowart and Thomas L. Wymer. Detroit: Gale Reserch, 1981.

Cummins, Elizabeth. *Understanding Ursula K. Le Guin*, South Carolina: South Carolina U.P., 1993.

Hatfield, Len. "From Master to Brother: Shifting the Balance of Authority in Ursula K. Le Guin's *Farthest Shore and Tehanu*." *Children's Literature* 21 (1993): 43-65.

Hourihan, Margery. *Deconstructing the Hero*. London: Routledge, 1997.

Johnson, Barbara. *A World of Difference*. Maryland: The Johns Hopkins University, 1989.

Le Guin, Ursula K. *Planet of Exile*. 1966. Rpt. Five Complete Novels. N.Y.: Avenel, 1985.

――. *A Wizard of Earthsea*. 1968. N.Y.: Puffin, 1994.

――. *The Tombs of Atuan*. 1971. N.Y.: Puffin, 1974.

――. *The Eye of the Heron*. 1978. N.Y.: HarperCollins, 1995.

――. *The Language of the Night*. 1989. N.Y.: HarperCollins, 1991.

――. *The Compass Rose*. 1982. N.Y.: Harper, 1995.

—— . *Dancing at the Edge of the World: Thoughts on Words, Women, Places*. 1989. N.Y.: Harper & Row, 1990.

—— . *Tehanu*. N.Y.: Puffin, 1990.

—— . *Earthsea Revisioned*. Cambridge: Green Bay, 1993.

Neill, Heather. "Strong as Women's Magic." *Times Educational Supplement* 9 Nov. 1990.

Paul, Lissa. "Feminist Criticism: From Sex-Role Stereotyping to Subjectivity." *International Companion Encyclopedia of Children's Literature*. Ed. Peter Hunt. London: Routledge, 1996.

Reid, Suzanne Elizabeth. *Presenting Ursula K. Le Guin*. N.Y.: Twayne, 1997

Rich, Adrienne. *Of Woman Born*. 1976. N.Y.: Norten, 1995.

Sedgewick, Eve Kosofsky. *Between Men: English Literature and Male Homosocial Desire*. N.Y.: Colombia University, 1985.

Showalter, Elain, "Feminist Criticism in the Wilderness". *The New Feminist Criticism*. Ed. Elain Showalter. N.Y.: Pantheon Books, 1985.

Trites, Roberta Seelinger. *Waking Sleeping Beauty*. Iowa: Iowa U.P., 1997.

吉田純子「パワー・ゲームを降りた女の生き方──『帰還』の場合」『児童文学評論』No.27（1993）

第4章 死者たちの解放へ

Dryland

前章で考察したのは女の視点による〈ゲド戦記〉シリーズの「見直し」だったが、この"改訂"路線は、『帰還』(Tehanu)の出版から11年後に出された2作品『ゲド戦記外伝』(Tales from Earthsea)と『アースシーの風』(The Other Wind)でさらにおしすすめられた。その分析を2つの章を使って行う。この章ではまず、"死者"と"死者の国"という観点から、『アースシーの風』を考察したい。

●●●●●●●●●●●
死者の国の解放

近年、イギリスとアメリカの作品において、相次いで物語中の2つの"死者の国"が"解放"された。

ひとつは、フィリップ・プルマン（Philip Pullman）の〈ライラの冒険（His Dark Materials）〉シリーズの第3巻『琥珀の望遠鏡』(*The Amber Spyglass*, 2000)に描かれた「死者たちの町」である。

この場所は、死者の最悪な部分を見抜き、それをえさにしている「**ハーピー（harpy）**」という怪鳥が守っている荒野だが、ここがどう見えるかについては、対立した意見がある。つまり、それを「天国」だと主張する者がいる一方で、「何もない場所」だと考える者もいる。後者のように感じている死者たちは、主人公のライラ（Lyra）が提案する地上への脱出に賛成する。地上に出ると、死者たちを構成している粒子はばらばらになってしまうのだが、消え去るわけではなく、**万物の一部になる**のだという。

最初に少年が外界に出ていき、残りの死者たちも彼に続いた。

プルマンが描く死の国の様相と死者の解放は、キリスト教にたいする批判であることは明白であろう。この作品は、C. S. ルイス（C. S. Lewis）の〈ナルニア国〉年代記（The

ハーピー
人間の女の顔と胸をもつ、コンドルくらいの大きさの鳥。ハルピュイア（Harpuia）ともいう。

万物の一部になる
安斎育郎は、人間の体を構成していた炭素原子は火葬されることで酸素分子と結合し、二酸化炭素となって大気中に放出されたのち、あちこちに広がっていく。そして光合成によって野菜などに利用され、それを食べる動物や人間の一部になる。つまり「地球は大きなリサイクル工場」（『霊はあるか──科学の視点から』講談社ブルーバックス、2002 192）だと述べている。

Chronicles of Narnia, 1950-56）を強烈に意識しつつ、「わたしたちは、自らが存在する"天国"という共和国を建設しなければならない。なぜなら、わたしたちには、ほかにどこもないのだから」（The Amber Spyglass 325）と主張し、現実からの逃避を否定する。したがって、死者たちの「ほんとうの国」も、現実の世界以外にはありえない。

　もうひとつの作品はル＝グウィンの〈ゲド戦記〉シリーズ6作目『アースシーの風』で、解放されるのは、死者の国ドライランド（the Dry Land）である。前半3部作刊行の18年後に、「〈アースシー〉最後の書（The Last Book of Earthsea）」という副題のついた『帰還』が出版されたのだが、さらに11年たって、短中編集『ゲド戦記外伝』とともに『アースシーの風』が刊行され、シリーズの"変化"がたしかなものになっていく。

　前章で見てきたように、『帰還』は"女の視点"を強く打ち出して前半3部作の"見直し"を試みたが、『ゲド戦記外伝』や『アースシーの風』は、その"見直し"をさらに押し広げていく。

　そのひとつが、死者と死者の国に関する扱いである。シリーズ内における死者の国ドライランドは死者を呼びだすことのできる「呼びだしの術」との関連が強く、とくに『さいはての島へ』で、生と死あるいは不死について語られるときの重要な場所なのだが、『アースシーの風』では、ドライランドの死者たちが、最愛の妻を亡くした修繕屋ハンノキ（Alder）を通じて、「わたしたちを自由にして（set us free!）」（Wind 21）と呼びかける。

　最終的にドライランドの死者たちも、プルマンの作品の死者のように、生者の国との境界とされた石垣の破れ目から外界に出てくる。

おおぜいの男や女は、壊れた壁のところへくると、ためらうことなくそれを越えていき、そして消えてしまった。それは、かすかな塵であり、明るい光のなかで一瞬きらめく息づかいのようであった。

great multitudes of men and women, who as they came to the broken wall did not hesitate but stepped across it and were gone: a wisp of dust, a breath that shone an instant in the ever-brightening light.（*Wind* 239）

　ル=グウィンの構築したドライランドには、ハーピーのような「道徳的」な見張りはおらず、ただただ静かで薄暗いところだったはずだ。しかし、彼女もプルマン同様、最終的に死者の国ドライランドに死者を囲うのをやめ、解放する。

　『アースシーの風』が、70歳をすぎた作者の、**前言を翻しての続編**であることを考えれば、自らの創造物を壊す行為には重みがある。もちろん、ル=グウィンも西洋世界に属している以上、プルマン同様キリスト教とどう関わっているのかを考えなくてはならないだろう。しかし、4作目『帰還』が、作者の述べるように「わたしはアースシーを"改訂"したのだ（I had 'revisioned' Earthsea.）」（*Earthsea Revisioned* 12）ということであったなら、6作目『アースシーの風』における死者の国ドライランドの解放も、前の作品――とくに『さいはての島へ』――との関連を考慮する必要があるのではなかろうか。

　ここではまず、西洋世界のなかでの死と死後の世界への思い――つまり来世観――をざっと概観したうえで、子どもの文学における死の表象の変化を考察する。そのうえで、〈ゲド戦記〉シリーズに描かれている死と死者の国ドライランドの特徴を把握していきたい。そして、なぜドライランドが破壊され、死者が解放されなくてはならなかったの

前言を翻しての続編
第4作『帰還』には、「〈アースシー〉最後の書」との副題がついていた。

かを考えていきたい。

死と宗教

　メメント・モリ（memento mori）という死の警告があるが、人間はどこかで"死"を意識せざるをえない存在であろう。それは、人類の歴史において現実的に、死がありふれていたからでもある。疫病の猛威は何度も人口を減少に追いやったし、誕生した子どもが育つ確率は低く、人びとの平均寿命もかなり短い、劣悪な環境だったからだ。子どもから大人への成長が社会的に期待され、当然視されるのは、19世紀末になってからであろう。それまでの長い歴史のあいだ、人びとのごく身近に死があり、死者がいたのである。

　したがって、死や死者に関しての考察を避けている原始的宗教はない。言語や道具の使用と並んで、死者の埋葬やそれにまつわる観念をもっているというのは、人間の特色のひとつかもしれない。

　エドガール・モラン（Edgar Morin）は、民族的にどこにでも見られる二大信仰を「輪廻による死─再生、および分身の死─永世」（『人間と死』115）だと述べ、両者はまじりあっているという。つまり、分身である霊魂は、新生児のなかへの祖先の復活といった巨大な循環に合流し、「来世についてのさまざまな神話は……死の二大体系の痕跡を、共生的にもっている」（『人間と死』115）のだ。人間は、死ぬことで再生し、かつ個人は復活されるのである。

　さらに、死者が住む国は地下にあると考えられることが多く、ギリシャ神話でも、地下が**ハーデース**の支配する死者の国とされている。

ハーデース
別名プルートーン、クリュメノス、エウブーレウス。妃のペルセポネーとともに死者の国の王座にすわり、3人の判官の助勢を得て冥界を支配する。

ローマ時代の作品、ウェルギリウス（Publius Vergilius Maro）の叙事詩『アエネーイス』（Aeneis）でも、死者は、地獄、極楽と、そのいずれにも属さない中間の、3つの領域に住むことになる。そして、極楽に住む霊は「やがて地上によみがえる」（『アエネーイス』上404）というのである。一方、墓をもたない死者たちは、川を渡らせてもらえず、死者の国にいくこともできない。ここでは、同じ地下でも、本人の生前の行動や周囲の者の哀悼のかたちによって、死者の待遇ははっきりとわけられている。

　キリスト教においても、同じような流れがある。『旧約聖書』での死者の国の描写は、どこかうら悲しく、死の大きな力に圧倒されている風情がある。

　たとえば、「詩篇」には「陰府におかれた羊の群れ　死が彼らを飼う。朝になれば正しい人がその上を踏んでいき誇り高かったその姿を陰府が蝕む」（Psalms 49:14）という表現があるが、ここには、生前の功の有無と関係なく、だれもがおくられる地下のイメージがある。

　一方、「イザヤ書」になると、「主は、死を永久に滅ぼしてくださる」（Isaiah 25: 8）という死にたいする"神の勝利"が示されており、さらに『新約聖書』はもっと明確に、イエスが善人と悪人をわけ、正しい者には永遠の命を、正しくない者には永遠の罰を与えると述べる。

　　人の子は、栄光に輝いて天使たちを皆したがえてくるとき、その栄光の座につく。そして、すべての国の民がその前に集められると、羊飼いが羊と山羊をわけるように、彼らをよりわける。（Matthew 25: 31, 32）

　つまり、神が人びとをわけ、選ばれた人のみが、神が創った天にある永遠の住処に場所を占めることになるのであ

る。
「来世での命は、もはや冥土の暗黒を意味するのではなく、信仰と確固たる信念によってもたらされる神の光なのだ」（Heaven 23）とマックダニエルとラング（Colleen McDannell & Bernhand Lang）が述べる状況が出てきたのだ。

したがって、「あらゆる死者が死者の国に暮らす」という考え方は、"信仰"という価値判断が導入されたことで修正され、「善人」だけがモランの述べる二大信仰を体現できることになったのである。

西洋世界では、キリスト教が深く浸透するにつれて、その絶大な力が人びとの生活に大きな影響をおよぼしていった。誕生から結婚、そして死への旅立ちやその哀悼までのさまざまな様式が定められ、キリスト教の教義においても「最後の審判」「死者の復活」「天国と地獄」などに関する理論が整えられていった。来世——とくに天国——は、キリスト教徒にとって"この世に生きているときに準備しておく目標"となるので、そのイメージは大きな意味をもつ。換言すれば、「来世のために現世がある」わけである。

マックダニエルとラングは、天国のイメージを歴史的に眺め、神中心と人中心という2つの天国観の力関係が、時代によって変化していると結論づける。たとえば、宗教改革の時代には前者が強くなり、18世紀以降は後者が強調された。その線上に、19世紀の「神と死後の魂の結合は、愛し愛された人びととの結合に道を譲った」（Heaven 356）という、神との合一と家族の再会とが結びついた、現代でもなじみ深い来世観が存在する。

死の様相の変化

しかし、死の様相そのものは、19世紀末から大きな変化を迎える。ひとつは子どもの死の減少であり、もうひとつは世俗化——つまり、社会におけるキリスト教の相対的弱体化——である。

前者は、**多産多死の時代から少産少死への移行**を意味する。その一因に医学の発達があったことはまちがいないだろう。

後者の"世俗化"は、誕生や結婚も、教会を通さず、行政機関への戸籍登録で可能になったことに象徴される。このような時代の流れを反映して、信仰をもたない人が増加する一方、キリスト教徒のなかにも、来世を信じる人ばかりではなく「死後に何がくるのかを知る能力はない」と考える人びと、あるいは"永遠の生"そのものを否定する人びとも出てきた。来世観が根本から揺るがされる事態になったのである。

さらに、臨終の場所が自宅から病院に移行することによって、「死は、看護の停止により生じる……技術上の現象」（アリエス『死と歴史』71）となった。死が病院に閉じ込められる状況を、アリエスはゴーラー（Geoffrey Gorer）にならって「死のタブー」と呼ぶ。

ゴーラーは、「衰退・腐敗という自然の過程は、不愉快なものとなった。ちょうど1世紀前、性交と誕生という自然過程がそう思われたように。両者は、不健全で不健康とみなされた（みなされていた）ので、人に、とくに若い人に、失望を感じさせることになる」（*Death, Grief, and Mourning in Contemporary Britain* 172）と述べているが、人びとは、喪のあからさまな表示や激情を避け、社会の幸福

多産多死の時代から少産少死への移行
『人口と歴史』（E. A. リグリィ 速水融訳 筑摩書房 1982）などを参照。

観を損なわないようにしなくてはならないのだ。したがって、とくに子どもは、臨終の席や葬儀から排斥される傾向が出てきた。

　しかし、このような"死のタブー"化にたいして、近年では再考を迫る動きも見られるようになってきている。死を「病気への敗北」と考えるのではなく「やがてなんびとにも訪れるもの」として受容する、あるいは死別体験へのケアである悲嘆教育を強調するなど、かつては宗教が担っていたであろう機能を、新しく"死にまつわる文化"としてとらえようとする考え方である。それは、"死のタブー"化への抗議・挑戦であり、信仰の有無とは関係のない、いわゆる"死の教育"の模索である。

●●●●●●●●●●●
子どもの文学における死の表象

　子どもの文学における死の表象も、前述した死と来世観の変遷と、基本的に軸を同じくする。とくに19世紀以降、「ありふれた死と強固な来世観」「死のタブー」「タブーへの挑戦と新しい死に関する文化の模索」という3つの時期を、子どもの文学のなかにも見出すことができる。

　近代になって「子ども」という概念が発見されて以来、社会はさまざまなやり方で子どもをとらえようとしてきた。

　ピューリタンの「原罪を負って生まれてきた子ども」という考え方は、子どもに教訓を"教え込む"という衝動となり、「道徳と現実的な細部との結合」（Sheila A. Egoff, *Thursday's Child* 31）である「教訓的現実小説」という分野を発展させた。そこでは、子どもの臨終や地獄の恐怖が、たっぷりと書かれた。

　19世紀になって、その調子は和らいでいったものの、リスタッド（Mary H. Lystad）によれば、彼女が調べた

ピューリタン
イングランド国教会の改革を唱えた、キリスト教プロテスタント（カルヴァン派）の大きなグループ。名前は、清潔、潔白などを表すPurityに由来する。彼らは、子どもの死亡率が高いので、はやくから宗教教育を施さないと魂が救われないと考えた。

133

1835年から1875年にかけてアメリカで出版された子どもの本の70％に、なんらかのかたちで死がとりあげられているという（*From Dr. Mather to Dr. Seuss* 99）。多くの本で、「この世で何かを達成しようとするなら、神や家族や友人の助けが必要であるばかりではなく、この世での善い行いが来世での救済になる」と語られる。神と来世は、現世での行動にぴったりとくっついているのだ。

19世紀のもうひとつの子どものとらえ方は、ロマン主義の子ども観である。つまり「無垢」を子どもの本質ととらえる、一種の"理想化"といっていいだろう。

しかし、子ども時代の讃歌と憧憬は、「子どもを無垢のまま永遠化したい」という欲望をもともなう。したがって、このような子ども観においてもやはり、子どもと死との関係は親しいものとなる。

プロッツ（Judith Plotz）は、「19世紀文学における死は、破壊者というよりも、奇妙な救済者である」（"Literary Way of Killing a Child" 3）と述べ、"死ぬ子ども"は訴えをより印象深いものにするために"利用"されたのだという。

さらに彼女は1840年から1910年までの子どもの死を3つの側面から考察するが、そのひとつが**「死んだ子どもは、この世ではなく神のみに属する」**という考え方で、代表的作品にマクドナルド（George MacDonald）の『北風のうしろの国』（*At the Back of the North Wind*, 1871）があげられる。病弱な少年ダイヤモンド（Diamond）は、ある夜、女性の姿をし、波打つ髪をもつ北風につれさられる。北風は、大きさが変わり、やさしいところも残酷なところももっている多義的だが魅力的な人物として描かれている。少年は彼女を慕い、彼女も少年を愛している。彼は、北風に抱かれていろいろな場所にいったが、病が悪化したときにつれていかれたのは、彼女のなかを通っていく北風のうしろの国

「死んだ子どもは、この世ではなく神のみに属する」

たとえば、ストウ夫人（Hariet Stowe）の『アンクル・トムの小屋』（*Uncle Tom's Cabin*, 1852）に登場するエヴァ（Eva）も、「神にだけ属する」子どもといえるだろう。

プロッツが述べた残りの2つの側面は、「痛みをとおしての強化」と「生命力をとおしての強化」である。前者は、死んでいく子どもがおかれた環境の告発で、ウィーダ（Quida）の『フランダースの犬』（*A Dog of Flanders*, 1872）などが該当する。後者は、死んだ子どもと対照することで、生命力と喜びの強調を行う。

第4章●死者たちの解放へ

だった。生死のあいだをさまよったダイヤモンドはここで、いわば死者の国の疑似体験をする。彼は病後、以前にも増して人びとを和ませ、幸せな気持ちを与えるようになる。

最終的に少年は死んでしまうのだが、それは「ほんとうにわたしのうしろにある、ほんとうの国」（*At the Back of the North Wind* 355）と北風がいう死者の国で、ダイヤモンドが永遠に子どもらしさをもつことを意味している。

このことについてレイノルズ（Kimberley Reynolds）は、「ダイヤモンドの魅力の重要な要素は、無邪気さだ」（"Fatal Fantasies" 178）と述べて、成熟すれば無邪気さを失ってしまうのではないかという不安から、作者は読者にも彼の死を願わせたのだと論じている。

また、ダイヤモンドは、超自然的なものに特別に愛された子どもとして、想像力の象徴ともみなされるが、その死は、汚れなきものを永遠に閉じ込めたいという大人の欲望の反映でもあるだろう。

ロマン主義の影響下、このようにして子どもは、「大人のノスタルジー、現実逃避、『死にゆく子ども』のイメージへと変貌」（石澤小枝子「二十世紀児童文学の諸相」343）していったのである。

死のタブー

19世紀末になると、**子どもの死にたいする一種のパロディ**も出てくるが、さらに時代が下るにつれて、子ども向けの文学における死の扱いは、控えめになっていった。教訓も、露骨さを失っていく。「**死は括弧のなかに入れられる**」（Juliet Dusinberre, *Alice to the Lighthouse* 136）という傾向が出てきたのである。

死ななくなった子どもは、現実的に"発達する子ども"

子どもの死にたいする一種のパロディ
『トム・ソーヤーの冒険』（Mark Twain, *The Adventures of Tom Sawyer*, 1876）では、自分の葬式に姿を現す子どもたちの姿が描かれている。

「死は括弧のなかに入れられる」
もちろん、全部の本がそうだ

となり、「子どもらしさ」が生命力・バイタリティを示すものになっていく。現実世界の"死のタブー"化がすすむにつれて、子どもの文学における死も背後に退いていき、死は子どもからもっとも遠いもの、子どもにふさわしくないものになっていく。この時期に主流となるのは、理想主義的な、向日的な雰囲気のなかで子どもの活躍を描く文学である。

しかし、1960年代に入ると、子どもの文学自体が"大人にコントロールされた状況下における子ども"といった理想主義的アプローチを続けることが困難になり、現実的に死とどのようにおりあいをつけるかという問題意識も登場してきた。教訓や無垢への憧憬でもない、もっとさしせまったものとして、死は現れてきたのだ。

たとえば、身近な人の死にさいして、悲しみを自己抑圧するのではなく、死を受容しつつも死者を忘れないという悲嘆の肯定とその表現方法を学んでいく過程は、**おもにリアリズム系の作品で示されてきた**。20世紀になって背後に退いていた子どもの文学のなかにおける死も、"死のタブー"への挑戦と新しい死の教育の模索にさらされることになったのだ。したがって、ル＝グウィンのドライランドの変遷も、この文脈のなかで考えられなければならないだろう。

●●●●●●●●●●●
死者の国ドライランド

〈ゲド戦記〉シリーズの前半3部作は、どの巻もさまざまな死と再生を描いている。ゲド（Ged）もテナー（Tenar）もアレン（Arren＝レバンネン Lebannen）も、自分のある部分は死に、ある部分は変化しながら継続し、全体として成長——あるいは変容——する再生の過程をたどってい

ったわけではない。
『ピーター・パン』（James M. Barrie, *Peter and Wendy*, 1911）には「死ぬってことはすごい冒険だろうなあ」という文章がある。
『シャーロットのおくりもの』（E. B. White, *Charlotte's Web*, 1952）は、自然の移り変わりと関連させながらクモの死を描いた。
そして〈ナルニア国〉年代記（C. S. Lewis, *The Chronicles of Narnia*, 1950–56）では、登場人物の多くが現実世界で死ぬにもかかわらず、熱狂的な喜びで"ほんとうのナルニア"の出現を祝う。宗教に裏打ちされた来世賛美そのものである。

おもにリアリズム系の作品で示されてきた
『テラビシアにかける橋』（Katherine Paterson, *Bridge to Terabithia*, 1977）は、友人の突然の死と向きあわざるをえなくなった少年を描いた。同様のテーマは、『おばあちゃんの庭』（Cynthia Rylant, *Missing May*, 1992）、『めぐりめぐる月』（Sharon Creech, *Walk Two Moons*, 1994）などに引き継がれている。

第4章●死者たちの解放へ

る。また、現実的な人の死も、ゲドが"均衡"を破ったことから生じる大賢人ネマール（Nemmerle）の死、テナーがゲドとともにアチュアンの墓所を脱出したときのマナン（Manan）やコシル（Kossil）の死、アレン（レバンネン）が嫌悪感をもちつつ奇妙に引かれた**ソプリ**（Sopli）の死などが描かれる。

しかし、第3作『さいはての島へ』で具体的に描かれる死者の国ドライランドと死者たちこそ、シリーズ前半の死生観を表象しているといえるだろう。まず、ドライランドがどのような場所として描かれているのかを確認したい。

> 空は暗く、星が出ていた。……それらは動きもせず、瞬きもせずに光っていた。のぼることも沈むこともなく、雲に隠れることもなく、日の出で薄れることもない星だった。乾燥した土地の上で、小さく、位置を変えることなく光っていた。……風も吹かず、星も動いていなかった。彼らは町の通りに入っていった。アレンは家いえを見たが、窓から明かりはこぼれていなかった。戸口には、静かな表情をし、手には何ももっていない死者が立っていた。
>
> the sky was black, and there were stars. ... Unmoving they shone, unwinking. They were those stars that do not rise, nor set, nor are they ever hidden by any cloud, nor does any sunrise dim them. Still and small they shine on the dry land. ... no wind blew and the stars did not move. They came then into the streets of one of the cities that are there, and Arren saw the houses with windows that are never lit, and in certain doorways standing, with quiet faces and empty hands, the dead.（*Shore* 188-189）

生者の国との境の石垣を越えると広がる死者の国は、薄

ソプリ
ローバネリー島の染め師。彼の一族は「染め」を専門に扱ってきた人びとだったが、「不死」にとりつかれて「染め」に関する力を失ってしまう。

暗く、静かだ。そこには、"生"のきざしはまったくない。死者たちは、病気も苦痛も癒されていたし、怒りや欲望から解放されて、おだやかな顔をしていた。しかし、「彼らの伏目がちの目のなかには、希望もない（there was in their shadowed eyes no hope.）」（*Shore* 190）のである。そして、ドライランドでは、「愛しあって死んだ者たちも、通りではたがいにすれちがった（those who had died for love passed each other in the streets.）」（*Shore* 190）と描写されるように、生前の絆が解体され、人びとは"アトム化"される。つまり、死者たちは癒されるかわりに、愛したり、憎んだり、悩んだり、苦しんだり、喜んだりなど、生きていたときの"心の振幅"を失ってしまうのである。

　生前の絆が切れ、したがって生前何をしたかに関係なく、死者がすべて平等にドライランドにいくという考え方は、死者の"民主化"であり、ふるいにかける宗教的要素を拒否している。つまり、死者が一定の価値観で善悪にわけられるという考え方を否定し、宗教的な来世観とは一線を画した。

　マンラブ（C. N. Manlove）は、「ほの暗く静かな死の国は、ダンテを、それ以上にジェイムズ・トムソン（James Thomson）の詩『死の町』を思いおこさせる」（"Conservatism in the Fantasy of Le Guin." 292）と指摘している。

　トムソンのこの詩は1874年のものだが、陰鬱な気分が全体を覆っている。「町は夜の町　おそらく死の町／たしかなる夜の町／明るい朝のかぐわしい息吹が訪れることはない／露でぬれた夜明けの寒々とした灰色の空気の後に」（*Poems of James Thomson "B. V."* 140）といった調子はたしかにドライランドの雰囲気によく似ていて、両者とも『旧約聖書』にある「陰府」のイメージに近い。

　しかし、ドライランドの死者たちは"癒されているもの

トムソンのこの詩
原文は、以下のとおりである。
The City is of Night; perchance of Death,
But certainly of Night; for never there
Can come the lucid morning's fragrant breath
After the dewy dawning's cold grey air

の、喜怒哀楽がない"というところが特徴的である。つまり、ここには死者にたいする価値判断はないのだが、同時に『アエネーイス』やキリスト教にある、生まれ変わる可能性も、よみがえる可能性も、ないのである。死者は、ただいるだけなのだ。ゲドは、「体が死んだとき、わたしはここにくるだろう。しかし、名前だけだ。名前のみ、影のみがくるのだ（when that body dies, I will be here: but only in name, in name alone, in shadow.）」（Shore 196-197）と述べているが、「名前のみ、影のみ」というドライランドの住人は、明らかに**モラン**のいう「二大信仰」からは切り離されている。つまり、死者は生前の行為を問われることもないかわりに、生まれ変わらない。それは、生前の行為の善し悪しで死者をわけて、「善行を積んだ者だけがよみがえる」という考え方の"全否定"だからである。

> モランのいう「二大信仰」
> P.129を参照。

死者と魔法

さらにドライランドの死者は、魔法にたいしては無防備だ。彼らを呼びだす力をもつ者、つまり高度な魔法力をもつ者が命じれば、「犬が呼びつけられるように、偉大な魂も呼びだされる（the great soul came at his call, like a dog to heel.）」（Shore 86）。この「呼びだしの術」は一種の交霊術だと考えられるが、風をおこしたりまぼろしを見せたりする術よりも高級だと考えられている。しかし、〈ゲド戦記〉シリーズ全体を見ると、この術の運用は、ゲドがエルファーラン（Elfarran）を呼びだす（『影との戦い』（A Wizard of Earthsea））、アスペン（Aspen）らがル・アルビ領主の命を延命させている（『帰還』）、トリオン（Thorion）がドライランドから戻り、大賢人（Archmage）になろうと画策する（「トンボ」（"Dragonfly"）、『ゲド戦記外伝』）など、

『さいはての島へ』以外でも問題の中心となることが多い。"魔法の使用法"という点で、もっとも"均衡"概念という問題が先鋭化する術なのであろう。

『さいはての島へ』では、クモ（Cob）という力ある魔法使いが、死者を自在に呼びだす一方で、自らは死を拒否して生と死のあいだの扉を開けた。これを閉じるためにゲドは、すべての力を使い果たすことになる。その直前、ゲドはクモに次のようにいう。

> 「おまえはわからないのか。死者から多くの影を呼びだし、あのわが君、もっとも賢きエレス・アクベ（Erreth-Akbe）まで呼びだしておきながら、わからなかったのか。あの方でさえ、影であり、名前にすぎないことが理解できなかったのか。あの方の死は、あの方の命を減らしはしなかった。失わせはしなかった。エレス・アクベは、あちらにおられる。向こうだ、**ここではない**。……死んだ人はみんな生きている。生まれ変わっている。終わりではない。終わりということはないのだ」
>
> "Did you never understand, you who called up so many shadows from the dead, who summoned all the hosts of the perished, even my lord Erreth-Akbe, wisest of us all? Did you not understand that he, even he, is but a shadow and a name? His death did not diminish life. Nor did it diminish him. He is there – there, not here. ... And all who ever died, live; they are reborn, and have no end, nor will there ever be an end."（*Shore* 197）

ここではない
ドライランドのなかでの会話なので、「ここ」は死者の国ドライランドのことをさす。したがって、「あちら」とは生きている人びとの世界のことである。

つまり、ドライランドにくるのは名と影だけで、あらゆる死者は、「あちら」で土になり、日の光になり、木々の葉になり、ワシになって、永遠に生きているというのだ。これにたいしてクモは、「おれは不死だ。おれだけは、

永遠に変わらないのだ（I am immortal, I alone am myself for ever!）」（*Shore* 197）と、生に払う"代価"である死を否定しつづける。

このクモのいう"不死"が何であったのかは、ゲドが生と死のあいだを閉じる──つまり生と死をわかつ──ことで、クモの"不死"を阻止できたという事実から考えることができる。

ゲドが生と死をわけたということは、相互連関をしている対立物を本来ある位置に戻したということである。つまり、生と死がわけられてはじめて、両者は一体となるのだ。したがって、クモの求めた"不死"とは、死を超越したものではなく、死を拒否することでその対立物である生すらも失うというものだったのである。

生と死は、対立しつつも依存しあっているからこそ、その関係のなかに各々の存在意義をもっている。だからこそ、クモには死を与えることで、「命の循環は、死という暗い面をもって、完全とされる。つまり、光と命にたいしては、その左手に相当する力が本来的に必要であり、それがあってこそ均衡が保たれるのだ」（"A Time of Live and a Time to Die" 285）とレミングトン（Thomas J. Remington）が述べるように、生と死をわけつつ、かつ一体化したのである。

●●●●●●●●●●●
『さいはての島へ』の２つの論理

したがって、『さいはての島へ』には、ドライランドの存在と、ゲドのいう「死者は生きている」という２つの論理が並存していることになる。これは、どうしてなのだろうか。作者は、『夜の言葉』（*The Language of the Night*）で、次のように論じたことがある。

『さいはての島へ』は、死を扱っている。……『さいはての島へ』は、生きて通過することのできない問題を扱っている。若い読者にはこのような主題が最適であると、わたしには思われる。というのは、子どもが死について知るとき、それは、"死が存在する"というのではなく——子どもというのは、死については強烈に意識しているものだから——子どもである彼や彼女が、個人として死ぬ存在であるということ、自分もやがて死ぬということがわかったときこそ、子ども時代が終焉し、新しい時代が始まるからである。

The Farthest Shore is about death. ...The Farthest Shore is about the thing you do not live through and survive. It seemed an absolutely suitable subject to me for young readers, since in a way one can say that the hour when a child realizes, not that death exists – children are intensely aware of death – but that he/she, personally, is mortal, will die, is the hour when childhood ends, and new life begins.（Night 50）

　ここには、ル＝グウィンが"死のタブー"を歯牙にもかけず、むしろ反対に、"成熟すること"と"自分もいずれは死ぬ存在であることを意識すること"の深い結びつきを強調していることが示されている。しかもこの死は、ロマン主義的な、大人から見た死にゆく子どものイメージではなく、子ども自身がいつかくる己の死を意識するという観点である。

　したがって、たとえば子どもが身近な人の死を受容するプロセス、つまり「死者はすでにこの世にはいないが、自分の感覚・思い出のなかにはいるのだ」といった、非在と遍在を組みあわせる悲嘆の経過を考えると、前者がドライランド、後者がゲドの論理と考えられないことはない。

　だが、ドライランド——死者の国——の存在が、たとえ

「死者の名と影だけがいく」としてキリスト教的天国と地獄のイメージをぬぐったものであろうと、生と死は対立しつつも相互に連関しているという考え方と齟齬をきたしているのは明らかである。

　ドライランドをおいたことで、生と死の相互の関わりがわかりにくく、見えにくくなったことは否めないだろう。

変化の時代

　さて、『帰還』の冒頭におけるオジオン（Ogion）の死の場面では、アースシー世界の"変化"が**予言される**。続く『アースシーの風』の舞台はオジオンの死から15年後であるが、同書には、ハンノキが死者たちから呼びかけられること以外にも、西からドラゴンが攻めてくる緊急事態と、新しくカルガトを制した王が強引にその娘をハード語圏の王レバンネン（アレン）の許におくりこんできたこと、あわせて3つの問題が語られる。結論をいうなら、ハンノキの夢とドラゴンの侵入が密接な関係をもっていることが明らかにされ、それを解決するなかで、レバンネンと王女の問題に象徴される他者理解がすすむ、といった展開になる。

　この過程で注目しなくてはならないのは、ドライランド誕生の理由が明らかになったことであろう。それは、さまざまな登場人物——ロークの長やハブナーの王だけでなく、これまでロークから異端視されていたパルンの魔法使い、ドラゴンであり女である者たち、カルガド出身者など——各々が認識している歴史観・死生観がすりあわされていく過程で明白になっていったのである。

予言される
オジオンは、テナーにたいして、「すべて変わった。変わったよ、テナー。待つんだ——ここで待ってごらん……」を（"All changed! –Changed, Tenar! Wait –wait here, for –"）」（*Tehanu* 29）とささやいた。

ロークとパルン

　まず、ロークの長オニキス（Onyx）は、「人間はことばを話す動物だ」との発言を受けて、「しかしわれわれは、太古のことばを話すことができます。セゴイ（Segoy）が世界を創った、まさに命のことばを学ぶことによって、われわれは人びとに、死を征服すると教えています（But we can speak the Language of the Making, ... By learning the words by which Segoy made the world, the very speech of life, we teach our souls to conquer death.）」（Wind 145）と、ドラゴンの話すことばである太古のことば——天地創造のことば（the Language of the Making）——を学ぶことで、死を征服することができるとの認識を示している。したがって、この認識からは、不死になろうとしたクモや、死んだにもかかわらず魔法の力で生きかえり、大賢人になろうとしたトリオンを批判することはできない。クモの野心はゲドが、トリオンの野望はアイリアン（Irian）が、それぞれ砕いたが、「呼びだしの術」が高等魔術とされている以上、こうした欲望は常に、力ある魔法使いを誘引するからである。

　これを抑制してきたのが、ロークで学ぶ"均衡"思想であろう。

　オニキスは、アイリアンから「ロークではいつも秘密ね（Roke keeps its secrets）」（Wind 155）と皮肉られるように、その言動はとても慎重だ。このオニキスの説明を深め、補い、問題提起をする機能を果たしたのは、長いあいだロークから警戒されていたパルンの魔法使いセペル（Seppel）の発言だった。セペルは、「川があり、山があり、美しい町のあるところ。そこには悩みも痛みもなく、人はずっと変えられることもなく、変えることもなく、永遠に生き続

第4章●死者たちの解放へ

け る。……それは『パルンの書』の夢です（In a great land of rivers and mountains and beautiful cities, where is no suffering or pain, and where the self endures, unchanged, unchanging, forever... That is the dream of the ancient Lore of Paln.）」（*Wind* 226）と不滅の命を願う気持ちを率直に語るし、「大賢人さえも、この世の傷を完璧には治せなかったのではないでしょうか（It may be that even the Archmage could not wholly heal the wound in the world.）」（*Wind* 167）と、クモが破った世界の均衡は元に戻せなかったのではないかとの疑問を呈する。

『パルンの書』
「不死」になろうとしたクモは、『パルンの書』を組み直し、つくりかえて魔法をつくったと述べている。（*Shore* 195）

カルガドの死生観

　テナーは、オニキスが死の征服の話をしたとき、「塵と影のほかには何もないところが、あなた方の征服地なの？（That place where nothing is but dust and shadows, is that your conquest?）」（*Wind* 145）と反論する。彼女は、「わたしが死んだら、生命をもっているほかの者たちと同様、宇宙という、**より大きな存在に再び結合していく**（I do believe that when I die I will, like any mortal being, rejoin the greater being of the world.）」（*Wind* 145）との認識に達していたが、それには、ゲドがハンノキに託した質問「死んだときにドライランドにいくのはだれか（Who goes to the dry land when they die?）」と、カルガドの王女セセラク（Seserakh）から聞いたハートハー（Hur-at-Hur）のドラゴンの話と来世観が手がかりとなっている。かつてゲドは、カルガドにもドラゴンがいると述べたことがあったが（*Tombs* 93）、セセラクは、その島ハートハーの出身である。ハートハーの人びとは、当地にいるドラゴンを神聖な動物と考え、いけにえの儀式をする。その様子を聞くテナーにたいして、セセ

より大きな存在に再び結合していく
P.126で見た『琥珀の望遠鏡』で示された考え方とほぼ同じである。

ハートハー
同じカルガドといっても、テナーが住んでいたのはアチュアンだった。彼女は、カルガドのソル王への怒りを隠せないレバンネンにたいして、「ハートハーの人には会ったことがなかった。アチュアンではハートハーの人を野蛮人と見ていたのよ（"I never knew anybody from Hur-at-Hur. On Atuan, we called them barbarians."）」（*Wind* 74）と、辛辣な返事をした。

145

ラクは次のように語る。

「そのドラゴンたちは、どのくらいの大きさなの？」
セセラクは、両手を約１ヤード（約90センチ）広げて見せた。……
「ドラゴンは飛べるの？　しゃべることは？」
「いいえ、翼はちょっとだけ出ています。シューという音も出します。動物は、話すことができません。でもドラゴンは、聖なる動物なのです。……ドラゴンは動物でしょう。だからドラゴンのほうが、呪われたまじない師より、わたしたちに近いの」……「なぜって、ドラゴンは生まれ変わる。すべての動物のように。そしてわたしたちのように」

"How big are the dragons?" Seserakh put her hands about a yard apart.... "And they can't fly? Or speak?"
"Oh, no. Their wings are just little stubs. They make a kind of hissing. Animals can't talk. But they're sacred animals.... [d]ragons may be animals, but they're more like us than the accursed-sorcerers are."... "Because the dragons are reborn! Like all the animals. Like us." (Wind 123-124)

つまり、**ハートハーのドラゴン**は、体が小さく、飛べず、話すこともできないが、神聖な動物だと考えられている。そして、人間も動物も死んで生まれ変わるという。したがって、『こわれた腕輪』で登場した永遠に生まれ変わるアチュアンの大巫女とは、この生まれ変わり思想の特殊な例だったわけである。だから、カルガド人と（ドラゴンも含めた）動物たちはドライランドにはいかず、いくのは「**呪われたまじない師たち**」だけということになる。つまり、死者がドライランドにいくのは普遍的真理ではなく、地域限定の、つまりハード語圏にのみ適用できる考え方だ

ハートハーのドラゴン
反対に、イフィッシュ地方にいる小さなドラゴン（ハレキ harrekki）をのぞくと、ハード語圏でのドラゴンは体が大きく、飛ぶことも話すこともできるが、崇められる対象ではない。人間とドラゴンのあいだには、何度も戦いがあった。

「呪われたまじない師たち」
カルガドの人びとは、ハード語圏の人びとのことをこのようにいって畏れた。セセラクが自分の名をあかさなかったのは、名前をいえば魂がぬすまれて、死ぬことができなくなると思い込んでいたからだ。(Wind 126)

ということを、テナーは理解するのだ。

　ハード語圏の死者たちが、生前の行為の価値判断から解放されたかわりに、すべての絆を断ち切られ、影だけ、あるいは名だけの存在として、ドライランドという死者の国で暮らさなければならないのにたいし、カルガドの死者たちは、動物と同様、新しい生命体としてよみがえる。カルガドには「死者の国」という考え方はないが、いちばんいい生まれ変わりは人間とドラゴンなので、人びとは戒律を破らないように心がけるという。換言すれば、死者を"民主化"したものの、永遠に閉じ込めているハード語圏の考え方にたいして、カルガドの転生輪廻の思想がつきつけられたのだということになる。しかも、その"種(しゅ)を超えたよみがえり"という考え方のなかには、人間と動物の同等意識がある。

　この、種を超えた再生という考え方は、ドライランドでのゲドの発言によく似ているのではないだろうか。彼は、クモが呼びだしたエレス・アクベについて、「あの方はあちらにおられる。……あちらだ。あの方は大地であり、日の光、木の葉であり、ワシの飛翔だ。あの方は生きている(He is there ... There, he is the earth and sunlight, the leaves of trees, the eagle's flight. He is alive.)」(*Shore* 197)と述べているが、これは、死者が死者の国ではなく生きている人びとのなかに存在しているという考え方で、明確な輪廻転生ではないにしても、生者と同じ世界に死者をとらえているのである。

●●●●●●●●●●
「永遠」の考え方

　また、「永遠」という局面から考察するならば、〈ゲド戦記〉シリーズは死者に関して3つの考え方を提供している

ということもできるだろう。

　まずクモやトリオンだが、彼らは自らの魔法の力を使って生死の領域を越え、永遠に生きようと画策した。しかし、死を拒むなら生も生きられないことが、『さいはての島へ』や「トンボ」で明らかになった。

　次は、ドライランドに住む死者たちである。彼らは、生前の絆と切り離された、影だけ・名前だけの存在だが、いったんドライランドにおくられると、永遠にそこにいなくてはならない。『影との戦い』のゲドが1000年も前に生きていた女性を呼びだすことができたのは、彼女がずっとドライランドにいるからである。つまり、ドライランドの住人は、死者の霊として永遠に生きるのである。

　もうひとつは、カルガドの輪廻思想である。人や動物は死に、それから何かになって生まれ変わる。したがって、世代交代、種の循環における死と再生こそが永遠に生きることなのである。

　換言すれば、ハード語圏とカルガドの死生観は両者とも、個人の肉体をともなう永遠の生は求めないことで一致している。しかし、前者が個々人の霊性の永遠性を求めるのにたいし、後者は、死亡時に個人は解体され、もっと大きな何かに吸収されて、そして再び命を与えられるという循環性に永遠を見るのである。したがって、ハード語圏とカルガド文化では、「永遠」の意味が異なっているのだ。

●●●●●●●●●●●
死者の願いとドラゴンの怒り

『アースシーの風』には、以上の死生観に加えて、ドライランドの死者たちの願いがハンノキを通じて、ドラゴンたちの怒りがアイリアンやテハヌー（Tehanu）を通じて、響きわたる。

第4章 ● 死者たちの解放へ

　ハンノキは、ドライランドの石垣越しに亡き妻ユリ（Lily）と触れるのだが、**ロークの常識**では、それは一介のまじない師、単なる修繕屋にはできないとされていることである。しかし、ユリにたいするハンノキの思慕は深く、彼は絶えず石垣へと引かれる。ユリは「わたしを自由にして（Set me free）」（Wind 18）と訴え、死者たちも「わたしたちをつれていってくれ。ハラ（Hara）、わたしたちを自由にしてくれ（let us come with you! Hara, set us free!）」（Wind 21）と、彼の真の名を呼びながら懇願した。

　また、彼はかつての師匠や小さな男の子が、非力な手でドライランドの石垣を壊そうとするのを見る。その過程でハンノキは、死者の苦しさ、惨めさを、ユリへの愛をとおして深く理解していくようになる。それは、絶えず生と死の境界に立たされるという苦しみのなかからわかってきたことである。

> 死は魂と肉体との絆を破り、そして肉体は死にます。魂はあの暗い場所にいき、肉体の写しをその姿として、そこにずっといなくてはならない。どのくらいの期間？ 永遠に？ 光も愛も慰めもなく、あの塵と薄暗がりのなかに？ わたしは、ユリがあそこにいるなんて耐えられないのです。
>
> death breaks the bond of soul with body, and the body dies. It goes back to the earth. But the spirit must go to that dark place, and wear a semblance of the body, and endure there – for how long? Forever? In the dust and dusk there, without light, or love, or cheer at all? I cannot bear to think of Lily in that place.（Wind 188-189）

　ハンノキは、死者になかば"同化"して、その辛さを訴える。彼にはロークの教養がないゆえ、それからも自由だ。

ロークの常識
死者は、真の名を呼べば現れることも常識だったが、それも変わった。さらにユリは彼女の真の名にたいして「もうわたしの名前ではないの（that's not my name any more.）」（Wind 18）ともいった。

そして、妻への愛につき動かされて、死者の思いを生者に伝える、いわば巫女のような役割を果たしているのだ。死者たちが願っているのは「死なのです。もう一度大地とともに存在すること。大地と再結合することなのです（It is death. To be one with the earth again. To rejoin it.）」（Wind 228）と、死者の思いは彼の声をとおして響いたのである。

一方、ドラゴンの怒りは、ドラゴンであり女である者たちを通じて表明される。クモの魔法の力が強かったので、ドラゴンのなかには、ことばをなくしたり、共食いをするものまで現れた。それへの恐れと怒りが契機となって、彼らは「昔、わたしたちを羨む人間たちは、西の果てを越えたところにある領地を半分奪い、わたしたちが入れないように魔法の壁を築いた（Men in their envy of us long ago stole half our realm beyond the west from us and made walls of spells to keep us out of it.）」（Wind 152）と、自分たちの領域が人間に盗まれた積年の恨みを思い出し、人間たちを東に押しもどそうと村や森に火を放っているのである。つまりドラゴンは、クモが使ったような不死の魔法を恐れているというのだ。したがって、死者とドラゴンは両者とも、ドライランドの消滅を願っていることになる。

●●●●●●●●●●●
ドライランドの消滅

さらに、ドライランドの出現は、「ヴェル・ナダン（Verw nadan）」（Wind 185）あるいはカルガド語の「ヴェダーナン（The Vedurnan）」（Wind 126）と表現される"分割"に関係があることがわかってくる。キメイの女の話のように、**昔、ドラゴンと人間はひとつだった**が、自由を選んだものはドラゴンに、"**くびき**"を選んだものは人間にとわかれ

昔、ドラゴンと人間はひとつだった
かつてはみんなが「ドラゴン人間（dragon-people）」だったが、「もっと空を飛んだり、もっと自由を追求したい」と思う人びとがドラゴンになり、「宝やものを集めて、それらを子どもに確実にわたしたい」と考えた人びとが人間へとわかれた。そして、後者は東のほうに向かっていったという。（Tehanu 20）
また、アイリアンはカレシン（Kalessin）のことばとして「われわれは自由を選んだ。人間はくびきを選んだ。われわれは火と風を選んだ。人間は水と大地を選んだ。われわれは西を選んだ。人間は東を選んだ（We chose freedom. Men chose the yoke. We chose fire and the wind. They chose water and the earth.）」（Wind 151-152）と述べている。

くびき
ものを所有したい、そしてそれを子どもに伝えたいという欲望は、ものにとらわれること、つまり"くびき"である。

た。しかし、ドラゴンには富への羨望が、そして人間には自由への羨望が残ったのである。

次の発言は、カルガド出身の「様式の長（the Master Patterner）」アズバー（Azver）のものである。ドライランド誕生の解読であるが、これは、おおぜいの登場人物の意見や考えを踏まえたうえでの"まとめ"なのだということもできよう。

「昔の人びとは、ドラゴンの領土を"もの"としてのみ考えていたわけではない。彼らは、ドラゴンが飛べる、たぶん時を越えて飛ぶことができると考えていた。そうした自由がうらやましくて、ドラゴンのあとをついて、西の果てを越えていった。そして、領域の一部を自分たちのものだと主張した。超時的な土地、自己が永遠に変わらないであろう場所だ。しかし、人間の肉体はドラゴンとはちがう。魂としてしか、人はそこにいくことができない。……それで彼らは、生きていては越えることができない壁をつくったのだ」

"The ancients saw that the dragons' realm was not of the body only. That they could fly... outside of time, it may be ... And envying that freedom, they followed the dragons' way into the west beyond the west. There they claimed part of that realm as their own. A timeless realm, where the self might be forever. But not in the body, as the dragons were. Only in spirit could men be there... So they made a wall which no living body could cross, ..."（Wind 227）

つまり人間は、ドラゴンと人間とがわかれたときの約束を破り、ドラゴンのもつ自由ほしさに、その一角を奪って魔法をかけた。しかし、そこには霊というかたちでしかいけないうえ、魔法のせいで、石垣の内部は乾いた土地＝ド

ライランドになったというのである。

　つまり、『アースシーの風』では、死者を呼びだす魔法術と死者の国ドライランドが、「死を超越したい」「永遠に生きたい」という人間の欲望の所産であることがはっきりと示される。不死への欲望が、霊の牢獄をつくったのだ。

　そして、クモやトリオンが死を拒否したことによる混乱や、ドラゴンでありかつ女である者たちの出現に示される変動の時代において、ドラゴンと死者という、自分たちの領域を盗られた者たちとそこに囚われた者たちが、内外呼応してさらなる変化を求めているのである。

　物語の終末、ハンノキを先頭に、魔法使いとドラゴンと王は石垣を壊す。死者たちが解放される様子は**前述したとおり**だが、これは、ドライランドの死者たちが本来の"死"をとりもどした瞬間なのだといえるだろう。

　ドライランドの死者たちは、いわば究極の他者――一方的に力をふるわれる弱者――だったのである。さらに、アトム化されていたことで、死者同士はもちろん、死者と生者の絆も否定されていたのだ。

　だから、修繕屋のハンノキが狂言まわしとなって事態が進行していく『アースシーの風』は、生と死との関係に"永遠の生"という欲望が入れた亀裂を、死者やドラゴンを含むアースシー全土の人びとが繕っていく話でもある。

　ハード語圏における死は、当初からキリスト教的な審判からは解放されていた。死者は、生前何をしたかに関わりなく、すべてドライランドにいったからだ。しかし同時に、ドライランドの住人は"永遠の生"という欲望の代価でもあった。霊というかたちで永遠に囚われたからである。

　つまり、ドライランドの死者たちは、生を捨て去ることができず、死も失った状態だったといえる。だが『アース

前述したとおり
P.127〜P.128を参照。

シーの風』でドライランドからも解放されることで、死者は生者との絆をとりもどし、「こちら」で生き続けることが明確になった。

『さいはての島へ』にあった2つの論理はひとつになり、生と死の関連はより直接的で力強いものとなる。『さいはての島へ』でゲドがクモに告げたことばを、『アースシーの風』は、物語全体で語ったといえるだろう。

●●●●●●●●●●●
新しい死の文化創造

　ル＝グウィンは、積極的に死を書くことで、当初から"死のタブー"をうち破っていたが、死者の国ドライランドの破壊と死者の解放は、『さいはての島へ』にあったキリスト教の残滓を徹底的に相対化した。つまり、死者にたいする審判だけでなく、霊というかたちによる"永遠の生"という面も、ここで完全に払拭したといえよう。それは、宗教に頼らない死者への悲嘆の肯定に加え、ファンタジーの力で死者の当事者性にも迫ったからだ。

　これは結果的に、プルマンの死者たちの解放と同じであろう。しかし、ル＝グウィンはもう一歩先にいったように思われる。

　それは、「生はわたしたちに与えられる（life is given us）」（Wind 229）に対比させるかたちで、「死もまたわたしたちに与えられる（Death also is given us）」（Wind 229）と、生と死の両者の相互連関を明確にしたことである。だからこそハンノキには、ユリの手をとって光のなかをすすむこと、つまり死が与えられたのであろう。ドラゴンや魔法使いとともに石垣に向かった、高度な魔法力をもたない者はふたりいたが、レバンネンを生の領域に、ハンノキを死の領域に向かわせたことで、生と死の領域が対立しながらも相互

ゲドがクモに告げたことば
P.140を参照。

に連関することを、両面から描いたのである。

　信仰によらない死の教育、新しい死の文化創造を求める試みは、『さいはての島へ』から『アースシーの風』への流れのなかでより洗練され、深められていったのである。

引用文献

Dusinberre, Juliet. *Alice to the Lighthouse*. 1987. London: Macmillan, 1999.

Egoff, Sheila A. *Thursday's Child*. Chicago: American Library Association, 1981.

Gorer, Geoffrey. *Death, Grief, and Mourning in Contemporary Britain*. London: The Cresset Press, 1965.（G・ゴーラー『死と悲しみの社会学』宇都宮輝夫訳、ヨルダン社、1994）

Le Guin, Ursula K. *The Farthest Shore*. 1973. London: Penguin, 1974.

———. *The Language of the Night*. 1989. N.Y.: HarperCollins, 1991.

———. *Tehanu*. N.Y.: Puffin, 1990.

———. *Earthsea Revisioned*. Cambridge: Green Bay, 1993.

———. *The Other Wind*. N.Y.: Harcourt, 2001.

Lystad, Mary, H. *From Dr. Mather to Dr. Seuss*. Boston: G. K. Hall, 1980.

MacDonald, George. *At the Back of the North Wind*. 1871. N.Y.: Garland Publishing, 1978.

Manlove, C. N. "Conservatism in the Fantasy of Le Guin." *Extraporation*. 21-3 (1980) 287-297.

McDannell, Colleen & Bernhand Lang. *Heaven*. 2nd ed. New Haven: Yale U.P., 2001.

Plotz, Judith. "Literary Way of Killing a Child: The 19th Century Practice." *Aspects and Issues in the History of Children's Literature*. Ed. Maria Nikolajeva. Westport : Greenwood, 1995.

Pullman, Philip. *The Amber Spyglass*. 2000. N.Y.: Del Rey, 2001.

Remington, Thomas J. "A Time of Live and a Time to Die: Cyclical Renewal in the Earthsea Trilogy." *Extraporation*. 21-3(1980) 278-286.

Reynolds, Kimberley. "Fatal Fantasies: the Death of Children in Victorian and Edwardian Fantasy Writing." *Representation of Childhood Death*. Ed. Gillian Avery and Kimberley Reynolds. London: Macmillan, 2000.

Thomson, James. *Poems of James Thomson "B. V."*. Ed. Gordon Hall Gerould. N. Y.: Henry Holt Company, 1927.

アリエス、フィリップ『死と歴史』伊藤晃・成瀬駒男訳、みすず書房、1983（Aries, Philippe. *Essais sur L'Histoire*. 1975.）

石澤小枝子「二十世紀児童文学の諸相」『児童文学の思想史・社会史』
　　東京書籍、1997
ウェルギリウス『アエネーイス』泉井久之助訳、岩波文庫、1997
モラン、エドガール『人間と死』吉田幸男訳、法政大学出版局、1973
　　（Morin, Edgar. *L'Homme Et La Mort*. 1970.）

第5章　カルガドからの問いかけ

Kargad

前章で考察した死者の国ドライランド（the Dry Land）の消滅は、ハード語圏やカルガドの人びとの死生観がたがいにすりあわされた過程から出された結論だった。ドライランドというのはローク（Roke）の魔法の"担保"だったのである。このことは同時に、カルガド文化の認知とロークの魔法知の"相対化"を意味した。『アースシーの風』（The Other Wind）は、多様な文化背景をもつアースシー世界の人びとを登場させることで、それを行ったのだ。

　そして『ゲド戦記外伝』（Tales from Earthsea）も、"歴史"という視点を導入することで、ロークの魔法知の相対化を行っている。

　この章では、『ゲド戦記外伝』と『アースシーの風』におけるローク中心主義への挑戦を、人びとの側――つまり、異なった時代に生きた人びとと、現在に生きる多様な人びと――に焦点をあてて考察する。

●●●●●●●●●●●
『ゲド戦記外伝』の特徴

　2001年春に出版された『ゲド戦記外伝』は『アースシーの風』よりも半年先んじて刊行された外伝であり、〈アースシー〉シリーズの本流を補完する5つの短中編と、アースシー世界の特徴をまとめた「アースシー解説」（"A Description of Earthsea"）がおさめられている。

　作者はその序文で、『帰還』（Tehanu）がシリーズの最後とはならなかった"約束違反"にたいして、「ああ愚かな作家。いまというのは動くのだ。物語のなかの時間ですら、『いま』は『そのとき』ではない（O foolish writer. Now moves. Even in storytime, ... now isn't then.）」（Tales xi）と変化を強調しているが、『ゲド戦記外伝』全体を貫く特徴は、「さまざまな視点で語りたい。また、それは語り得るのだ」

第5章 ● カルガドからの問いかけ

という姿勢である。つまり、『帰還』での"見直し"路線をさらにすすめ、語り直したり補ったりしながら、厚みをもたせていく。換言するならば、"正当な見方"はひとつだけしかないという考え方にたいする否定であろう。そして、それは必然的に『アースシーの風』で語られること——つまり、ローク中心主義の転覆——にむけての前哨戦が繰り広げられたことになる。

ロークの魔法は、ここにおさめられた短編のひとつ「カワウソ」("The Finder")でローク学院創立時の状況が語られることで、まず強烈に"異化"される。出自が語られることで"歴史化"されるのだ。

この短編は、マハリオン(Maharion)とエレス・アクベ(Erreth-Akbe)の時代が終焉し、各地の実力者や海賊などが割拠する、ハード語圏の"暗黒時代"を舞台にしている。当時、魔法は権力争いの道具として使われたので、人びとは魔法を恐れ、疎んずるようになっていた。一方、魔法を権力の道具から解き放ち、その倫理的使用を目指そうと考える人びとは、ローク島に「手の人びと(the Hand)」、あるいは「手の女たち(the women of the Hand)」というゆるやかな組織をつくり、密かに広げていこうとしていた。

ところが、ローク島は攻撃され、壊滅状態になってしまう。その後、7年かけてロークを探しあてた**ある青年**の熱意が人びとを動かし、外部との交渉を絶っていたロークに魔法を教えあう学校をつくる話が具体化していった。これが、ローク学院の始まりである。

ただし、ここに描かれているローク学院は、〈アースシー〉シリーズの前半3部作で描写されているローク学院とくらべてみると、いくつかのちがいが見られる。

・創立者たちには女性が多く、彼女たちこそが設立の中

ある青年
この青年は、カワウソ(otter)＝アジサシ(Tern)で、真の名はメドラ(Medra)。彼は、ローク学院の設立が決まると魔法の才能をもっている人びとを捜してロークにつれてくる"ものさがし(Finder)"の役を担った。のちに、ローク学院の9番目の長「守りの長(the Master Doorkeeper)」になる。

心的役割を担ったこと
- 前半3部作では否定的に描かれることが多かった大地の「太古の力」は、ここでは「魔法力」と考えられ、とくに**初代「様式の長（the Master Patterner）」は女性**で、ローク学院創立の重要なメンバーだったこと
- **ローク学院の建物**は、「まぼろしの森（the Immanent Grove）」や「ローク山（Roke Knoll）」という太古の力が極めて強い場所の近くにつくられたこと
- 女性や太古の力をきらい、「自分たちが"男であること"を何にもまして重要だと考えている（They are men, and they make that important beyond anything else.）」（Tales 81）勢力が、学院設立当初からいたということ

——などである。

つまり、当初からあった太古の力や、それと関連が深いと思われている女の力を、ともに「卑小なもの」として排斥したい勢力は、学院設立後にじょじょに力を得ていった。〈アースシー〉シリーズの前半3部作は、その「排斥」が終わったあとが舞台になっているのだ。

このことは、①ゲド（Ged）が入学し、大賢人（Archmage）となったローク学院が、女性の入学を認めていない男だけの教育機関であること、②魔法使いは独身であること。つまり、魔法力は女性との交流をしないことで保たれると思われていること、③「呼びだしの術」や「**姿かえの術**（spells of shaping）」など、もっとも世界の均衡を揺るがす可能性がある術が高等魔術とされ、「ものさがし」や「修繕」といった日常生活につながっている術は卑しいものとされたこと——などに示されている。

「地の骨」（"The Bones of the Earth"）はゲドの師であるオジオンの話で、ゴントの地震を静めたオジオンとその師の

初代「様式の長」は女性
名前はモエサン（Ember）で、真の名はエレハル（Elehal）。彼女とカワウソは愛しあった。

ローク学院の建物
中庭の噴水はカワウソがその水脈を見つけ、そばのナナカマドはモエサンが植えた。(Tales 80)

姿かえの術
目くらましではない、本物の"姿かえ"には、危険がともなう。自分を忘れ、失ってしまう可能性があるからだ。ゲドは、オスキルからオジオン（Ogion）の許へタカに変身して帰ったが、オジオンの力をもってしても心身ともに元に戻るのに数日を要した。(Wizard 159–160)

ヘレス（Heleth＝ダルス Dulse）について語る。この地震は、『影との戦い』（A Wizard of Earthsea）においてゲドがロークに出発するとき、「10年前におきた」と述べているものだ。

弟子入りを請う若きオジオンにたいして、ヘレスはロークにいけと応じたが、オジオンは、「わたしはそこにいました。……わたしの師はヘレスです（I've been there.... My master is Heleth.）」（Tales 145）と述べ、それ以上は語らない。したがって、ヘレスのみならず読者も、なぜオジオンが杖なしで——つまりロークの正式の魔法使いとなることなく——ロークを発ったのか知らされないが、オジオンとローク教育になんらかの齟齬があったことが推測される。

それから20数年後、彼らふたりは——つまりヘレスは山中で、オジオンは港で——双方の力をあわせて地震を静め、ゴントの人びとを救うことになる。しかし、その魔法はロークの魔法ではなく、ヘレスの師が彼に教えたものだった。そしてヘレスの師アード（Ard）は、女性だったのである。

ゲドがオジオンの書物をのぞき見する場面では、その書物は「これらの本はとても古いものだった。オジオンは、師の遠目のヘレスから、ヘレスは師ペレガルの魔法使いから継承したものだった（These books were very ancient, Ogion having them from his own master Heleth Farseer, and Heleth from his master the Mage of Perregal）」（Wizard 28）とされていて、そこにアードの名はない。ヘレスはアードの弟子になると決めたときに父親から縁を切られるのだが、「魔法使いは男だけ」という"常識"を考えれば、彼女は公的な世界で抹殺されたということであろう。

しかし、語られることはなかったとしても、ゴントの人びとは、アードによって伝えられた**ゴント独自の魔法**と、

ゴント独自の魔法
この土地独自の太古の力に関連をもつものだと思われる。P.228を参照。

男女の魔法使いによって救われたのだ。そして、この伝統のうえに、ヘレスの弟子オジオンも、孫弟子ゲドも、位置することになる。

「湿原で」("On the High Marsh")は、ゲドが大賢人だったとき——したがって『さいはての島へ』(The Farthest Shore)や『帰還』より少し前——の時代を舞台にしている。

ここで語られるのは、クモ(Cob)と同様に魔法を使って、死者ばかりではなく生者をも呼びだしてその力を奪う男の話である。この男に対抗したのは、大賢人ゲドと、「呼びだしの長(the Master Summoner)」トリオン(Thorion)だった。

男は、ロークから逃げだすのだが、その後、動物の病気を癒すことに自分の存在意義を見出し、またチーズづくりの女性との交流をとおして、自分の居場所を確認していく。

ヘレスとオジオンの魔法力使用の問題と同様、ここでもどのような目的で魔法が使用されるべきなのかということが語られると同時に、人とのつながりを「支配と従属」以外では考えられない、いびつな人間を形成する可能性のあるロークや高等魔術の問題点が、浮き彫りにされている。

「ダークローズとダイアモンド」("Darkrose and Diamond")は、父親がすすめるローク入学を結局はやめて、自分の力の源である音楽と恋を選び、裕福な家を出る青年の話だ。彼は、自分の魔法力を抑圧しようとする家をとびだした『アースシーの風』のユリ(Lily)と同じように、自分の才能という魔法力を生かすことと、愛する人と暮らすことの喜びが語られる。

ここでは、魔法の力を維持するために異性を避ける気づ

第5章●カルガドからの問いかけ

かいは問題にもされていない。そして、男女の結びつきと魔法力"弱体"の関連がないことも明らかだ。

これらの短編から浮きあがってくるのは、"男だけが魔法使いになれる"という制度や、孤独さが尊ばれる行為への疑念であり、魔法の倫理性の問いかけと高等魔術の存在価値への疑問、つまりローク体制への批判である。そしてこれらはどれも、女性あるいは女性との関係性をからませることで、それをなしている。

「トンボ」

そして最後の中編「トンボ」("Dragonfly")は、『アースシーの風』に直接につながっていく。時代は『帰還』から7年後。新時代の重要な鍵になると思われる「ゴントの女」の出現が**予言**されてはいたものの、ロークの大賢人は空席のままという状況だった。

当作品では、『さいはての島へ』と『帰還』での**「呼びだしの長」トリオン描写の矛盾**を解決しつつ、男性だけの僧院の様相を呈していたローク学院に、ウェイ島の少女アイリアン（Irian）をおくりこむ。彼女は、自分のなかにある力を探求するために、男装してロークを訪れたのだった。

アイリアンは最終的に、太古の力が強く「すべてがありのままでいるところ（Where things are what they are.）」（Tales 261）であるローク山でドラゴンの姿になり、トリオンを滅ぼす。トリオンは、ゲドを捜して死者の国ドライランドにいったのだが、帰る道がわからなくなっていたところをゲドたちに出会い、石垣の方向を教えてもらう。彼はロークに戻り、生死の境をさまよったのち、「わたしは自分を再び生の世界に呼びだした。なすべきことをするた

予言
ゲドのあとの新しい大賢人を選ぶ会議で、「様式の長」アズバー（Azver）は、カルガド語で「ゴントの女」と叫んだ。（Tehanu 131）

「呼びだしの長」トリオン描写の矛盾
『さいはての島へ』の終わり、トリオンは病気から回復したかのように書かれているが、『帰還』におけるレバンネン（Lebannen）の説明では、彼は死んだように思われる。ゲドの次の大賢人を選ぶ会議に、レバンネンはトリオンのかわりに出席していたのだ。

めに（"I have summoned myself again into life, to do what must be done."）」（Tales 246）と述べ、大賢人になろうと画策していたのだ。トリオンは、『さいはての島へ』におけるクモや『帰還』におけるアスペン（Aspen）と同様、死を拒否した者であり、アイリアンは、アスペンを滅ぼしたテハヌー（Tehanu＝テルー Therru）と同じく、ドラゴンであり女であった。

テハヌーが男性支配社会においてもっとも弱いところにおかれた"虐待された女の子"だったのにたいして、アイリアンはそういった社会にたいして怒りをもち、"自身の力を探している少女"だといえるだろう。

しかし、アイリアンの処遇をめぐってロークの長たちの意見は割れる。彼女に味方したのは、「様式の長」「守りの長」「薬草の長（the Master Herbal）」「名づけの長（the Master Namer）」だが、それぞれがローク学院内部ではなくその**周辺に活動・居住空間をもつ**人びとだった。とくに、まぼろしの森に住んでいる「様式の長」や、植物の専門家である「薬草の長」は、大地と強くかかわっている、つまり太古の力と大きな関連があるといっていい。

前半３部作では一枚岩のように思われていたローク学院の長たちの関係も、同じ機能をもつように思われてきたローク学院とその近くに位置するまぼろしの森やローク山の関係も、じつはちがいがあることが暗示されているのではないだろうか。

「カワウソ」でのローク学院設立の事情を考えるなら、太古の力と関連のある部門は「女性的」という名前をつけられ、「卑しいもの」とされた術と結びついていることがわかる。そして、ロークの長たちのアイリアンに関する態度の相違は、魔法に関する考え方の相違へと広がる可能性を

> **周辺に活動・居住空間をもつ**
> このうち「名づけの長」は、ローク島最北端の岬にある隠者の塔（the Isolate Tower）に住んでいる。（Wizard 58）

もって『アースシーの風』に継承されていく。

『ゲド戦記外伝』の諸編、すなわちローク設立時の事情、ローク以外に自分の力を発揮する分野と人生の伴侶を得た青年や成年の話、ゴントの地震にまつわる話、そしてロークに女が来訪した話などに通底しているのは、現在のローク学院体制とそれが前提としている知識体系への疑問であろう。そして、異なる時間に存在したさまざまな人びとがロークを見つめるのが『ゲド戦記外伝』の特徴ならば、同じ時間を共有している多様な人びとが1か所に集まったうえでロークを見つめるというのが、『アースシーの風』なのではないだろうか。

『アースシーの風』の舞台

　シリーズ6作目の『アースシーの風』は、『帰還』から15年後、「トンボ」の8年後に始まる。800年間空席だった玉座についた**レバンネンは32歳**、テハヌー（テルー）は20歳すぎになっている。

　エレス・アクベの剣がそびえ、『こわれた腕輪』でとりもどされた「エレス・アクベの腕輪」のあるハブナーで、レバンネン（アレン Arren）を中心に新しい時代が始まっていたが、いま大きな問題が3つ出てきた。

　ひとつは、西からドラゴンたちが攻めてくるという事態である。彼らは、人間を追い払うかのように村や畑を襲い、じょじょにハブナーに迫ってきている。

　2つ目は、東のカルガドから王の娘が強引におくりこまれてきたという問題だ。カルガドの新しい王となったソル（Thol）がレバンネンにたいし、娘セセラク（Seserakh）に「エレス・アクベの腕輪」をつけろ——つまり、セセラク

レバンネンは32歳
彼は、『さいはての島へ』のときに17歳（*Shore* 135）なので、15年後は32歳になる。『アースシーの風』でも、「ロークでお別れしてからお会いしていないのです。あのときの倍の歳になったのですが」と、ゲドと会っていない年月に言及している。

と結婚しろ——と圧力をかけてきたのである。

　この、"西にドラゴン、東にカルガド"という状況は、魔法使いエレス・アクベと王マハリオンの時代によく似ている。

　3つ目の問題は、最愛の妻を、出産時に子どもともども失ったまじないの師ハンノキ（Alder）が、夢のなかで死者たちに、「わたしたちを自由にして（set us free!）」（*Wind* 21）と呼びかけられることだ。「生と死とを隔てる石垣にいくことができるのは、高度な術をもった魔法使いだけだ」というこれまでの常識を超えた事態にたいして、ロークの長たちはなすすべもない。

　これら3つの問題は、地図の隅に追いやられていた者たち——"他者"として排斥されてきたドラゴン、カルガド、死者たち——が中央に踊り出てきた事態だともいえるだろう。

　前章で、ドライランドの死者を解放することでハンノキも解放され、ドラゴンの侵入も回避されたことは論じた。ここでは、「ドラゴン対策会議」に集まったさまざまな人びとの相互関係、そしてレバンネンとセセラクの問題に象徴される相互理解を中心に考察し、彼らのとった解決策がエレス・アクベやマハリオンの時代のそれとどのようにちがうのかを考えたい。

●●●●●●●●●●●●
ドラゴン会議

　レバンネン王が目指すのが武力による統治ではなく平和と協調だということは明らかだ。だが、彼につきつけられた3つの問題は、それを訴える当事者たちとの意思疎通がむずかしいという共通点がある。そのため、ドラゴンの東

レバンネン王が目指す
レバンネンは、カルガドとの外交に力をそそぎ、100人の議員からなる評議会の意見をききつつ行政を行った。モレド（Morred）が魔法の力をもった王だったのにたいして、レバンネンにはそのような力はなかった。そのことについてはゲドも、「そのような才能はない（That gift you have not.）」（*Shore* 153）と確認している。

第5章●カルガドからの問いかけ

進と死者たちが自由を求める問題に関しては、当初その理由は不明だったし、カルガドの王女の件に関しては、彼女の父親の意図はよくわかったものの、王女セセラクはハード語を知らず、顔をベールで覆っていることもあって、レバンネンは理解しようという姿勢を見せず、彼女を拒否する。

　したがって、問題を解決しようとするならば、当事者とレバンネンとのあいだを仲介する"翻訳者"が必要だった。この役割を担ったのが、「ドラゴン対策会議」に参集した人びとである。

「ドラゴン対策会議」の主要なメンバーを評して、かつてアチュアンの墓所の巫女だったテナー（Tenar）は、「ほんとうにまあ、なんというごたまぜ袋をロークへつれていくのでしょう（What a ragbag you are bringing them, to be sure!）」（Wind 199）とレバンネンにいう。

　この「ごたまぜ袋」という表現は、さまざまな地域・階層出身者でメンバーが構成されているというばかりではなく、多くのメンバーが複数の主体的位置をもっているということも表しているのではないだろうか。つまり、ハイブリッドな存在なのである。

　テナーやかつて武人であった「様式の長」アズバーは、ハードに移住してきたカルガド出身者であるし、ハンノキは、高度な魔法はもっていないにもかかわらず夢で死者とつながりをもってしまう人物、そしてテハヌーやアイリアンは、文字どおりドラゴンであり女である。ゴントに隠遁したように思えるゲドにしてもかつての大賢人で、魔術を失ってはいるものの、依然としてドラゴンと口をきける竜王（Dragonlord）ではある。さらに、パルンの魔法使いセペル（Seppel）や王女セセラクについても、彼らの出身地はハード、カルガドのなかでも特異な文化をもつ周辺部で

あり、単にハード、カルガドとひとくくりにはできないところがある。彼らは「『正史』が『公共の記憶』であるとされるとき、その公共の『われわれ』のなかに誰が含まれ、誰が含まれていないのか」（上野『ナショナリズムとジェンダー』167）を問いかける人びとなのである。

　セペルの出身地パルン（Paln）は、ハード語圏に属してはいるものの、ロークとは異なる独自の魔法観をもつ島だ。両者のあいだには、魔法使い同士の戦いすらあった。アクセントのちがう話し方、ハブナーの王やロークに恭順ではなかった過去の歴史、ハブナーにある彼らだけの居住地といったものから連想できるのは、パルンはハード語圏の周縁に位置しているということ、ことばを変えると、"内なる外国"だという印象だ。

　クモが不死身になることを試みたとき、大いに参考にしたのは『パルンの書』だった。そして、ロークの「呼びだしの術」がこの書に多くを負っていることも、また事実なのだ。

　一方、パルンでは魔法とともに大地の太古の力も大事にされていて、カルガド文化に近い部分もある。セペルが、ハンノキの修繕に関する技とひきかえに悪夢をとりのぞいたのは、**太古の力にはたらきかけた**からである。

　しかし、ハブナーの人びとは太古の力の強いその土地のことを忘れ、土地は汚されていた。セペルの怒りのことばには、大地への尊敬と、それを人びとが忘れてしまったことへの悲しみがある。つまり、パルンはロークの魔法知と敵対していたからこそ、逆に、ロークが切り捨てた部分を維持し、担っていたといえるのではないだろうか。

　パルンの文化はハードとカルガドの中間を占めており、「カワウソ」で明らかにされるローク誕生の事情を考えれ

太古の力にはたらきかけた
セペルは、ハンノキをハブナー島内にあるオーラン（Aurun）につれていく。ハブナーではすでに忘れられた存在になっていたオーランだが、セペルは「パルンのもっとも古い地図にはのっていて、別名パオの口とも呼ばれています（Auran, that we know from our most ancient maps in Paln, where it is also called the Lips of Paor.）」（Wind 171）と説明した。

ば、その原初的形態を受け継いでいるのだともいえよう。

　ハード語圏におけるパルンと同じような位置を占めるのが、カルガドにおけるハートハー島、つまりセセラクの出身地である。
　カルガドの政治や宗教の中心地であるカレゴ・アトやアチュアンにたいして、ハートハーは独自の文化をもつ。セセラクはカレゴ・アトのアワバスの女たちに、ハートハーの砂漠出身の無知な娘と見られる経験をしているが、「フェヤグ（feyag）」というベールをかぶる習慣、テナーも知らなかったドラゴンの話などから、この地もまた、カルガド文化の周縁と見られていることがわかる。

　死者たちに引き寄せられる悪夢を見るハンノキは、ローク教育を受けていない一介のまじない師である。壊れたものを再度つなげること、つまり修繕が得意である。妻のユリは、生まれながらにして魔法の力をもち、それを認めない実家から逃げだした女性で、彼らふたりの結びつきは、幸せで強いものだった。ハンノキが死者につながり、夢から逃れられないのは、この妻への愛ゆえにである。
　したがって、彼と死者のつながりは、高度な魔術をもっていないにもかかわらず、生前の強い結びつきゆえに引かれあうという点で、ロークの「呼びだしの術」、一方的に死者を呼びだす魔術の高等さを蝕んでいる。しかし、死者たちは、「破壊された絆をとりもどしたい、再度つなげたい」という願いで彼を通訳に仕立て、彼をとおして自分たちの思いを伝えたのである。
　また、ハンノキは母子家庭で育ち、ユリと協力して仕事をするなど、女性との生活に慣れている男性であり、この点もロークの長と対照的である。人との交流に緊張感をも

妻への愛
「ユリとハンノキの絆は、生と死の分割よりも強い（The band between you and your wife is stronger than the division between life and death.）」（*Wind* 37）と、ゲドは述べた。

ってしまいがちなテハヌー（テルー）とのコミュニケーションも、ごく自然にできる人柄であったことも、特筆すべきことだろう。ものとものとをくっつけること、人と人が結びつくこと、つまり"結合"が、彼の特徴といえるだろう。

●●●●●●●●●●
アイリアンの身体

　そして、ドラゴンであり女であるテハヌーとアイリアンが、文字どおりの媒介者として、ドラゴンの思いを伝える。

　P.114～P.115では、テハヌーの体に刻印されたやけどを"女の荒野"としてとらえることで、彼女のもつ"二重性"を考えたが、ここでは、アイリアンが「ドラゴン対策会議」に招かれて、ドラゴンから人間の女へと己の姿を変えるところを考察したい。

　巨大なドラゴンは、うろこにおおわれた腹ととげだらけの尾をひきずると、テラス半分にわたって、それらを伸ばした。赤い角のはえた頭をまっすぐに立てると、王の身長の2倍ほどになった。次にその大きな頭を下げ、揺らした。翼がシンバルのような音をたてた。そして煙というより靄のようなものが、鼻腔から吐きだされて、その姿をぼやけさせ、薄い霧か、曇りガラスごしに眺めているかのようになった。それからそれも消えた。……もうドラゴンはいなかった。ひとりの女が立っていた。……ちょうどドラゴンの心臓があったあたりに立っていた。

They saw the dragon, the huge creature whose scaled belly and thorny tail dragged and stretched half across the breadth of the terrace, and whose red-horned head reared up twice the height of the king – they saw it lower that big head, and tremble so that its wings rattled like cymbals, and not smoke but a mist breathed out of its deep nostrils, clouding its shape, so that it became cloudy like thin fog or worn glass; and then it was gone. ... There was no dragon. There was a woman. ... She stood where the heart of the dragon might have been.（*Wind* 147）

　アイリアンが身体で示す"ドラゴンであり女である"という二重性は、ちょうど皮を脱いだり着たりするような両者の相互通行性と、ドラゴンと女の連続性を示している。ドラゴンを「動物」といい換えるなら、動物と女の連続性である。これを、種を超えた２つの特質がひとつの身体のなかに表されていると見るならば、多くの狩猟民族がもつ伝説や民話に類似しているといえるのではないだろうか。
　太平洋北西海岸に住むアメリカ先住民の伝説を採集したクラーク（Ella E. Clark）は、「動物は、この国に住む人びとだ。彼らは、われわれと同様、たがいに話す」、あるいは、「むかし、動物は人間と同じだった。コートのように、毛皮や皮を脱いだり着たりした。動物も鳥も魚も、みんなそうだった」（*Indian Legends of the Pacific Northwest* 81）と、コルヴァルやパジェット・サウンドの先住民の話に言及したのち、オカノガンの先住民の民話を記述している。

　　大地は、かつて人間だった。「古き人（Old-One）」が、大地を女にした。「あなたはすべての人間の母になるのだ」と、彼はいった。……大地を女にしたのち、「古き人」は彼女から肉をとって、それを丸めてボールにした。ちょうど人間たちが泥や粘土でつくるように。「古き人」は、これらのボールで最初の世界の生きものたちをつくったのだ。彼らが祖先なのである。彼らは人間だったが、

しかし同時に、動物でもあった。(Indian Legends of the Pacific Northwest 83-84)

そして「古き人」は最後にインディアンに似せた人間をつくったので、大地には古代人である"動物人間（animal people）""人間""動物"が存在したという。「昔、ドラゴンと人間はひとつだった」というキメイの女の話や、ドラゴンでありかつ人間であるアイリアンのような存在は、この動物人間に近いイメージをもっていることを確認しておきたい。

ル＝グウィンは、テハヌー（テルー）や、ローク山でドラゴンに変身して以降のアイリアンについて、内面を深く描くというやり方をとっていない。とくにテハヌーについては、禁欲的だ。

テナーが髪をとかしたときに火花が出るのを見て、幼いテルー（テハヌー）が**笑ったとき**、テナーは「テルーはどのように世界を見ているのだろう。焼かれてしまったひとつの目で人は何を見るのだろう（how Therru saw her – saw her world ... what one saw with an eye that had been burned away.）」(Tehanu 96)と思いを寄せるが、〈ゲド戦記〉シリーズでは、この問いへの直接的な答えはないように思える。テナーはテハヌー（テルー）の母親になり、援助者であるとともに同伴者なのだが、テハヌーのことはほとんどがテナーの視点をとおしてしか語られないからである。

●●●●●●●●●●
「バッファローの娘っこ」のマイラ

しかし、『帰還』の3年前に書かれた短編「バッファローの娘っこ、晩になったら出ておいで」("Buffalo Gals,

笑ったとき
テルーは両方の手を広げて、「火だ。火がみんな飛んでいく（"The fires, all flying out"）」(Tehanu 96)とくりかえし笑った。

Won't You Come Out Tonight", 1987）がある程度その埋めあわせをしてくれている。

　この作品は、作者自身も述べているように、〈ゲド戦記〉シリーズと関係の深い作品である。つまり、ドラゴンと人間がかつてはひとつであったというキメイの女の話に関しては、「天地創造の時代、動物は人間であった——というすばらしいアメリカ先住民の神話を、ヨーロッパの英雄物語の伝統にもちこむことを試みた（that legend brings into the European hero-tale tradition the great Native American mythos of the time when animals were people, the time of the making.）」（Earthsea Revisioned 22）というのである。

　「バッファローの娘っこ…」の主人公、**飛行機事故**で片目を失った少女マイラ（Myra）がしばし滞留するのは、まさにそのアメリカ先住民の神話世界だ。彼女は、一種の境界空間——人間世界と動物世界が交わる領域——に身をおき、そこで漂いながら、外的のみならず内的な旅を経験したのである。

　マイラは捨てられた子どもだ。両親の離婚後、母親は弟だけをつれて恋人と出奔、マイラはひとりで父の許におくられる。いうまでもなく、これは テハヌー（テルー）と同様、虐待された女の子の姿だ。テハヌーが親たちにひどいやけどを負わされたのにたいして、マイラは飛行機事故で片目を失う。飛行機に乗ったのは大人の都合によるものだと考えれば、この怪我は親のせいだといってもいいだろう。だが、砂漠に墜落した彼女の前に「ものいうコヨーテ」が現れ、ついてくるように誘う。傷も舐めてくれた。マイラは、コヨーテの乳首を見てそれが雌だと知る。

　変化は、コヨーテのあとを追いかけて川沿いの道を歩いているうちにおこる。コヨーテの姿が見えず、飛行機墜落

飛行機事故

「ミハエルスさんと飛行機に乗っていた。モーターの音があまりにもうるさかったので、ミハエルスさんが叫び声をあげたときすら、何をいっているのか、わからなかった(She was in the plane with Mr. Michaels, and the motor was so loud she couldn't understand what he said even when he shouted, …)」("Buffalo Gals, Won't You Come Out Tonight." *Buffalo Gals and Other Animal Presences*, 17) と書かれているので、小型飛行機にふたりで乗っていたのだと思われる。

の恐怖がよみがえり、マイラはすすり泣く。と、コヨーテが声をかける。

「こっちだよ！」子どもは声のするほうを向いた。
そして見た。1匹のコヨーテが、生乾きのカラスの死骸をかじっていた。黒い口の縁とせまいあごに、カラスの羽根がくっついていた。
そして見た。ひとりの黄褐色の肌をした女が、たき火のそばにひざまずいて、円錐状の壺に何かをそそぎこんでいた。
"Over here!"
The child turned. She saw a coyote gnawing at the half-dried-up carcass of a crow, black feathers sticking to the black lips and narrow jaw.
She saw a tawny-skinned woman kneeling by a campfire, sprinkling something into a conical pot. ("Buffalo Gals" 20)

　雌のコヨーテが"女"に見えたこの瞬間こそが、マイラが人間世界を越境したときだといっていいだろう。
　マイラは、コヨーテから「ギャル」というもうひとつの名前をもらい、コヨーテの娘になり、同じような動物人間の住む村にいく。そこには「小さな人」がたくさんいたが、そのなかでぬきんでて大きな体格の人は、マイラにたいして「まだ子フクロウじゃないか。おまえは、飛ぶのには小さすぎるよ（It's only an owlet,... You're too young to fly.）」("Buffalo Gals" 24）と断定する。彼は若いフクロウで、彼にはマイラは子フクロウに見えるのである。
　一方、マイラには、「小さな人」たちが、服を着て、家のなかで暮らし、火を使っているように見える。このような見え方について、コヨーテは「見え方は、その者の目に

よるものだ（Resemblance is in the eye）」("Buffalo Gals" 31）と説明する。

　ここでは、価値に無関係な、いわゆる中立的・客観的な見方が否定されている。同じものを見ても、だれが見るかによって見えるものはちがってくるし、その価値も変わってくるというのである。このような、見る者と見方とを切り離さない考え方は、「だれがどう見るのか」と問うことによって、見方を成り立たせる現実的基盤を浮かびあがらせる。

●●●●●●●●●●
ハイブリッドな存在

　マイラはその村で、失った目のかわりにマツヤニの目を入れてもらう。ここで彼女は、2つの名前と2種類の目をもったわけである。

　その村に滞在したあとで、人間がつくった農場やバスを見ると、**見慣れないもののように見え**、時間の流れがとてもはやく感じた。

　そして、コヨーテが毒入りサーモンを自分へのささげものだと思い込んで食べて死んだのち、彼女は**人間世界への怒り**を表明するものの、結局、人間世界に戻っていく。自分の意思で、マツヤニの目をもって。

　マイラがこれからもマツヤニの目をもつということは、彼女が"雑種"として、"ハイブリッドな存在"として、自覚的に生きる決心をしたということであろう。これは「二重の論理（a double logic）」（Bill Ashcroft, *Key Concepts in Post-Colonial Studies* 121）、つまり同時に存在する複数の論理を生きるということである。

　マイラが何度も感じたように、そしてアメリカコガラ

見慣れないもののように見え
自転車に乗っている人や通学バスに乗っている子どもたちはまるで空中に浮きあがっているように見え、家は壁が人間をとり囲むように見えるのである。("Buffalo Gals" 46）

人間世界への怒り
マイラは、死んだコヨーテを浅い穴に埋めたとき「あんたたち、みんな苦しんで死ねばいい（I hope you all die in pain.）」("Buffalo Gals" 50）と叫ぶ。このマイラの怒りは、『ジャングルブック』（R. Kipling, *The Second Jungle Book*, 1895）における、象を使って畑や家などを破壊し、人間を追い払ったモーグリの怒りに通じるのかもしれない。

（Chickadee）も「片目ずつで見ても、その奥行きはわからないね（I can only look with one eye at a time, how can I tell how deep it goes?）」（"Buffalo Gals" 44）といったように、マイラの両目は、一方の目——すなわち一方の視点——の優越性を否定しているのである。

　この「どちらか一方だけを選ぶようなことはしない」という選択は、「ちがいを消し去ることなく、類似点を認めて、ひとつの対話的アプローチがその逆のアプローチをたがいの会話のなかに差し込む」（Karla Armbruster, "Buffalo Gals, Won't You Come Out Tonight" 112）ということではないだろうか。ミンハ（Trinh T. Minh-ha）が述べるように、"差異"というものが多数を理解するための"区分"であり、「自己防御と征服の道具」（Woman, Nature, Other 82）であるならば、分裂し矛盾をはらんだ自己をそのまま引き受けようと決心するマイラは、まさに「位置設定を問いかけ、それの説明ができる存在、合理的な会話や空想的なイメージを構築し、そうした作業に加わることのできる存在。このような存在こそが歴史を変える」（Donna J. Haraway, Simians, Cyborgs, and Women 193）可能性をもつといってもいいかもしれない。

　そして、テハヌーやアイリアンもまた、この立ち位置を占めているのだ。彼女たちも、ドラゴンと人間という2種類の目をもち、世界を見ているからである。

●●●●●●●●●●●
コヨーテの造形

　この短編を大いに魅力的にしているのは、コヨーテの造形である。アメリカ先住民民話の「世界形成者だが、同時にトリックスターである」というコヨーテの多義性を、この短編のコヨーテも引き継いでいる。人と動物との境界を

楽々とまたぎ、善悪の枠にもとらわれない。つまりコヨーテは、2つの世界のつなぐ一種の"仲介者"のような役割を果たしているのではないだろうか。

実際のコヨーテも、森林や草原に住むだけでなく、町のごみ箱あさりもするという（William Bright, *A Coyote Reader* 2）。雑食という食性も、コヨーテが、肉食動物と草食動物のあいだのいずれとも定まらないあいまいな位置にいることを示していると考えられる。

加えてこの作品に登場するコヨーテは、「オールドマンコヨーテ（Old Man Coyote）」ではなく、女である。彼女はマイラを引きとってくれたが、その行動は、**期待される母親像とはほど遠い**。母への期待を転覆させる女コヨーテの存在は、同時に「母なる自然」の否定でもある。

ガード（Greta Gaard）は、「西洋の白人文化では、母は無私で気前がよく、育むものだと期待されている」（"Ecofeminism and Native American Cultures" 302）と述べ、すべてを与える人間の母と、**すべてを与える母としての自然のイメージ**との関連を示している。つまり、自然は"母"であり、つきることのない源泉なのだ。ところが、当作品のコヨーテは、自然の側に立ちながらも、そのようなイメージをずらしていく。つまりコヨーテは、権威をひきずりおろし、境界を攪乱し、西洋的な自然観に揺さぶりをかける存在なのである。

〈ゲド戦記〉シリーズにおいて、このコヨーテの役割の多くを果たしているのは、テナーであろう。もちろん、テナーはコヨーテよりはるかに「よき母親」だが、あるときはセセラクと、あるときはハンノキと、そしてもちろんテハヌーやアイリアンと組んで、ローク体制とレバンネンとを切り結び、その土台をつき動かしていく。

第5章●カルガドからの問いかけ

期待される母親像とはほど遠い
家のなかは乱雑で、しかも不在がち。雄をつれこむ。人前でもパンツをおろしておしっこをし、自分の糞と会話する。

すべてを与える母としての自然のイメージ
ガードは、シルヴァスタイン（Shel Silverstein）の絵本『大きな木』（*The Giving Tree*, 1964）を例にあげて説明する。この"与える木"は女性として描かれ、少年から老人へと年齢を重ねるひとりの男性に、すべてを与えるのである。

かつて彼女は、自分の考えにこり固まっている「風の長（the Master Windkey）」にたいして「彼を揺さぶってやろうかしら（She could have shaken him）」（*Tehanu* 134）という衝動を感じたものの、皮肉をいうにとどめたことがあった。しかし、ここでは明らかに、「ああレバンネン、わたしたちは団結してあなたに対抗するわ（Oh, Lebannen, we're all in league against you!）」（*Wind* 180）と、彼を揺さぶることに自覚的だ。

　こうしてテナーが「ごたまぜ袋」と評した面々——テナー自身のみならず、セペル、ハンノキ、テハヌーやアイリアンなどのハイブリッドな人びと——は、カルガド文化、死者、ドラゴンそれぞれの"翻訳者"として仲介機能を果たす。そうすることでハード社会の枠組みを揺り動かし、その硬直性を破砕していったのである。

　マイラとコヨーテは、境界空間——世界の果て——で踊ったが、ともに踊ることで、人と動物の境界はたえまなく動いていった。テナーと人びとは、話しあうことで、パルンとロークの境界、カルガドとハードの境界、生と死の境界を動かしたのである。
　彼らのことばの相互作用は、既成の権威を揺るがし、その"真正さ"を相対化した。その結果がドライランド消滅だったのは、前章で論じたとおりである。

●●●●●●●●●●●
レバンネンの怒り

　この話しあいは、もうひとつの変化を生んだ。レバンネンとセセラク、つまりハード文化とカルガド文化のシンボルたちの相互理解である。作者は「かつて、わたしの作

第5章 ●カルガドからの問いかけ

品の変わらない中心テーマは何だと思っているかと尋ねられたとき、わたしは思わず『結婚』だと答えた（Once I was asked what I thought the central, constant theme of my work was, and I said spontaneously, "Marriage".）」（"Introduction to Planet of Exile 1978" *Night* 139）と述べたことがあるが、異文化で育った若い男女のつながりを単純な美男美女の恋物語にはしていない。

　レバンネンは王子として育ち、自己抑制の訓練が行き届いており、かつすぐに理解できないことにたいしても「外国語を理解しようとしているように、しっかりと耳を傾ける（he frowned, intent, as if trying to understand of a foreign language.）」（*Tehanu* 135）、テナーにとっては「人を悲しませることのない息子（the son who never breaks your heart.）」（*Wind* 81）だった。

　彼は、長いあいだ根気よくカルガドとの平和外交を試みていたのだが、それにたいするカルガド王ソルの「回答」は、ことばもわからない、ベールをかぶっていて顔も見えない王女をおくりこむ――王女をレバンネンと結婚させようとする――というものだった。レバンネンはこれを"暴挙"ととらえ、わきあがった**すさまじい怒りの感情**にまかせて「カルガドを滅ぼす」とまで口走ったりもする。しかし、公的には、王女を丁重に離宮に住まわせる。つまり、体よく目の前から追っ払い、ドラゴン対策を口実に、この問題から逃げているのである。

　しかし、彼の内面で怒りはくすぶり続ける。彼がソルへの怒りをそのまま娘に投影しているのは、テナーとのあいだでかわした次の会話で明らかだ。

「**野蛮な王**にとって、娘が何なんでしょうか。財産です

すさまじい怒りの感情
幼いときからレバンネン（アレン）の世話をしている召使いのオーク（Oak）は驚愕する。幼かったときに一度泣いたのを目撃した以外、レバンネンが感情を露わにするのを見たことがなかったからである。（*Wind* 70）

野蛮な王
この一連の会話のあとに、P.145の欄外に記述したテナーの皮肉なコメントが発せられた。

よ。利益を得るための取り引きの品なんです。そうでしょう！　あなたもそこでお生まれになったのだから」……「王女さまにもご意見があるのじゃないかしら？」「彼女がですか？　あんな赤い袋に隠れていてですか。話もしないし、外も見やしない。テントの支柱みたいにつっ立っているだけなんです」
　"What's a daughter to a barbarian king? Goods. A bargaining piece to buy advantage with. You know that! You were born there!" ... "Maybe the princess has some opinion of her own?" "How can she ? Hidden in that red sack? She won't talk, she won't look out, she might as well be a tent pole."（*Wind* 74）

　このように、意見をもつひとりの人間としてセセラクを見ることができない彼は、まさに娘を道具だと見る「野蛮な」ソルの態度をなぞっている。つまり、彼のセセラク像は、岡真理が「『無力な』『犠牲者』たる女性として……実体化する……女性像こそ実は『先進国』の差別的なまなざしの欲望が生み出した虚構にすぎない」（『彼女の「正しい」名前とは何か』49）と批判するそれなのであろう。
　理で想定されない事態に陥ったときこそ、自分のなかの隠されていた部分が露わになる。ゲドは、力を失ったとき屈辱感にみまわれ、ヤギ番としてひと夏、山にこもった。レバンネンも、理性的にふるまうことを強固に内面化していたために、自分にもわからないほどに抑制していた感情を吐きだす機会が必要なのだろう。
　しかし、ゲドが最終的に自分を受け入れたように、レバンネンも、その怒りを収拾しなくてはならない。それは、セセラクをひとりの女性として見ることができるかどうかにかかっている。

セセラクの"あきらめ"

一方、セセラクを支配しているのは、"恐れ"と"あきらめ"である。砂漠の女性空間で育った彼女は、情報もほとんど与えられないままハブナーにおくられた。道中、船酔いに苦しんだが、陸に到着したところで、彼女を待っているのはカルガド人が忌みきらうまじない師（と彼女が思い込んでいる人物）との結婚なのである。彼女はいう。

砂漠の女性空間
同じカルガド国内でも、女性がフェヤグというベールをかぶる習慣のあるのは、ハートハー島だけのようだ。

「わたしはだれのこともわからないし、だれもわたしのことがわからない。すべてがちがっている。……でもわたしは、彼がどんなふうにわたしを見たか、わかったの。フェヤグをとおしてだって見ることはできるから。……彼はすごくハンサムで、戦士みたいだった。でも、彼は黒いまじない師で、わたしをきらっているの。……彼がわたしの名前を知ったなら、わたしの魂をあの土地に永久におくってしまうと思うわ」
"I can't understand anybody and they can't understand me, and everything, everything is different! ... And I saw the way he looked at me. You can see out of the *feyag*, you know! ...He's very handsome, he looks like a warrior, but he's a black sorcerer and he hates me. ...And I think when he learns my name he'll send my soul to that place forever."（*Wind* 127）

彼女は、自分が人身御供としてレバンネンの許におくられたと信じている。つまり、父ソルが自分を道具として扱ったことは彼女にも感じられているはずだが、それにたいして怒りをもつのではなく、ただ自分の運命を悲しんでいるだけだ。

加えて、レバンネンが彼女にたいして怒っていることも

感じている。しかし、彼女はまだ自分を受身的にしか把握していない。

　レバンネンが"よき王子"だったように、彼女もまた、"よき王女"として育ってきたのであろう。そして、"よき王女"とは、父の命令にしたがい、与えられた運命を引き受けることなのだ。つまり彼女は、アチュアンを脱出した若きテナーがそうだったように、たたずんでいる状態なのだといえる。

　レバンネンの怒りの原因のひとつだったフェヤグ、つまりベールは、野蛮さや後進性を示すものだと思われがちだが、"相手から見られることなく相手を見る"という特質ゆえに、その女性を守るという側面ももっている。また、ベールと関連する女性空間は、女性同士の親密な関係を形成する機能ももっている。この女性空間のなかでテナーとセセラクは親しくなり、ローク島へむかう船のなかでは、アイリアンとテハヌーもそこに加わることになる。

　テナーは、ハード語を学ぶようにセセラクにすすめ、さらに「それから王女さま、あなたに必要なことは、彼にあなたを好きになってもらうことじゃないかしら（What you need to do, then, princess, is learn how to make him like you.）」（Wind 127）と助言する。この地で生きていく実際的な知識の必要性と、彼女が主体的にレバンネンと関わるうえでのヒントを与えたのである。

　セセラクにまず必要なことは、ここで生きていく覚悟をすること、ハードの呪われたまじない師一般ではなく一個人としてレバンネンを見つめることであろう。

理解への道

　レバンネンとセセラクの歩み寄りは、ドラゴンと死者の問題を解決する必要にかられてのものだった。

　不本意ながらも船への同乗をセセラクに依頼しにいったレバンネンを待っていたのは、付き人を遠ざけて1対1で話を聞く場を設け、片言ながらハード語を話し、ベールを開けて王を見つめるセセラクだった。彼女は、水がこわいにもかかわらず乗船に同意する。

　レバンネンは、この場ではじめて、彼女をひとりの女性として見る機会を得たのだ。そして、「自分が"勇気"に対面しているのを感じた（he knew that he been in the presence of courage.）」（Wind 163）と、彼女の勇気に感じ入る。

　さらに、船中でセセラクがレバンネンに、カルガドに伝わるヴェダーナン（The Vedurnan）の話をしようとしてうまくいかなかったとき、彼は、「王女さま、あなたに寂しい思いをさせてもうしわけなかった（I'm sorry you have been lonely here, princess.）」（Wind 204）と、セセラクを思いやることができた。

　彼らの出会いは非常に政治的で、ロマンティックな要素は片鱗もなかった。ふたりの関係は、当初膠着状態だった。しかし、セセラクがハード語を学ぶことで、変化していく。

　セセラク自身も、ハード語を使って話すことで自分の力を知り、力をつけていく。

　実際、彼女は、テナーやレバンネンにカルガド文化を話すことをとおして、レバンネンが直面している問題の解決に大いに貢献したのである。

不本意ながらも
レバンネンは「セセラクもローク行きの船に乗せるべきだ」というテナーの意見にしぶしぶ同意させられたうえに、それを自分の口からたのむべきだと押しきられたのだった。

物語の終わり、レバンネンからわたされた平和の印である「エレス・アクベの腕輪」を、テナーがセセラクの腕にはめてやるという儀式を得て、ふたりは結婚する。

　この結婚にいたる過程は、"昔話の書き換え"といってもいいだろう。

　まずセセラクは、大柄で背が高く、「きれいで、ライオンのよう（What a beauty she is, what a lion）」（*Wind* 245）という描写をされている。そして、レバンネンがはじめて感嘆し、印象を深くするのは、彼女の勇気にたいしてである。一方、セセラクは、生と死の境にいったレバンネンが死なないように、彼が再び生の領域に戻ってくるように、守る。

　つまり、「眠り姫」はむしろレバンネンであり、目覚めたときに彼は、まず王女の姿を目にするわけである。

　この"改訂"された昔話は、セセラクの強さを強調することで彼女の将来をある程度補強している。というのは、結婚後の彼女の生活には、「民族的由来の忘却やそれを博物館におくることをとおしてのみ」（Gayatri C. Spivak, *A Critique of Postcolonial Reason* 398）新しい社会に入り込むことができるのかという問いかけや、自身の信仰や文化的慣習とどのようにおりあいをつけていくのかという疑問が投げかけられるのは必定だからである。

　最初から"苦さ"をもっていたこの"ロマンス"は、これからも大いに"勇気"を必要としているようでもあるが、『影との戦い』における「いい人は黒か茶色にし、悪者は白にした（I colored all the good guys brown or black. Only the villains were white.）」（*Earthsea Revisioned* 8）という段階から両者の融合へとすすんでいるのは、たしかなのである。

新しい解決方法

　東からも西からも危機が迫っていた800年前、エレス・アクベはカルガドに平和の腕輪をもっていくが、交渉はうまくいかず、腕輪はまっぷたつに破壊された。その後、彼は西の果てでドラゴンと闘い、相討ちで双方が死んでしまう。彼を追悼してその剣をハブナーに掲げた王**マハリオンの予言**（Maharion's words）を成就するかたちで王位についたレバンネンだったが、彼もまた、同じような危機に見舞われることになった。

　しかし、彼らは、エレス・アクベの英雄的行為とは別のかたちで問題を解決しようとした。闘いではなく交渉で、相手の声を抹殺・無視することではなく双方が声を響かせることで。

　つまり、キャンベル（Joseph Campbell）のいう「個人の絶望という沈黙のなかで」（*The Hero with a Thousand Faces* 391）なされる英雄の単独行為ではなく、「新しい相互関係は依存関係なのかもしれない。公的、私的どちらの段階でも」（*Communities of the Heart* 59）とローシェル（Warren G. Rochelle）が述べるような"相互依存的関係"で問題に取り組み、ドラゴン、死者、カルガドの王女という3つの問題をどれも解決に導くのである。

　そして、壊れたものを修理する才能に恵まれていたハンノキが象徴するように、3つの問題を解決するまさにその過程で、肉体と魂の再結合、ロークとパルン、魔法使いとまじない師、ハードとカルガド、人間とドラゴンなどの相互理解がすすんでいく。

　たがいに声を響かせるなかで、自明視されていたがゆえ

マハリオンの予言
生きて暗黒の地を横切り、日のあたる遠き岸べに行き着いた者、その者が王座を継ぐであろう。
He shall inherit my throne who has crossed the darkland living and come to the far shores of the day.（Shore 25）

に透明化されていた支配的言説は可視化・相対化され、忘れられていた、無視されていた存在が、姿を現してきた。『帰還』から続く女性の視点や力に加えて、『アースシーの風』では、死者、ドラゴンの視点や、カルガド文化と太古の大地の力が語られ、問題は、変化を拒むローク学院ではなく、死と再生をくりかえすまぼろしの森で解決される。「トンボ」に示されていた２つの場所のちがいは、継承されたのである。

また、『影との戦い』で「ゲドに助言を与えたのはオジオンだった」（Edgar C. Bailey, "Shadows in Earthsea" 259）と、**ロークが役にたたなかった事実**は、『アースシーの風』でもくりかえされる。

ゲドがハンノキに助言するだけでなく、**子猫をもらい受ける**ことでハンノキを守るからだ。

つまり、シリーズの当初から「力をもつものは唯一絶対ではない」というメッセージが発せられてはいたのではあるが、『アースシーの風』ではより意識的に積極的に、複数・多数の視点を評価しているのではないだろうか。その結果、男性英雄物語のコンベンションを掘りくずすだけでなく、「〈ゲド戦記〉前半３部作でつくりあげられた話も、さかのぼって変形させられた」（Meredth Tax, "In the Year of Harry Potter, Enter the Dragon"）と、これまでの物語も相対化されてしまうのである。

ホーリハン（Margery Hourihan）は、西洋の物語の特徴を次のように述べた。

それは優越性、権力、成功に関する物語だ。ヨーロッパの白人男性は強く、勇敢で巧みで、道理をわきまえ、そして献身的であるがゆえに、当然世界の支配者になると

ロークが役にたたなかった事実

「影とは何か、どこからきたのか」について、ローク学院の書物も、長たちも、答えを示してくれなかった。ただオジオンだけが、「さあ、いまこそふりかえって、源をそして源の前にあるものを捜しなさい（Now turn clear round, and seek the very source, and that which lies before the source）」（*Wizard* 163）と、実際的なアドバイスをくれたのだった。

子猫をもらい受ける

ゲドは、オタク（Otak）という小動物に舐めてもらって死を免れるという経験をしていたので、動物が、夢にうなされているハンノキの力になってくれると思ったのだった。

語る。彼らがいかに危険な自然をうち負かしたか、どんなふうに劣等な民族を征服したか、そして彼らのいく場所にどのように文明と秩序をもたらしたかを物語る。また、女性たちは彼らに仕えるべきこと、それを拒む者は自然の道理を脅かすので統制せねばならぬことも語る。そして、粘り強さのおかげで、彼らは最終的に輝かしい戦利品や黄金の宝物を獲得し、神や国家にもその営為を称賛されると語るのである。(Deconstructing the Hero 1)

つまり、西洋の白人男性を頂点としてすべてをヒエラルキーのなかに位置づけ、支配する・されるという人間関係が貫徹していることが、その特徴といえる。

しかし、〈ゲド戦記〉シリーズは、『影との戦い』から30余年たって、上記の特徴をすべて否定した。前半3部作にあった女性、死者、カルガド文化の否定もしくは無視は"改訂"されたのだ。しかもそのために、**物語の重要な要素だった魔法までもが相対化されるという厳しい変化**をしたのである。

それは、アーリック（Richard D. Erlich）の指摘する「ル＝グウィンがル＝グウィンと討論する豊穣さ」("From Shakespeare to Le Guin" 342) の成果であるともいえるだろう。

形式的な均衡を重視したがゆえに現状維持の雰囲気もあった前半3部作を、ドラゴンの炎のように激しく女の視点から見直した『帰還』に続いて、『ゲド戦記外伝』と『アースシーの風』は、時間軸と空間軸を通じた多様な人びとを登場させ、その相互作用をとおしてロークの魔法知を相対化した。

それは同時に、特定の英雄とその犠牲がなくとも人びとが生き残れる世界を模索する試みとなったのである。

物語の重要な要素だった魔法までもが相対化されるという厳しい変化
吉田純子は『少年たちのアメリカ――思春期文学の帝国と〈男〉』（阿吽社）のなかで、〈ゲド戦記〉シリーズの変化を、アメリカ文化における男性性の変化に連動させて解明している。

引用文献

Armbruster, Karla. ""Buffalo Gals, Won't You Come Out Tonight": A Call for Boundary-Crossing in Ecofeminist Literary Criticism." *Ecofeminist Literary Criticism*. Ed. Greta Gaard and Patrick D. Murphy. Urbana: Illinois U.P., 1998.

Ashcroft, Bill, Gareth Griffiths and Helen Tiffin. *Key Concepts in Post-Colonial Studies*. London: Routledge, 1998.

Bailey, Edgar C. "Shadows in Earthsea: Le Guin's Use of a Jungian Archetype." *Extrapolation*. 21-3 (1980) : 254-261.

Bright, William. *A Coyote Reader*. Berkeley: California U.P., 1993.

Campbell, Joseph. *The Hero with a Thousand Faces*. 1949. London: Fontana, 1993.

Clark, Ella, E. *Indian Legends of the Pacific Northwest*, 1953. Berkeley. California U.P., 2003.

Erlich, Richard D. "From Shakespeare to Le Guin: Authors as Auteurs." *Extrapolation*. 40-4 (1999) : 341-349.

Gaard, Greta. "Ecofeminism and Native American Cultures: Pushing the Limits of Cultural Imperialism?" *Ecofeminism: Women, Animals, Nature*. Ed. Greta Gaard. Philadelphia: Temple U.P., 1993.

Haraway, Donna J. *Simians, Cyborgs, and Women*. N.Y.: Routledge, 1991.

Hourihan, Margery. *Deconstructing the Hero*. N.Y.: Routledge, 1997.

Le Guin, Ursula K. *A Wizard of Earthsea*. 1968. N.Y.: Puffin, 1994.

―― . *The Farthest Shore*. 1972. London: Penguin, 1974.

―― . *The Language of the Night*. 1989. N.Y.: HarperCollins, 1991.

―― . "Buffalo Gals, Won't You Come Out Tonight." 1987. *Buffalo Gals and Other Animal Presences*. N.Y.: Penguin, 1987.

―― . *Tehanu*. 1990. London: Penguin, 1992.

―― . *Earthsea Revisioned*. Cambridge: Green Bay, 1993.

―― . *Tales from Earthsea*. N.Y.: Harcourt, 2001.

―― . *The Other Wind*. N.Y.: Harcourt, 2001.

Minh-ha, Trinh T. *Woman, Nature, Other*. Bloomington: Indiana UP, 1989.

Rochelle, Warren G. *Communities of the Heart*. Liverpool: Liverpool U.P., 2001.

Spivak, Gayatri Chakravorty. *A Critique of Postcolonial Reason*. Cambridge: Harvard U.P., 1999.

Tax, Meredth. "In the Year of Harry Potter, Enter the Dragon." *Nation*. 1/28/2002, Vol. 274.

上野千鶴子『ナショナリズムとジェンダー』青土社、1998

岡真理『彼女の「正しい」名前とは何か』青土社、2000

吉田純子『少年たちのアメリカ――思春期文学の帝国と〈男〉』阿吽社、2004

第6章 **ゲド**

Ged

これまで本書は、〈ゲド戦記〉シリーズの前半3部作に濃厚だった「男性中心主義」「ロークの魔法知中心主義」を、"他者"とされた人びと——女性、死者、カルガド文化——が見つめかえすありようを、その過程でドラゴンがこれらの人びとと結びつく変容とあわせて考察してきた。

　それでは、数かずの偉業をなしとげ、ロークの大賢人（Archmage）としてその力をすべてささげて生と死両界の扉を閉めたゲド（Ged）は、〈ゲド戦記〉シリーズ6作のなかでどのようにとらえたらいいのだろうか。彼が、力を失い、その喪失感に打ちのめされながらも、人びととのつながりのなかに新たに生きる意味を見出していく様子は第3章で少し考察したが、ここではまず、それ以前のゲドを再考してみたい。

　シリーズが続いていくにつれて、前半3部作で描かれた世界が、空間的にも歴史的にも限定されたものであること、つまりアースシー世界のなかでは「ハード語圏という空間」、アースシーの歴史のなかでは「800年ぶりに王を迎えるという変動の時代」という、特定された時間・空間であることが明確になったが、そのなかでの傑出した人物として、ゲドを見ていきたいのである。換言すれば、われわれ自身がそうであるように、ゲドを、"時代や場所という特定の枠のなかで生きている存在"として見たいのだ。

　そのように見るならば、おもに『さいはての島へ』（*The Farthest Shore*）での『老子』に影響を強く受けたと思われる"均衡"概念や、とくに『影との戦い』（*A Wizard of Earthsea*）でユング心理学の解釈が適用されることが多かった"影"は、どのように考えられるのだろうか。そして、『帰還』（*Tehanu*）以降のゲドをどうとらえたらいいのだろうか。

『老子』の功罪

　第3作『さいはての島へ』で、ゲドは「ロークの大賢人」として登場する。かつての大賢人ネマール（Nemmerle）のように、あるいはオジオン（Ogion）のように、若者を教え導く立場にいる。そして、その若者とは、エルファーラン（Elfarran）とモレド（Morred）の子孫で、王権をもつ公国の王子アレン（Arren＝レバンネン Lebannen）である。

　ゲドが「死の入り口に立って、人はおとなになる（You enter your manhood at the gate of death.）」（*Shore* 180）と述べるように、**生と死の問題と取り組む**ことは、アレン（レバンネン）がおとなになるための通過儀礼だった。一方、教師役のゲドは、やるべきことを最終的に果たして消えていく。

『さいはての島へ』は、父から子への"継承"を描いた作品である。しかしここでは、〈ゲド戦記〉シリーズに通奏低音のように流れている"均衡"の思想を柱にして、『さいはての島へ』を分析したい。"均衡"は、アースシー世界の魔法を禁欲的なものにしている重要な概念だが、その革新性と保守性とを考察する。

　対立物が相互に関係をもっているという考え方は、たしかに「善が悪を駆逐する」という"善悪二元論"を超える斬新さをもったが、同時に、現状維持の機能も果たしているのではないだろうか。その分水界は何かを考えたい。

複眼と相互関係

〈ゲド戦記〉シリーズの際立った特色は、ことばと沈黙、光と闇、生と死といった対立概念を、人びとの、あるいはものごとの"相互関係"に焦点をあててとらえるという思

生と死の問題と取り組む
アレンは、「死というものが存在することを学びました。それを知ったからといって、自分やあなたの死を喜ぶわけではありませんが（I have learned to believe in death. But I have not learned to rejoice over it, to welcome my death, or yours.）」（*Shore* 150）とゲドに話した。

考方法だ。つまり、単一の視点ではなく、複眼でとらえようとする姿勢である。この複眼性を、老荘思想の影響だと考える人は多い。ホワイト（Donna R. White）は、ル＝グウィンの作品にたいする批評の傾向を次のように分析して、とくに初期の批評では、老荘思想とユングによるものが目立ったとしている。

　フェミニズムからの声が継続して存在している以外に、ル＝グウィンに関する研究には多くの流行があった。もっとも初期の批評は、老荘思想とユング心理学からの影響を見るものだった。研究者たちは、ル＝グウィンのSFとファンタジーを、この2つのさまざまな局面から探求したのである。（Dancing with Dragons 117）

そのような傾向を示すひとりであるコーゲル（Elizabeth C. Cogell）も、作者の父親にも言及しながら、「ル＝グウィンの作品にある様式と秩序に関する批評には、彼女の老荘思想にたいする理解がきわめて重要だ」（"Taoist Configuration" 154）と述べ、やはり老荘思想がル＝グウィンの中心的な哲学であることを指摘している。

またスラッサー（George, E. Slusser）は、〈ゲド戦記〉前半3部作のテーマを「人間の悪の本質」（"The Earthsea Trilogy" 74）だとしたうえで、「世界は創造的で力学的な均衡、つまり陽と陰からなっている。二元論者がいうような、光が善で暗闇が悪ということではない」（"The Earthsea Trilogy" 74）と評している。

そしてル＝グウィン自身も、自らの老荘思想への傾斜を表明している。『老子』の一節を引用することはもちろん、次のようなコメントにも、自分自身が『老子』に強く影響

第6章●ゲド

を受けていること、それに自信をもっていることをうかがわせる。なお、これは「ル＝グウィンがアメリカ先住民の文化を"盗用"した」と論じるヘルフォード（Elyce R. Helford）への反論である。

> わたしは、わたし自身の物語を語りたいと思っている。そうするためにわたしは、もちろんアメリカ西部の偉大なる先住民の文学からアイディアやイメージを使う。わたしはまた、中国からのアイディアやイメージも使っている。わたしは何年も、世界に関する考察や構想のまさにその基礎として、老子を使って（搾取して、横領して？）きた。これも同様に非難されるべきことなのだろうか？
> I want to tell my own stories. In telling some of them I certainly do use certain ideas and images that come from the great literatures of Western Native America. I also use ideas and images that come from China - I have been using (exploiting, appropriating?) Lao Tzu for years as the very basis of my invention and conceptions of the world. Is this equally reprehensible?（"Going "Native": Le Guin, Misha, and the Politics of Speculative Literature"の論文末の、"A comment from Ursula K. Le Guin" 87-88）

この文章の前提には、少なくとも『老子』の影響は彼女の作品にたいして社会的に認知されたプラス評価なのだという前提がある。

ル＝グウィンの老荘理解

しかし、彼女が老荘思想をどのように解釈しているのかという考察をすすめようとすると、『老子』のどの英訳本を使って論じればいいのかという問題と直面することにな

「ル＝グウィンがアメリカ先住民の文化を"盗用"した」
ヘルフォードは、ル＝グウィンの"Buffalo Gals"のなかでマイラ（Myra）が結局は主流文化に戻ることにたいして、「先住民の世界観の破壊についての物語というよりも、白人リベラルの罪悪感と現状維持の正当化についての物語である」（Going "Native": Le Guin, Misha, and the Politics of Speculative Literature 81）と批判している。

る。

これは、単純な問題ではなかった。というのは、ル＝グウィンは、まちがった解釈に基づいた題名の本を刊行したことがあり、そのことが、彼女の老荘思想解釈に関して考えることの困難さを印象づけたからであった。

短編集『天のろくろ』（The Lathe of Heaven, 1971）の題名は、ル＝グウィン自身が述べているように、ジェームズ・レッグの誤訳に端を発している。『荘子』にある「若有不即是者、天鈞敗之」の「天鈞」の正しい訳は、「天のろくろ」ではなく、「平衡装置（イコライザー）としての天」だったのである（'Heaven the Equalizer' was translated by James Legge as 'the Lathe of Heaven')」（"Non-Euclidean View" Dancing 93）

だが、ル＝グウィン自身が1998年に『老子』（Lao Tzu Tao Te Ching）を出版したことで、事態は様変わりした。これはシートン（J. P. Seaton）という中国語の専門家の協力を得た、ル＝グウィン自らの翻訳なのだが、**彼女の『老子』解釈**が結実したものだからである。

したがってここでは、ル＝グウィン版『老子』に依拠して、『老子』思想の影響を考えていきたい。

カミンズ（Elizabeth Cummins）は、西洋思想と東洋思想のちがいについて、「しばしば西洋思想では、二元論は優越を目指して競争する反対物だと見られている。東洋思想、とくにル＝グウィンが知悉している老荘思想では、二元論はたがいに関連し、補足しあうと見られている」（Understanding Ursula K. Le Guin 81）とまとめている。ル＝グウィン作品の最大の特徴は、"対立物の相互関係"という考え方を強く打ち出しているところにあり、それは『老子』の思想を自家薬籠中のものにした成果だといえるのではないだろうか。『影との戦い』のエピグラフ「ことば

「天鈞」の正しい訳

The Lathe of Heavenの翻訳書『天のろくろ』（サンリオSF文庫 1979）の訳者、脇明子は、訳者あとがきで「もっともこの『鈞』という字を漢和辞典で調べてみると、『ひとしい』のいうような意味のほかに『ろくろ』という意味もちゃんとあるから、誤解の原因は容易に想像がつく」と述べている。

彼女の『老子』解釈

ル＝グウィン版の特徴は、本人も述べているように、現代に通じること、一般の男女に向かって魂に訴えることだ（Lao Tzu Tao Te Ching ix–x）。章ごとに題をつけ、平明で明瞭な語を選び、ときには既訳とは一線を画する解釈を行っている。

『老子』思想の影響

林田慎之介の「欧米の学者が好んでタオイズム（Taoism）というのは、『老子』と『荘子』を学問対象とした道家の学と、『老子』の教えを通俗化して民間信仰と化した道教を合わせ呼んでいる場合が多い」（『「タオ＝道」の思想』40）との指摘を受けて、著者は「老荘思想」ということばを使用せず、単に『老子』と述べることにする。

は沈黙のなかに　光は暗闇のなかに、生は死のなかにある。タカの飛翔は、虚空で輝く（Only in silence the word, only in dark the light, only in dying life: bright the hawk's flight on the empty sky.）」が、その象徴的表現といえるだろう。

『老子』には、「大道廃れて仁義あり（大道廃、有仁義　18章）、「学を絶てば憂いなし（絶学無憂　20章）」などといった逆説的表現が満ちているが、常識を異化することで対立物の相互依存を説いている章も多い。

以下は、11章である。

> Thirty spokes / meet in the hub. / Where the wheel isn't / is where it's useful.
> Hollowed out, / clay makes a pot. / Where the pot's not / is where it's useful.
> Cut doors and windows / to make a room. / Where the room isn't, / there's room for you.
> So the profit in what is / is in the use of what isn't.（Le Guin版 11章　The use of not 14）

（三十輻共一轂、当其無有車之用、埏埴以為器、当其無有器之用、鑿戸牖以為室、当其無有室之用、故有之以為利、無之以為用）

三十の輻、ひとつの轂を共にす。其の無に当たって、車の用有り。埴を埏めて以て器を為る。其の無に当たって、器の用有り。戸牖を鑿って以て室を為る。其の無に当たって、室の用有り。故に有の以て利と為すは、無の以て用を為せばなり。（小川環樹訳　30）

ここでは、車輪や器、部屋の"何もない空間"こそがそれぞれの有用性を表しているのだとして、何かが"あること"と"ないこと"の相互連関が説かれている。これは、上記のエピグラフの文言と明らかに通底している。

小川環樹訳
漢文、読み下し文とも、小川環樹訳注『老子』（中公文庫1973）を使用した。以降も同様である。

加えて、次のような表現を作品中に見ることもできる。

「聞くためには、沈黙しなければならない（To hear, one must be silent.）」（*Wizard* 22）

「ろうそくを灯すことは、影をなげかけることだ（To light a candle is to cast a shadow.）」（*Wizard* 56）

「死すべき運命であることが、生を与える（Only what is mortal bears life）」（*Shore* 151）

「ろうそくの灯を見るためには、それを暗いところにおかなくてはならない（To see a candle's light one must take it into a dark place.）」（*Shore* 153）

陰と陽

　そして、これら対立物の相互依存とは、陰と陽（yin and yang）の関係だといい換えることもできる。このような思考方法をとると、一見優勢に見える事物の背後に隠されているものがあぶりだされたり、ものごとを重層的に見つめることが可能になり、その結果、忘却されたもの、弱小化されたもの、見えなくされたものなどを再び意識内に呼びもどすこともできる。

　ル゠グウィンは、『老子』の16章（「虚を致すこと極まり、靜を守ること篤くす」致虚極、守靜篤）を引用しながら、次のように論じたこともある。

　　わたしたちの文明はいまやあまりにも陽であるため、文明の不正を改善したり、その自己破滅を逃れるためには、逆転しなくてはならない。……不変に到達し、適切に行動を終えるためには、わたしたちは戻り、まわり、内部に入り、陰に向かわねばならない。陰のユートピアとは、どんなものだろうか？　それは暗く、湿っていて、あいまいで、弱く、しなやかで、受動的で、個人参加的で、

循環していて、周期的で、平和で、心づかいがあり、逃避的で、収縮する、冷たいものだ。

Our civilization is now so intensely yang that any imagination of bettering its injustices or eluding its self-destructiveness must involve a reversal. ... To attain the constant, to end in order, we must return, go round, go inward, go yinward. What would a yin utopia be? It would be dark, wet, obscure, weak, yielding, passive, participatory, circular, cyclical, peaceful, nurturant, retreating, contracting, and cold. ("Non-Euclidean View" *Dancing* 90)

つまり、ヨーロッパ的な、あるいは男性的なものに対抗するものとして「陰」をとらえ、かつその復権に大きな期待をもっているのである。ル＝グウィン最初の評論集の題名が、『夜の言葉』(*The Language of the Night*, 1979) であるのも、「夜」という"陰"を意識した命名であると思われる。

また、前半3部作の終末の情景も、『老子』9章と直接的に響きあう。ハブナーの玉座につくべきアレン（レバンネン）をロークに届けたうえで、ゲドが故郷ゴントに帰る場面である。

Brim-full the bowl, / it'll spill over. / Keep sharpening the blade, / you'll soon blunt it.
Nobody can protect / a house full of good and jade.
Wealth, status, pride, are their own ruin. / To do good, work well, and lie low / is the way of the blessing. (Le Guin版　9章 Being quiet 12)
（持而盈之、不如其己、揣而鋭之、不可長保、金玉滿堂、莫之能守、富貴而驕、自遺其咎、功遂身退、天之道）
持して之を盈たすは、其の己めんには如かず。揣して之を鋭くするは、長く保つ可からず。金玉、堂に滿つれば、

之を能く守る莫く、富貴にして驕れば、自ら其の咎を遺す。功遂げて身退くは、天の道なり。(小川環樹訳　25)

　すべての力を失ったゲドがドラゴンの背に乗って去る姿を見おくって、「守りの長（the Master Doorkeeper）」はにっこりしながら、「彼は、すべきことをなしとげた。家に帰るのだろう（He has done with doing. He goes home.）」(Shore 213)という。「功遂げて身退くは、天の道なり」というのである。つまり前半3部作は、『老子』で始まり、かつ終わったということができよう。

生死と陰陽
　さて第3作の『さいはての島へ』は、前2作と比べると、問題の影響を受ける人の数が明らかに多い。力をもつ魔法使いクモ（Cob）が生と死の境界を開けてしまったために、世の中が不安定になっているからだ。
　魔法がだんだん失われ始めているという報告が、ロークにもたらされるようになった。ゲドは、アレン（レバンネン）をともない、その原因を求めて旅に出る。そして彼らは、人びとが"不死"という欲望にとりつかれ、本来なら生きるために使うべき力や才能を、永久に変化しない自分を求めるために使ってしまう様子を目撃する。「ハジアを食べることで、名前を忘れ、もののかたちを忘れ、そしてまっすぐに実体にたどり着く（That's where eating hazia helps, you forget the names, you let the forms of things go, you go straight to the reality.）」(Shore 63)と述べ、魔法を捨てて麻薬に頼ろうとする魔法使いや、「わたしは知っていることの何もかも失ってしまった。ことばも名前も何もかも。……世界のなかに穴がある。そして、光がそこからどんどん出ていっている。光といっしょにことばも（I lost all the

things I knew, all the words and names. ... There is a hole in the world, and the light is running out of it. And the words go with the light.)」(*Shore* 95)と訴える、**染め師としての才能を失ってしまった親子**に出会うことで、力や才能がある人びとを襲う虚無感や絶望を見ることになる。町は一見にぎわっているように見えるが、法も秩序もなく、まがいものが横行し、人びとには本物とのちがいがわからないようだ。アレン（レバンネン）は、「人生の喜び（Joy in life）」(*Shore* 98)が人びとに欠けていると感じている。

　このような状況を陰と陽の関係でいえば、「死の領域と生の領域が、たがいを浸食しあっている」と表現できるのではないだろうか。『老子』の42章前半は、すべての生物は背を陰にして陽を抱えていると述べ、そのまじりあった"気"によって、万物の調和ができると説いている。

The Way bears one. / The one bears two. / The two bear three. / The three bear the ten thousand things. / The ten thousand things / carry the yin on their shoulders / and hold in their arms the yang, / whose interplay of energy / makes harmony.（Le Guin版42章 Children of the Way 57）
（道生一、一生二、二生三、三生万物、万物負陰而抱陽、沖気以為和）
道は一を生ず。一は二を生じ、二は三を生じ、三は万物を生ず。万物は陰を負うて而うして陽を抱く。沖気は以て和を為す。（小川環樹訳　103-104）

　つまり、生と死は、対立しながらもたがいに連関しているからこそ調和する、均衡が保たれると考えるのである。したがって、クモのいう「不死」、つまり永遠に生きる、あるいは不変であるということは、「死ではないが生でもない状態」なのだということができる。

染め師としての才能を失ってしまった親子

母親のほうは、染めの力を失って自分の真の名を叫ぶまでになってしまった。息子はゲドたちの航海についてきたソプリ（Sopli）で、彼は「死んだ人間が生きかえることができるのなら、それがおこる場所があるにちがいない（If the dead can come back to life in the world there must be a place in the world where it happens.）」(*Shore* 109)と述べているが、"永遠の命"にとりつかれ、じょじょに正気を失っていったのだろう。

もちろん、クモは人びとの欲望を利用するだけで、自分ひとりだけが「不死」であろうとしているが、いったん「不死」の欲望を喚起された人びとは、何よりもその欲望を最優先し、ほかのことは「つまらないもの」として切り捨ててしまう。

　前述の『老子』11章の例にそうならば、永遠の生とは、空間にとけだした車輪や器のイメージといえるだろう。つまり均衡が破壊されているのだ。そして、人間だけが均衡を破る者なのだと、ゲドは以下のようにいう。

「風も海も、水や大地や光の力も、それらがなしていることも、また獣や植物がしていることも、すべてうまく適切に行われている。……全体の均衡のなかで行われているからだ。しかし、わたしたちは、世界やたがいを支配する力をもっている限り、葉っぱやクジラや風が本性としてやっていることを学ばなければならない。わたしたちは、均衡を保つことを学ばなければならないんだ」

"The winds and seas, the powers of water and earth and light, all that these do, and all that the beasts and green things do, is well done, and rightly done. ... all they do is done within the balance of the whole. But we, in so far as we have power over the world and over one another, we must *learn* to do what the leaf and the whale and the wind do of their own nature. We must learn to keep the balance." (*Shore* 77)

　この発言の背後にあるのは、「人間はどうして植物や動物のようになれないのだろうか？」という嘆息ではないだろうか。ゲドの師、沈黙のオジオンやロークの「様式の長（the Master Patterner）」が観察し、耳を傾けているのは、ただすべきことをして生きる動植物の生きざまなのだろう。われわれは、彼らを見習うことで調和を保つことを学ばな

ければならないというのである。

無為のすすめ

『老子』は、作者や成立年について諸説あるが、少なくとも中国が乱世の様相を示した春秋戦国時代の治世者に向かって説いた思想であることはまちがいないだろう。

『さいはての島へ』にも、ゲドが年長の指導者として、17歳のアレン（レバンネン）に**帝王学を示す場面**がある。ゲドは、「われわれを導く王がまた現れて、わたしがその魔法使いなら、わたしは王にいうだろう。『王よ、何もなさいませんように。それが正しく、称賛に値し、りっぱなことでありますから。……やらなければならないこと、それ以外の道がないことだけなさいますように』」（"if there were a king over us all again, ... and I were that mage, I would say to him: My lord, do nothing because it is righteous, or praiseworthy, or noble, to do so; do nothing because it seems good to do so; do only that which you must do, and which you cannot do in any other way."）」（*Shore* 77）と、再びハード語圏に王が出現するなら、「無為」の統治を助言したいと語るのである。

この場面は、『老子』57章の直接的な引用と考えていいだろう。57章は、「正を以て国を治め、奇を以て兵を用う。事無きを以て天下を取る（以正治国、以奇用兵、以無事取天下）」と、手出ししないことで天下をとるとして、次のような聖人のことばが最後に語られる。

> So a wise leader might say:
> I practice inaction, and the people look after themselves.
> I love to be quiet, and the people themselves find justice.
> I don't do business, and the people prosper on their own.

帝王学を示す場面
イギリス版では、最初のアメリカ版から3つの長めの節が除かれた。「ゴランツ社の編集者に『ゲドはしゃべりすぎではありませんか』と指摘され、なるほどと思ったからだ（my editor at Gollancz said, "Ged is talking too much." and she was quite right）」（*Night* 51）とル＝グウィンは書いている。岩波翻訳版はアメリカ版からの翻訳なので、ゲドは大いにしゃべっている。

I don't have wants, and the people themselves are uncut wood.（Le Guin 版 57 章　Being simple 75）

（故聖人云、我無為而民自化、我好靜而民自正、我無事而民自富、我無欲而民自樸）

故に聖人の云わく、我為すこと無くして而うして民は自ら化し、我靜を好んで而して民は自ら正しく、我事無くして而して民は自ら富み、我欲すること無くして而して民は自ら樸なり。（小川環樹訳　130）

　つまりゲドは、動植物の生きざまをまねる「無為」という生き方を、強く主張するのである。アレン（レバンネン）が奴隷として売られそうになったとき、ゲドは魔法の力を発揮して彼の居場所を見つけ、鎖を解いた。ほかの奴隷の鎖も解いた。しかし、それ以上のこと——たとえば奴隷商人を罰するという、相手の運命を強力に左右すること——を、ゲドは避けた。その理由についてゲドは、「選択をすることで、われわれは責任をもって行動しなくてはならなくなる。罰したり報いたりして人の運命をもてあそぶなんて、わたしは何様だというのか。たとえ、そういう力をもっているにしても（Having choice, we must not act without responsibility. Who am I – though I have the power to do it – to punish and reward, playing with men's destinies?）」（*Shore* 77）と述べている。なるべく手をださずに「なすべきこと」だけをするという無為の哲学を、ゲドは実践しているのだ。

　しかし、この考え方にたいしてアレン（レバンネン）は、「何もしないことで、均衡は保たれるのでしょうか？　たとえその行為の結果をすべて知らなくても、人は、どうしてもやらなければならないときは、行動しなくてはならないのでは？（is the balance to be kept by doing nothing? Surely a man must act, even not knowing all the consequences of his act, if anything is to be done at all?)」（Shore 77）と疑問を呈する。ゲドは、「人にとって、行動をがまんするより、何かをすることのほうが楽なんだよ（It is much easier for men to act than to refrain from acting.)」（Shore 77）と応じ、「無為」の希求は、行動にかられざるをえない人間への一種の"抑止力"であることをにおわせている。つまり、人間はけっして動植物のようには生きられないからこそ、「無為」を目指さなくてはならないというのである。

　かつて、魔法使いが全能だと思っていたゲドは、『影との戦い』のなかで、「実際の力が大きくなればなるほど、ものを知れば知るほど、その人が求める道は狭くなっていく。ついには何も選べなくなって、やらなければならないことだけをすることになる（the truth is that as a man's real power grows and his knowledge widens, ever the way he can follow grows narrower: until at last he chooses nothing, but does only and wholly what he must do...)」（Wizard 92）という認識を、ロークの長に示されていた。つまり、ロークの教育は「欲あらずして以て靜かならば、天下將に自ら定まらんとす（不欲以靜、天下將自定）」（『老子』37章）とゲドに求めたのであるが、『さいはての島へ』ではそれが、揺るぎないゲド自身の信念になっているのだといえるだろう。

無為と魔法

　だが、行動せざるをえない人間の諸行為のなかで、魔法という行為こそが、「無為」との関係においてもっとも矛盾を露呈しているのではないだろうか。ロークの長が「ものを、小石のひとかけ、砂の1粒たりとも変えてはならない。行動すれば結果としてどんな善と悪がおこるかを知るまでは。世界はつりあい、均衡でなりたっている（you must not change one thing, one pebble, one grain of sand, until

不欲以靜、天下將自定
この部分のLe Guin版は、「In not wanting is stillness. In stillness all under heaven rests.」（Lao Tzu Tao Te Ching 48）になっている。

you know what good and evil will follow on the act. The world is in balance, in Equilibrium.）」（*Wizard* 56）と慎重さを求めるのは、凡庸な人間にたいしてではなく、死者を呼びだすことができたり、自らの姿を変えることができる、力ある魔法使いにたいしてである。

　しかし、学院には「呼びだしの長（the Master Summoner）」や「姿かえの長（the Master Changer）」がいて、その術は、目くらましや薬草や詩、風に関する術などより高度な魔法ととらえられ、魔術のヒエラルキーでは上位に位置づけられていることも事実である。つまり、一方ではそれらの術を尊び、他方ではそれらの術が使われないことを最善とするという、なんとも奇妙なディレンマが存在しているのだ。

　通常、力や才能があるということは行動可能性が広がるということだが、魔法知に関しては、力をもつにつれて、むしろその使用の機会は狭まり、「なすべきことしかしない」という境地に到達しなくてはならないのである。

　したがって、ロークの教育──つまり世界の〝均衡（Equilibrium）〟に関する哲学──は、「力ある魔法使いが自分の能力を勝手気ままに使って世界の均衡を揺るがす危険を回避する」ためにあるということになる。

　ゲドが奴隷商人を罰しなかったのは、相手を罰する力をもっているからこそであった。強者ゆえに、力の使用には慎重にならざるをえないのだ。「無為」とは、力ある者たちに必要な倫理なのである。

　『影との戦い』で、まじない女であるゲドのおばの魔法の使い方が少々侮蔑的に描かれているのは、ロークが教えるその哲学をもっていないからであるが、おばの魔法力は微小だったので危険はなかった。しかし、『さいはての島へ』に登場するクモは、ロークの哲学に無知ではあるが才能のある──つまり、倫理なき──大魔法使いだった。そして、

第6章●ゲド

ゲドを含めて才能ある魔法使いはだれでも、クモになる可能性をもっていたといえるだろう。

ゲドとクモをわけたもの、それは、ロークの教育が自らに内在化されているか否かである。したがって、『さいはての島へ』で語られていることは、第1作『影との戦い』にも増して登場人物はほとんど男性ばかりという土壌で、ロークの教育を受けていない魔法使いの野望を、ロークの教育を受けている魔法使いが砕き、世界秩序を守った話だということになる。

そして、そのためにゲドは、自分の全魔法力を投入するという「なすべきこと」をしたのである。

だが、「魔法」という"知"がある以上、第2、第3のクモは必ず出現するのではないだろうか。

『さいはての島へ』では、ゲドが「無垢は、悪に対抗する力はもっていない。……しかし、善を守る力はある（In innocence there is no strength against evil, ... But there is in it for good）」（Shore 138）と評した、海上で生活するいかだ族にも影響が出たし、魔法で幾重にも守られているといわれる**ロークの長も、動揺してしまった**。つまり、陸の生活とは関わりをもたない人びとにも、あるいは英知を誇る賢人たちにも、クモはその誘惑の手を伸ばすことができた。それほど「永遠に不変でありたい」という欲求は強く、そして魔法力がある限り──つまり死者の国ドライランド（the Dry Land）にいくことができたり、そこから死者を呼びだすことができる術がある限り──それを使いたいという欲望も、常に喚起されるからである。

ル＝グウィンは、「わたしはアレゴリー（比喩）が嫌いだ（I hate allegories.）」（"Dreams Must Explain Themselves" Night 48）といってはいるが、この魔法知に関するディレ

ロークの長も、動揺してしまった

「姿かえの長」と「呼びだしの長」トリオン（Thrion）は、シリエスの石（the Stone of Shelieth）※をのぞいてしまう。次の日、トリオンが意識を失った姿で発見され（死者の国ドライランドにいったと思われる）、「姿かえの長」もロークを去った。「手わざの長（the Master Hand）」だけは術を見せていたが、「詩の長（the Master Chanter）」も「歌の意味がわからない」、「薬草の長（the Master Herbel）」も「薬が効かなくなった」というようになり、学院全体に不安感・不信感が広がっていった。（Shore 158-160）

※シリエスの石
P.211の欄外を参照。

ンマは、まるで核兵器所有のそれに似ているではないか。

　だが、「対立物の相互関係という"複眼"で事物を見つめながらも無為を称賛するという考え方は、マンラヴ（C. N. Manlove）が述べるように、「善である限り、ものごとを現状のまま保ち、受け入れ、それらを正しいものとする」（"Conservatism in the Fantasy of Le Guin." 290）という現状維持的、保守的な印象を与えることもたしかである。

　表層の奥をのぞき、隠れているものをあばきながらも、それに寄り添うのではない。なるべく手をくださないで、自然と治まるのを待つ——というのが無為であるならば、これは遥かな高みから対立物である両者を眺める姿勢と考えてもいいのではないだろうか。しかし、鳥瞰的な視点からは、対立する2つの力学的動きそのものは見えにくい。個々の小競りあいなど、より大きな枠のなかでは、ないも同然に無視されてしまう。

　このような姿勢で、現実社会をもとらえていいのであろうか。換言すれば、現実社会に存在するさまざまな対立を、ことばの"対立語"と同じようにとらえていいのだろうかという疑問である。

　たとえば、男と女、大人と子ども、居住者と移住者などは、形式的には同じ比重をもっていることばの対立軸と考えられる。しかし、現実社会においては、必ずしもそうとはいいきれない。したがって、「無為」を貫く以上、これら対立物の比重は、現実の力関係のもとに「自然と」治まっていくのであろう。ここにマンラヴのいう、現状維持的、保守的だという批判の根拠がある。

　前半3部作では、「光と影」「ことばと沈黙」「生と死」という対立関係が焦点化され、ものごとは単独に存在するのではなくその反対にあるものと相互に依存しあっている

ことが強調された。しかし、人間に関わる対立項は、深く追求されることはなかった。むしろ、"無為"を強調することでそれらを議論の俎上にのせないようにしたといってもいいかもしれない。

したがって、アレン（レバンネン）の発した質問「何もしないことで、均衡は保たれるのか？（is the balance to be kept by doing nothing?）」(Shore 77) は、前半3部作では答えられることはなかった。

しかし、この問いかけが、〈ゲド戦記〉シリーズに第4作『帰還』とさらなる継続作品をつけ加えさせたのではなかろうか。そして、均衡の外面性からその内実に踏み込むことになったのではなかろうか。その結果、前章で論じたように、**魔法そのものも相対化された**のである。

●●●●●●●●●●
『影との戦い』という作品の"影"

〈ゲド戦記〉シリーズ前半3部作を流れる哲学の限界を明らかにするとともに、もうひとつ必要なことは、第1作『影との戦い』のゲドを、彼の育った環境のなかに位置づけ直す作業である。たしかに、『影との戦い』は、象徴的ではあるものの大変明解で、〈ゲド戦記〉シリーズ中でもっとも素直に「すばらしい児童文学」との称讃を受ける価値をもつ作品だろう。主人公の（白人）英雄が魔法使いの助力を得て、邪悪な者・怪物を退治するという定石的物語展開をひっくりかえし、浅黒い肌の魔法使いが主人公、敵は自分の高慢さが生みだした"影"、解決は征伐ではなく"影"の"受け入れ"という『影との戦い』の作品世界は、主人公の外界の冒険と内界の成熟を同時に呈示する。つまり、リトルフィールド（Holly Littlefield）が述べるように、現実的な旅・探求であるとともに「内的な旅

魔法そのものも相対化された
だからといって、ゲドがロークの魔法とその使用法の極致をきわめたことには、だれも異を唱えないであろう。彼は、特定の時代と場所のなかでの、そして特定の世界観のなかでの卓越した人物、つまり英雄だったのである。

（inner journey）」（"Unlearning Patriarchy" 247）でもあったのだ。冒険物語と子どもの内的成長が撚りあわさったこの作品にたいしてボストン・グローブ＝ホーンブック賞が与えられ、図書館協会は長く良書としてリストアップ（Donna R. White, *Dancing with Dragons* 11）した。

ここでは、主人公ゲドが生みだしてしまった"影"を、彼個人の成長と関連づけるだけでなく、作品が呈示する社会という枠組みとの関連で、その成長の特質をとらえたい。そのことで、1968年刊行当時『影との戦い』がもっていたと思われる無意識な前提、作品が語らなかったもの、換言すれば"作品のもつ影"に迫りたい。

"影"の予兆

第1章で述べたように、当作品は、のちに英雄として名をはせた男が無名だったころの回顧の物語として、昔話の雰囲気で開幕する。

ゲドに魔法の才能があることがわかったのは7歳のときで、しばらくはまじない女である"おば"が彼の師となる。しかし、12歳のとき、ゲドは襲撃者カルガド兵士から村を救うために霧をつくる魔法に全力を使ったため、昏睡状態に陥ってしまった。このときに助けてくれたのがオジオンである。オジオンから「ゲド」という「真の名」を授けられ、彼の弟子になる。

オジオンとの静かで平和な暮らしのなかで、ゲドはル・アルビの領主の娘**セレット**（Serret）に出会い、彼女に力のあるところを見せつけたい思いでオジオンの書物を開く。彼は、死霊を呼びだす呪文のところに吸いよせられていった。

セレット
彼女はその後、オスキルのテレノン宮殿でゲドと再会する。少女のときには「なんて醜いんだろう」（*Wizard* 25）とゲドは思っていたが、テレノンで会ったときは、「これまでこれほど美しいと思った女性は、オー島領主夫人以外はいなかった」（*Wizard* 140）とゲドに感じさせるほど魅力的な女性になっていた。しかしその後、宮殿をあとにすると容貌が変わり、正体をあらわした。P.221を参照。

第6章●ゲド

　ふりかえると、閉まっている戸のそばに、何かがうずくまっているのが見えた。それは、闇よりも濃い、かたちの定まらないどろりとした塊だった。ゲドのほうに向かって何かささやいたが、そのことばを理解することはできなかった。
Looking over his shoulder he saw that something was crouching beside the closed door, a shapeless clot of shadow darker than the darkness. It seemed to reach out toward him, and to whisper, and to call to him in a whisper: but he could not understand the words.（Wizard 28-29）

　"影"の予兆である。オジオンが白く輝く杖とともにとびこんできて呪文はとけたが、このことが契機となって、彼は魔法使いの学院ロークにいく決心をする。
　このときに乗船した船は「**影号（Shadow）**」（Wizard 32）であり、ローク学院に入るとき、「ひとつの影が、ゲドのうしろからついてきたような気がした（it seemed to him that ... a shadow followed him in at his heels.）」（Wizard 44）と描写されているように、ゲドが影をともなっていることが暗示されている。そして、河合隼雄が「ゲドの『影』としてぴったりの人物」（『ファンタジーを読む』319）と述べるヒスイ（Jasper）との出会いが、このすぐあとに続く。
　ヒスイは都会的で育ちもよく、ゲドとは対照的な人物であるが、両者ともなんとなく虫が好かない思いがするのは、「投影をうける側も、投影をひきだすに値する何かをもっている」（河合隼雄『影の現象学』48）からにほかならない。
　ゲドは一方で、親切なカラスノエンドウ（Vetch）や、リード（Suzanne E. Reid）が「霊的な案内人（spiritual guide）」（Presenting Ursula K. Le Guin 34）とみなす、声をもたない動物**オタク**（Otak）との暖かい交流をもちながら、ヒスイへの対抗心をばねにして勉学に励んでいく。だが、「長」

影号
船の名前を聞いて、オジオンの顔色は暗くなる。（Wizard 32）

オタク
ローク島、エンスマー島、ポディ島、ワトホート島に生息する、濃い茶かぶちの毛をもった、小さな動物。幅広の顔に大きな目をもっている（Wizard 62）。声をもたないといわれているが、ゲドが"影"にとびかかられたとき、叫び声をあげた。自分からゲドのマントにもぐりこんできてずっとゲドの許にいたが、テレノン宮殿に行き着く直前に殺される。
『アースシーの風』では、オタクの死に関して、「オタク

209

は魔法使いのうしろにゲベス (gebbeth)※がいることを警告しようとした。魔法使いはゲベスから自由になったが、その小さな動物は捕らえられ、殺された (the otak tried to warn him of a gebbeth that walked with him. And he won free of the gebbeth, but the little animal was caught and slain.)」(Wind 52) と、「偉業」として人びとに伝えられている。

※ゲベス
モレドの敵が「エルファーランの兄弟サラン (Salam) をゲベス、つまりは手先にして (Making Salam his gebbeth or instrument)」(Tales 279)、あるいは、ゲドが放ったものに入り込まれ、乗っとられると「おまえはゲベス、つまり操り人形になる (You would be ... a gebbeth, a pappet ...)」(Wizard 84) との記述が見られる。このことから想像すると、「ゲベス」とは、魔法で操られ、手下にさせられた人を意味すると思われる。

たちが強調する"均衡"にたいしては、「好きなことができるほど強くなれば、魔法使いの都合にあわせて世界の均衡を変えることもできれば、闇を光の力で押しかえすこともできる (surely a wizard ... was powerful enough to do what he pleased, and balance the world as seemed best to him, and drive back darkness with his own light.)」(Wizard 56) と考え、軽視している。

"影"を呼びだす

したがって、15歳の夏至の夜、ゲドがヒスイにたきつけられて、とうとう死霊を呼びだす魔術を使うのは、ヒスイへの競争心、己の自尊心、長たちへの反発、己の力を試したいという欲望などがあわさった「すべては自分の支配下にある。自分は世界の中心にいる (all things were to his order, to command. He stood at the centre of the world.)」(Wizard 77) という"全能感"であろう。そしてこれは、神々にたいする不遜 (hubris) に通じるものである。

ゲドが呼びだしたのは、1000年以上も前に海に沈んだエルファーランであった。しかし、死霊とともに"影 (shadow)"も出てきて、ゲドにとびかかる。

カラスノエンドウは、影の塊がゲドにとびかかり、肉を裂くのを見た。それは黒いけものようで、子どもくらいの大きさだったが、縮んだり、ふくれたりしていた。頭や顔はなく、4本の脚だけだったが、その爪でゲドをつかみ、肉を裂いたのだった。

he [Vetch] saw the lump of shadow that clung to Ged, tearing at his flesh. It was like a black beast, the size of a young child, though it seemed to swell and shrink; and it had no head or face, only the four taloned paws with which it gripped and tore.

第6章●ゲド

(*Wizard* 79)

　ゲドから"影"を追い払ってくれたのは、大賢人ネマール (Nemmerle) だった。しかし、ネマールはそのため体力を使い果たして死んでしまう。一方、ゲドは、**意識不明になったものの助かった**。

　それ以降、彼は放たれた"影"を恐れ、考えながら生きることになる。というのは、**新しい大賢人**が述べたように、「それは、おまえをとおして災いをはたらこうとしている。呼びだすことができたからこそ、それはおまえを支配できる。両者は離れることはできない（Evil, it wills to work evil through you. The power you had to call it gives it power over you: you are connected.)」(*Wizard* 85)からだ。

　"影"は、18歳のゲドがロークを卒業し、魔法使いとして**ある島に赴任した**ときまで現れなかったが、意外なところにいた。なかよくなった船大工のペチバリ (Pechvarry) の子どもが病気になったとき、ゲドは「薬草の長」の教えに反して、死んでいく子どものあとを追う。「子どもの母親が嘆く声を聞き、父であるペチバリが自分を信頼している様を見ると、ゲドは彼らの思いになんとか応えたかった (Hearing the mother's wail, and seeing the trust Pechvarry had in him, Ged did not know how he could disappoint them.)」(*Wizard* 102)。つまり、嘆く両親の情に負けてしまったのだ。

　ところが、死者の国ドライランドとの境界でゲドを待っていたのは"影"だった。ゲドは杖を掲げるが、そのまま気を失ってしまい、オタクが舐めてくれて命が助かる。

　それからのゲドは"影"に追われることになるのだが、ペンダーのドラゴンが提案した取り引きの誘惑にも負けず、オスキルのテレノンの石を利用しようというセレットの誘惑からも逃げだして、タカに変身してオジオンの許に帰る。そして、オジオンの助言を受け入れ、"影"に追われる者

識不明になったものの助かった
このとき、ゲドは4週間、意識不明のままごす。長いあいだ口もきけなかったし、顔の左半分には大きな傷あとが残った。

新しい大賢人
ウェイ島出身のジェンシャー (Gensher)。彼は、ロークにシリエスの石を持参した。ロークでなら正しく使われると思ったからだ。

ある島に赴任した
ローク島の西方にある九十群島 (the Ninety Isles)。近年、ドラゴンが九十群島の西のペンダーに姿を見せているので、ローク学院に魔法使いの派遣をたのんだのだった。

から"影"を追う者となって、東海域を旅する。そのときまでに"影"は、ゲドの形姿をとるようになっていた。

"影"とは何か
　ここで押さえておかなければならないのは、"影"とは何か、どう解釈できるのかということであろう。そのために適切な手がかりを与えてくれるのは、ユング心理学だと思われる。
　ユング（Carl G. Jung）は、"影"について以下のように述べた。

> 「すべての人には影があるが、個人の意識のなかでそれが組み入れられなければ、それだけ影は暗く濃厚になる。もし劣等な部分が意識化されるなら、人は常にそれを修正する機会をもつ。それは絶えず変化し続ける。しかし、劣等な部分が抑圧され、意識から孤立されるなら、それは修正されることもなく、気づかぬうちに突然の爆発をおこしやすい」（*Psychology and Religion: West and East* 76）

　つまり、人格の否定的部分、隠したいと思う性質、自分自身の暗い部分などの劣等な部分を意識が抑圧するなら、"影"は突然現れやすいというのである。
　ユングは、人生における「光」と表裏一体の「闇」を強調している。ゲドに即して考えるなら、彼が"影"と遭遇するのは、まずセレットの誘惑、次にヒスイへの対抗心、そしてペチバリへの情にかられて——という3つの局面であろう。換言すれば、性的・自尊心的・情的な3つの誘惑である。そして、全誘惑に死者が関係している。つまり、セレットのそれは死霊の呼びだし、ペチバリのそれは

死にゆく子どもをひきもどしてほしいという願望、そしてヒスイへの対抗がきっかけとなった事件は文字どおり死者の呼びだしという魔法の実践である。

　ゲドが"影"とのあいだにどう決着をつけるかは、彼がどう成長するかと同義だろうが、それは同時に、ニコラエヴァ（Maria Nikolajeva）が、「死の恐怖と成長する恐怖は大いに相互連結している。というのは、成長し、歳をとることを意識することは、自分が必ず死ぬのだということを考えざるをえないからである」（From Mythic to Linear 109）と述べているように、彼が死をどのように咀嚼するかという問題ともいえよう。

ネマールの死

　しかも、ゲドに関連する死者はもうひとりいる。その死者は彼にとってもっとも重要な人物なのではないだろうか。

　それは、ゲドの魔法を静め、彼のかわりに死んでいった**大賢人ネマール**である。ネマールは、オスキル（Osskil）の出身であった。ゲドが北の島オスキルにいくことになるのは、直接的にはセレット配下の誘いに応じたためだが、ゲドの心理の奥にネマールの死についての意識の抑圧があったからこそだと考えられる。つまり、ネマールの死を意識から排除しようとするゲドの抑圧が強ければ強いほど、彼は無意識の部分でネマールとの接触を求めていたのだ。

　エルファーランを呼びだした夏至の日の傷から回復したとき、"影"を放った自分の行為とこれからの暗い見通しに青ざめ、「死んだほうがよかった（Better I had died.）」（Wizard 85）と思わず口走ったゲドにたいして新大賢人は、「よくそんなことがいえるものだ。ネマールはおまえのために自らの命を捨てたのに（Who are you to judge that, you for whom Nemmerle gave his life?）」（Wizard 85）という。

大賢人ネマール
髪もひげも白く、とても高齢。震える声は、小鳥のさえずりのようだった。30年にわたって黒いオスキルのカラスが身近にいたが、そのカラスははじめてゲドに会ったとき、「テレノン、ウスバク、オレク（Terrenon ussbuk orrek!）」（Wizard 47）と鳴いた。

これ以降、『影との戦い』にはネマールへの言及はいっさい出てこないが、『さいはての島へ』では一度だけふれられる。ゲドが、死霊を呼びだす魔法を勝手気ままに使う男クモに腹を立てたときの話をする場面だ。彼は「クモが、ばかなやつらを楽しませるために、わたしの若いころの大賢人だったネマールをドライランドから呼びだすのを見た（I saw him[Cob] summon from the Dry Land my own old master who was Archmage in my youth, Nemmerle, for a trick to entertain the idle.）」（Shore 86）と語るのだが、ゲドの行為を考えれば、クモは、篠原久美子のいうような「外なる敵」（「Ursula K. Le Guinのファンタジー」87）ではなく、"そうなったかもしれないゲドの姿"であろう。

　ネマールは、ゲドとクモの両者をつなぐ"糸"だ。トンプソン（Raymond H. Thompson）は、『影との戦い』を"個人的影"の、『さいはての島へ』を"集合的影"の問題とみなし、『こわれた腕輪』（The Tombs of Atuan）における冥界下りともあわせて、「それぞれの巻は、次第に死の経験に近づいている」（"Jungian Patterns in Ursula K. Le Guin's The Farthest Shore." 194）と述べている。

　したがって、ゲドがペンダーのドラゴンとの戦いよりも恐怖に感じているその"影"も、死にまつわる自己嫌悪と、死んで楽になりたいのにそれでも生きていかなくてはならないという、つらい義務感なのではないだろうか。つまり、ネマールを殺してしまったことへの自責感情と、ネマールが生かしてくれたからこそ生きなければならないという強迫観念——いずれもネマールの死が原因となっている——が、彼をひき裂くのである。

　だから、金原端人の、"影"が「ゲドの人格の邪悪な部分、フロイトのいうイドであると解釈されているが……もしそうなら、影と分裂した瞬間にゲドは悪くなる部分を完

全に失うことになり、同時に善そのものの存在となってしまう」（「モダンファンタジーの現代性」83）との疑問はもっともなことだ。たしかに、ゲドの高慢さは"影"をひきだす契機にはなったが、**ヒスイが物語の舞台から消えた**ように、問題の次元は移動したのだ。いまゲドに問われているのは、倣岸だった己の行為の責任をどのようにとるのか、ネマールを死に到らせた己はどのように生きたらいいのかという問題で、それと対決できないからこそ、彼は"影"を怖がり、逃げようとするのである。

"影"を認める

したがって、最終的にゲドが"影"に自分の名前をつけて両者が一体になる直前、"影"が一瞬、父やヒスイ、ペチバリの顔になったのちに、「突然、人間なのか怪物なのか、見たこともない恐ろしい顔が浮かびあがった。くねくね動く唇や目は、空虚な暗闇へと続く穴を思わせた（suddenly a fearful face he did not know, man or monster, with writhing lips and eyes that were like pits going back into black emptiness.）」（Wizard 227）ものに変わるのだが、これこそが、"意識的な反省"を超えたところにある、深い濃い"影"なのではなかろうか。

彼は、長い時間をかけて苦悩や恐怖と格闘したが、ついに自分が抑圧していたものと対峙し、名前をつけることでそれを認めた。これまでの慣れ親しんできた自分をいったん解体し、そのうえで新たなる自己を再統合したのである。「傷は癒された。……もう分裂してはいない。ぼくは自由だ（The wound is healed, ..., I am whole, I am free.）」（Wizard 230）と叫ぶゲドは、自己がひき裂かれる状態を脱し、ともかく自己嫌悪や自責の念をまるごと抱えて生きていく決心ができたことを示しているのではないだろうか。

ヒスイが物語の舞台から消えた
ヒスイの消息は、後年、カラスノエンドウから聞かされることになる。それによると「ヒスイは正式の魔法使いの印である杖をもらえなかった。あの夏、ロークを去ってオー島にいき、オー・トクネの領主のまじない師になった（He never won his staff. He left Roke that same summer, and went to the Island of O to be sorcerer in the Lord's household at O-Tokne.）」（Wizard 201）という。

"影"が一瞬父やヒスイ、ペチバリの顔になった
顔になるこれらにたいしては、ゲドは意識のなかに組み入れていると思われる。

気楽に投影を行う——つまり、自分に受け入れられないことは自分以外のせいにしがちな——子ども時代をすぎた思春期の少年少女が、自分の行動や感情にともなった罪悪感をもつことに関して、ル＝グウィンは「若者がこの時期の自責や自己嫌悪という閉塞感から逃れる唯一の方法は、この"影"を見つめ、向かいあうことだ。……それを自分として、己の一部として認めることだ（The only way for a youngster to get past the paralyzing self-blame and self-disgust of this stage is really to look at that shadow, to face it, … to accept it as the self … as *part* of the self.）」（"The Child and the Shadow" *Night* 61）と述べ、"影"は「自己認識への、大人へ、光へと向かう旅の案内人なのだ（The guide of the journey of self-knowledge, to adulthood, to the light.）」（"The Child and the Shadow" *Night* 61）だと主張している。

　ゲドの旅は、外界の旅であると同時に"無意識"への旅でもあるが、オジオンの助言による転換は、"影"に憑依される危険性をもった下降する旅（"影"に狩られる旅）から、"影"とおりあいをつけるための上昇する旅（"影"を狩る旅）への分岐点だったのである。"影"に向かいあい、"影"とおりあいをつけることでゲドは癒され、ひき裂かれていた自己はひとつになったのである。換言すれば、ここで彼は、自分のなかに存在する"他者"と和解したことになる。

『影との戦い』と女性

　『影との戦い』のなかには、ネマールの死にたいするゲドの思いが詳述されていないが、この作品にはもうひとつ消極的な領域がある。女性にたいする扱いである。

　まず、社会制度だ。魔法にかかわる男性は「魔法使い（wizard）」あるいは「まじない師（sorcerer）」と呼ばれ、

第6章●ゲド

女性の場合は「まじない女・魔女（witch）」だが、これらは階層性を形成している。

女性は、どんなに才能があってもゲドのような魔法使いにはなれない。ロークという教育機関が**女性にたいして門を閉ざしている**からだ。しかも、「女の魔法のように脆い（Weak as woman's magic）」「女の魔法のように邪悪だ（Wicked as woman's magic）」という諺があり、女性の魔術は軽視されている。

そういった土壌に加えて、若きゲドの周辺に特徴的なことは、肯定的な女性像の欠如である。つまり、女性を排除した公的社会に加え──いや、そういった社会だからこそよけいにというべきかもしれないが──ゲドの私的領域にも、彼と相応する力をもち、しかも彼が信頼できる女性、心を開くことのできる女性は存在しない。

まずゲドの家庭環境だが、姉妹はおらず、生母は彼が1歳にならないうちに死んでいて、彼には記憶がない。ゲドが最初に魔法の力を示すのはヤギにたいしてだが、バロー（Craig and Diana Barrow）はヤギを「ミルクと温かさの動物」（"Le Guin's Earthsea" 25）と述べ、ゲドの母不在との結びつきを暗示している。

赤ん坊だったゲドの面倒をみたのは"おば"だったが、彼女は村のまじない女で忙しく、ずっと親身な世話をしたわけではなかった。

したがってゲドは、年の離れた兄たちにも父にもかえりみられない環境でたくましく育つが、それは同時に、幼児のときの母親との一体感や家庭における安心感を知らずに、つまり自分の存在を無条件で承認される経験を味わうことなく育ったのだといえよう。

これはとくに男の子にとって、女性に不慣れで、女性イメージが貧困にならざるをえない、あるいは肯定感情が湧

> 女性にたいして門を閉ざしているからだ
> 『ゲド戦記外伝』の「カワウソ」（The Finder）で、ローク学院設立時にはそうでなかったことが示された。P.159を参照。

きにくい境涯でもあろう。

ゲドが生まれてはじめて周囲に認められたのは、**カルガドによる襲撃から村を守った功績**によってだが、それは、魔法という力を用いて喝采されることで、家庭の欠落感が埋められた経験とも解釈できる。したがって、ゲドが功名心にかられざるをえない背景には、家庭不在、さらに女性への無知という要因が潜んでいるのではないだろうか。

後年、ゲドがヒスイにたきつけられて死霊を呼びだした行為も、同じ要素をもつ。呼びだした死霊はエルファーランだったが、その選択は、招待客のひとり、オー島領主の夫人の影響だった。ゲドは彼女を見て、「昔話が語るのは、このような美しい女の人のことなのかな（wondering if indeed this was such mortal beauty as the old tales told of.）」（Wizard 64）と思い、ヒスイが彼女を術で喜ばせたことに嫉妬する。

したがって、エルファーラン呼びだしにいたる経過は、女性との関係性がいびつな若者が「己の劣等感をふりはらいたい」という無意識を反映しているのではなかろうか。異性への興味が、同性への嫉妬あるいは意趣がえしという迂回路をとらざるをえない、ゲドの屈折した心情が感じられる。

オー島領主夫人への関心やエルファーランの呼びだしは、抽象的なレベルではあるものの明らかに彼の女性への関心を示しているのだが、生い立ちでの女性不在による無知や、勉学の場での女性排除の環境のために、その感情の発露を率直で有効なものにすることができなかったのだといえよう。

3人の女性

次に、ゲドが魔法の才を示して以降、現実的に関わった

カルガドによる襲撃から村を守った功績
ゲドの父たちが武器をもったのにたいして、ゲドは霧をおこしてカルガド兵士を混乱におとし入れた。

3人の女性がどのように描かれているかを検討したい。

　まず、ゲドの"おば"である。まじない女である彼女は、**ゲドの力を知る**と、「新しい見方で彼を眺めだした（now she looked at him with a new eye.）」（Wizard 4）。甥への見方を変え、自分の助手にしようとする。

　しかし、彼女は作品のなかで、正規の魔法使いなら当然知っていてそれにしたがうような"均衡"や"様式"にはまったく無知で、知識はまちがいだらけだとけなされている。つまり、「まじない女」という仕事のために彼女はゲドの母親代理になれなかったが、今度はその仕事の低級さゆえにゲドの教師にもなれないというのだ。

　作品は、彼女の素質を云々するだけで、"女性は正規の魔法使いになる道を閉ざされている"という社会制度を問うことはない。

　カルガド襲撃のときに逃げてしまう"おば"は、たしかに高潔な人物ではないが、ゲドの潜在力が自分の予想以上だと知ってからも、「できるだけ彼には、まともな技だけを教えようとした（as far as she was able she taught him honest craft.）」（Wizard 7）という誠実な面ももっている。

　作品の語り方、その口調が、"おば"への冷淡さをもっていることは、社会構造としての女性嫌悪にさらに拍車をかけ、必要以上に彼女を貶め、軽蔑していることにつながるのではないだろうか。それはまるで、彼女の品格を疑うことを通じて、ゲドの魔法に女性が関与していたことを覆い隠そうとしているようでもある。

　この不完全な母親であり教師である"おば"を補ってあまりある人物が、オジオンだ。彼は尊敬される魔法使いで、ゲドの師であり、導き手である。加えて、ゲドを無条件で暖かく受け入れ、癒し励ますという"母親役割"も果たしているように思われる。

ゲドの力を知る
ゲドは7歳のとき、"おば"の呪文をまねてヤギを集めることができた。

生母がゲドを「ダニー」と名づけたように、彼もゲドという真の名前を授け、世話をし、いっしょに暮らし、教え、助けた。それでいて支配的ではない。
　「攻撃」や「支配」が男性的イメージであるなら、静寂を愛し、自然を逍遥する彼は、男性的とはいえないだろう。ゲドがローク島の森のなかでオジオンのことを思いだしたときにやってきて、オジオンの許に帰ろうと決心する前に殺されてしまった小動物のオタクは、まるでオジオンの代理のような役割をしている。

　ゲドには、カラスノエンドウというもっとも信頼している友人がいるが、彼の妹ノコギリソウ（Yarrow）も、『影との戦い』の最後のほうに登場する。一家の主婦として働く彼女は、家庭、あるいはゲドが幼少時にもてなかった母親や姉妹を強く感じさせる人物だ。
　彼女が腕に巻きつけている小さなドラゴンのように、ゲドを脅かす要素はもっていない。
　ノコギリソウは魔法に関する疑問を問いかけ、当初はゲドも楽しく答えているが、その途中でふいにやめてしまう。直面している問題がありながら教師然と答える自分に嫌気がさしてしまったからだ。ここでふたりの交流は途絶する。
　ノコギリソウは、その率直さと明るさをもってしても、ゲドの内面に入ることは許されなかった。彼女が兄のようにゲドの友人になる可能性は、絶たれたのである。

　ゲドのおばとノコギリソウは、どちらもゲドに敵対する女性ではないが、オジオンやカラスノエンドウと比較すると、"卑小"で"消極的"な存在であろう。ゲドが頼みにし、実際その信頼に応えてくれるのは、同性の師であり、同性の友人だけなのである。

『影との戦い』にもうひとり登場するのは、セレットだ。彼女は、ゲドを自分の支配下におこうと画策する女性である。しかし同時に、ゲドを新たな経験に導くきっかけをつくったという意味で、重要な人物でもある。

セレットは、エデンの園の蛇のように、オジオンとゲドの静かで平和な暮らしを脅かすものとして登場する。彼女は、「彼と同じくらいの年齢で、背が高く、とても痩せていて、白いといってもいい肌の色をしていた。彼女の母親はオスキルかどこか外国の出身らしかった（She was a tall girl of about his own age, very sallow, almost white-skinned; her mother, ... was from Osskil or some such foreign land.）」（Wizard 25）と描写されるように、外部からきたことを示す外見をもち、ゲドの自尊心をくすぐったり、反対に子ども扱いしたりしながら、彼を手中に落とそうとする。死霊を呼びだせという彼女の誘惑はオジオンによって阻止されるが、しかし彼女の出現によって、ゲドとオジオンの生活は終わりを告げる。

オジオンは、セレットの背後に母親の意向があると見て、「彼女が仕えている力は、わたしが仕えているものではない。彼女が何をやろうとしているのかはわからないが、わたしに都合がいいものではあるまいよ（The powers she serves are not the powers I serve: I do not know her will, but I know she does not will me well.）」（Wizard 29）と述べたうえで、力には危険がつきものだと語る。つまり、オジオンやゲドの魔法は、セレットやその母親の魔法とは異なっているだけでなく、前者にとって後者は危険だというのである。

しかしオジオンは、彼女たちが魔女だという以外、その理由をくわしく語らなかった。

魔女に関する危険性は、ゲドが"影"から逃げる過程でオスキルにいったときに明らかにされる。そこで、テレノ

ンの領主と結婚していたセレットに再度誘惑されるのだ。それは、太古の大地の力である石に"影"の名前を語らせ、石を使って自分ともども国を治めようという誘いであった。

　ネマールがオスキル出身だということを考えると、心のなかのオスキル――自分のために死んだネマールに関連する悔恨と絶望――と、現実のオスキル――性的かつ権力的欲望への誘い――があわさって彼を襲ったのだが、その極限でゲドは、「闇を阻止するのは光だ（It is light that defeats the dark）」（Wizard 151）と叫ぶことで、間一髪その誘惑を退けた。

　ゲドの"おば"が、「災いをもたらす者ではなかったし、太古の力を相手にする、高度な魔法に手をだすこともなかった（the witch of Ten Alders was no black sorceress, nor did she ever meddle with the high arts of traffic with Old Powers）」（Wizard 7）と述べられているのに対比するならば、セレットこそは、太古の力と取り引きしようとする"邪悪な魔女"そのものであろう。そして彼女は、若者を篭絡し、利用しようとした。オジオンの述べた「力につきものの危険」とは、このことなのである。

　エルファーランを呼びだすことで、死霊呼びだしというセレットの最初の誘いを実行に移してしまったゲドではあったが、疲れと絶望のなかでもっとも危機的状況にあり、無意識へと深く沈潜していたにもかかわらず、さらなるセレットの誘いは拒否し、オスキルを脱出してオジオンの許へと帰る。誘惑の拒否は、ゲドとオジオンを再度結びつけたのだった。

　一方、セレットは、ゲドの脱出後すぐ、夫に殺された。彼女は、諺にいう女の「脆くて邪悪な」魔法の、文字どおりの体現者だったといえよう。男の魔法使いを操ることで社会のヒエラルキーを破壊し、権力をもとうとしたセレッ

トの野心は、男によって制裁されたのである。

"英雄"という生き方

　見てきたように、『影との戦い』に登場する女性は、不在の母（母親は、ゲドが1歳のときに亡くなった）、力量のない教師（おば）、知人にすぎない少女（ノコギリソウ）など影響力に乏しい女性以外は、ゲドを危険に導く魔女であり、頼もしい味方はいない。ゲドに匹敵する力をもつ女性は、悪をなす人物だけなのだ。オジオンの存在が肯定的な女性像を不用にしたのだともいえるが、ゲドのまわりに女性との肯定的な関係性をほとんどおかないことで、男たちだけの世界における少年の成長を描いたのである。

　したがって、当初からゲドの異性との関わりは制限されていたのだが、エルファーランの呼びだし、すなわち性への関心とネマールの死とがしっかりと結びつき、彼のその後を決定的なものとしたと考えられる。大賢人の死は、ゲドの高慢さだけでなく、女性への興味も罰してしまったのである。

　友人のカラスノエンドウが、東の島じまで、社会のなかで、いわば市民として暮らし、人びととの関係性を築いていたのに比べると、ゲドは孤独だ。

　彼は、第2作『こわれた腕輪』でカルガドの少女をつれだすのだが、未知の世界を恐れ、ゲドにいっしょにいてほしいというその少女テナー（Tenar）の願いを、「わたしは遣わされるところにいかなくてはならない。これは召喚なんだ。……そして、いくときはひとりでいかなくてはならない（I go where I am sent. I follow my calling. ... Where I go, I must go alone.）」（*Tombs* 144）と断る。

　彼は、人びとと切り離された"英雄"として生きている

のだが、その契機となったのは、男性先輩の犠牲的死ではないだろうか。

　ゲドは、"影"に己の名前をつけ、抱きしめて一体となることで、"影"との「戦い」にピリオドをうった。「戦い」は、"勝ち"でも"負け"でもなかった。これは、ホーリハン（Margery Hourihan）がいうように「よくある英雄物語の土台をなす二元論を転覆させることで、まさに『勝利』の概念を蝕んでいる」（*Deconstructing The Hero* 47）のはたしかだ。だが同時に彼は、自分からネマールの死を無駄にしない生き方を自分に課した。つまり、男だけの魔法使い集団での頂点である姿、英雄としての孤独を背負う生き方を選んだのである。そしてそのことは、男だけの魔法使い集団と相容れないもの、つまり女性や女の魔法に背を向けることでもあった。

　男たちの関係性のみが重要で、女たち、あるいは男女の関係性は無視される男社会のなかで、ゲドはおとなになったのだといえるだろう。

なすべきことをしたあとで

　このように、ネマールの死と肯定的女性像の欠如という視点から『影との戦い』を見るならば、『さいはての島へ』でゲドが魔力をすべて使い果たし、生と死の扉を閉じた理由がよくわかる。彼は、ある意味ではネマールと同じ行為をしたのだ。

　ロークから去るゲドに向かって「守りの長」が「彼は、すべきことをなしとげた（He has done with doing.）」（*Shore* 213）とにっこり笑ったのは、青年期からもち続けざるをえなかった人生の重荷をやっと手放すことのできたゲドへの慰労も含まれるであろう。

　『影との戦い』での若きゲドは、己の高慢さや野心から、

自分の力量では制御できない領域に踏み込んだ。彼は『さいはての島へ』でのクモ、『帰還』でのアスペン（Aspen）、あるいは「トンボ」でのトリオンのように、自分の欲望のために魔法を使う、倫理なき魔法使いになりかけたのだ。一方、ネマールは、己の命を賭けて彼をひきもどしてくれた。

しかし、そのためにゲドは苦しまなくてはならなかった。これまでのように自分のなかの悪をだれかに投影することも、それと対決せずに逃げ続けることも、不可能だったからだ。苦悩の末、彼は自分のなかの悪を認めた。そして、それからの人生の原点に、ネマールへの責任をおくことを受け入れた。

たしかに、このことによってゲドは"己のなかの他者"と和解したのだが、それは同時に、"孤独な英雄"という鋳型に自らをはめこんで生きるという決心をしたということだったのではないだろうか。「やりたいこと」ではなく、「やるべきこと」をするために、彼は人生を再出発させたのである。

このように考えると、『影との戦い』の終末のゲドは、『帰還』でテナーが達した境地——つまり自分のなかの大巫女アルハ（Arha）も、農婦ゴハ（Goha）も全部ひっくるめた自分という認識——と比べると、"英雄ゲド"以外の可能性をすべて捨てたように思われる。のこったのは、"英雄"という単一のアイデンティティだけなのである。

もちろん、**「アイデンティティ」という概念**は、「自分とは何か」を追求するときの羅針盤として有用だ。実際、エリクソン（E. H. Erikson）などが唱えたこの概念は、変動の時代だった1960〜70年代に、若者期の心性とからめて重要な役割を果たしてきた。

「アイデンティティ」という概念
P.117を参照。

そうはいうものの「自分とは何か」を追求しようとしても、なかなか明快な答えを出すことはできないのではないかと思われる。しかし、幸か不幸か答えを出してしまった場合、あるいは答えを決めてしまった場合、こんどはそれに憑依される危険性があるのではないだろうか。

なすべきことをした結果、魔法の力を失って故郷に帰ってきた『帰還』におけるゲドの苦悩は、英雄というペルソナをはがす苦しみだったのだろう。

『アースシーの風』のゲド

『帰還』以降、ゲドは市井の人になったように見える。レバンネン（アレン）からの使者に会うことも拒み、公の場からは姿を消した。『アースシーの風』に、ハンノキ（Alder）がゲドに会ったと聞いて、王であるレバンネンが**すこし嫉妬する場面**があるが、それは裏をかえせば、ゲドがレバンネンとともに死者の国ドライランドから帰って以来15年、栄光や名誉の場をかたくなに拒んだということだろう。

ゲドがなしたことは伝説になっている一方で、生身の彼は、ゴントの地でテナーとテハヌー（Tehanu＝テルー Therru）といっしょに暮らし、畑仕事をし、隣人たちには"異質"さを感じられつつも、"排斥"されはしないといった距離感をもたれている。

ハンノキは、ゲドを見たとき、年相応の威厳はあるが、特別な力はないようだとの印象をもったが、われわれは、かつての大魔法使いだったゲドをどうとらえたらいいのだろうか。彼はもう、昔の栄光との関連以外では——つまり、かつてはあったがいまはないという"欠如"からしか——語られることはない存在なのだろうか。

すこし嫉妬する場面
「それはうらやましい。……ロークでお別れしてからお会いしていないのです。あれからわたしは倍も歳をとりました（I envy you. ...I haven't seen him since we parted on Roke, half my lifetime ago.）」（*Wind* 61）と、レバンネンは述べた。

ゴント島

　ゲドは、魔法使いとしての力は失ったものの、当事者としての自分の経験までが消えてしまったわけではない。ただ彼は、かつての自分に託された人びとの期待にはもう応えられないことがよくわかっているからこそ、公の場には出ないのである。また、魔法の力がなくなったからといって、ドラゴンと話すことができる竜王（Dragonlord）としての能力は失ってはいない。

　魔法使いではないが、ドラゴンと話すことができるという人間は、ロークでの教育が正統であるという前半3部作の前提から見れば、逸脱した存在であろう。しかし、『アースシー外伝』における「地の骨」（"The Bones of the Earth"）であかされるように、ゲドの師オジオンも、ロークに数年いただけで自分から去り、ゴント（Gont）のヘレス（Heleth＝ダルス Dulse）の許で学ぶことを選んだし、ヘレスにしても、当時ロークの「様式の長」だったネマールの誘いを断って故郷に帰った。彼が女性のアード（Ard）の弟子だったことを考えれば、ゲド、オジオン、ヘレス、アードという弟子―師匠関係にある4人はすべて、時期のちがいはあれ、ロークから距離をおいたことになる。

　アードにいたっては、女人禁制のロークに入ることもかなわなかった。つまり、ロークで学び、ロークの長に乞われることが魔法使いとしての出世であり名誉だという考え方とは一線を画するものだ。

　これら4代の者たちは、魔法の中心ロークでもなく、政治の中心ハブナーでもなく、中心からはずれたところ、ハード語圏の東端の島ゴントで独自の仕事をしたのではないだろうか。

　ヘレスは、オジオンと協力して、アードに教わった術を用いてゴントの地震を静めた。その術は、ロークにはない、

ゴント独自のものだった。しかも、アードはこの術を、ゴントよりさらに東にあるペレガルで学んだのだという。

　ペレガルの東は、カルガドの島じまだ。つまり、ゴントとカルガドは、『影との戦い』で示された、襲撃が可能な地理的な近さだけでなく、『アースシーの風』で「様式の長」アズバー（Azver）が「ゴントとハートハーの人びとは、ロークの賢人やカルガドの神官が忘れてしまったことを忘れはしなかった（The villagers of Gont and Hur-at-Hur remember what the wise men of Roke and the priests of Karego forget.）」（*Wind* 225）と両者を包括して述べたように、思想的な関係も濃厚な地域なのである。ただ、政治的な線引きがされることで両者の類似性が隠されていたにすぎない。つまり、地震を静めた術とは、P.168で述べたパルンの魔法と同様、大地の「太古の力」と関連があるものと考えられるのではないだろうか。

　「その術は太古の大地の力か」と問うオジオンにたいして、ヘレスは確信はないと答えるものの、「ロークの魔法ではない。……泥。岩。……古い。とても古い。ゴント島と同じくらいな（"It's not Roke magic. ...Dirt. Rocks. ... Old. Very Old. As Old as Gont Island."）」（"The Bones" *Tales* 158）と説明している。ともあれ、ヘレスは、地震の震源を見出し、大地の骨に姿を変えて山を押さえ、オジオンは崖を開き続けることで、ゴントを地震から救ったのである。

アドバイザー

　また、オジオンとゲドは、ロークでは解決できなかった問題への貴重なアドバイザーではないだろうか。

　ゲドが死霊呼びだしをしたときの"影"に関して、ロークの長たちはそれをどうすればいいのか、ゲドが何をすればいいのかを答えることはできなかった。しかし、オジオ

ンは、オスキルから逃げてきたゲドに、"影"から逃げず、向きあうように助言した。そして、『アースシーの風』で今度はゲドが、悪夢を見続けてしまうハンノキを、子猫を与えることで助けた。これは、ゲドの体験に根ざした助言ではないかと思われる。『影との戦い』で、死者の国ドライランドへかけていった子どものあとを追いかけて気を失った彼を生きかえらせてくれたのは、小動物のオタクだったからだ。

　動物が傷ついた仲間を舐めるという本能的な知恵について、ゲドはのちに、魔法と似かよった力だとみなし、動物の目の色や鳥の飛び方、木々の動きから学ぼうと決心している（Wizard 105-106）。この認識があったからこそ、ゲドは『アースシーの風』での2つの問題、つまりドラゴン東進と、ドライランドの死者がハンノキを通じて訴える問題にたいして有効な問いかけをすることができたのだと思われる。

　彼は、「ドライランドにはだれがいくのか（"Who are those who go to the dry land?"）」「ドラゴンはドライランドの石垣を越えることはあるのか（"Will a dragon cross the wall of stones?"）」（Wind 92）の2つをハンノキに託すかたちでテハヌー（テルー）に質問したのだが、この問いかけが「ドラゴン対策会議」に集まった人びとの議論の方向を決め、そして最終的にそれらの問題の解決へと導いた。オジオンと同様、ゲドも指針を示したのである。

　これらは、魔法を使って何かをなすといったことと比べれば、地味な目立たないことである。しかし、これらの指針がなければ、解決はできなかったかもしれない、あるいは多くの犠牲や時間を必要としたかもしれないことを考えれば、作品でのさりげない扱われ方にだまされてはならないだろう。

さらに、これらの助言は、オジオンやゲドだからこそできた助言なのではないだろうか。ロークで学び、ロークをよく知った人物で、しかしいまはロークとは離れた位置にいるというのが、『影との戦い』のオジオン、『アースシーの風』のゲドの共通項である。

　オジオンはゲドに向かって、「わたしはおまえをここにおいておけたらと思う。というのは、わたしがもっているものがおまえにはないからだ（I would keep you here with me, for what I have is what you lack, ...）」（Wizard 30）と、ロークにいくかゴントに残るかを若きゲドに問いかけたときに述べた。

　一方、『アースシーの風』のゲドは、ハンノキからロークの長たちの様子、とくに旧友カラスノエンドウが推薦しておくりこんで以来ロークから離れることのなかった「呼びだしの長」ブランド（Brand）と、カルガドの戦士だった過去をもつ「様式の長」アズバーを比べて、次のように述べる。

　「ロークに住んでいたころだったら、わたしも『呼びだしの長』のように考えたかもしれない。あのころわたしは、われわれが魔法と呼ぶもの以上の力が存在することを知らなかった。大地の太古の力すら知らなかった。……（しかし）学院の壁が遮断しているものを、アズバーは身体で知っている。……ロークの外で暮らして15年、わたしはアズバーのほうが正しいのではないかと思わざるをえない（When I lived on Roke, ... I might have seen it as the Summoner does. There I knew no power stronger than what we call magery. Not even the Old Powers of the Earth, I thought ... Matters that the walls of the School keep out, he[Azver] knows in his flesh and blood. ... Having lived there fifteen years outside the walls, I incline to think Azver might be on the better track.）」（Wind 37）と。

一介のまじない師にすぎないハンノキが、すぐれた魔法使いでもできないこと、つまりドライランドの石垣越しに死者にさわることができ、絶えず死者たちから呼ばれるその原因について、ゲドは「魔法だけが世界の秩序を変えることができる（only a great power of magery could so transgress the order of the world.）」（Wind 37）というブランドの考えを退け、「ふたりは引かれあって、別れ方を知らないからだ（maybe my wife and I didn't know how to be ported, only how to be joined.）」（Wind 37）というアズバーの考えを支持するのである。そして、ハンノキとユリ（Lily）の愛を、モレドとエルファーランの愛と同様至高の愛ととらえ、そのうえでハンノキの経験を別の要素から考える。ユリが「呼びだしの長」ブランドから「真の名」を呼ばれても現れなかった事実から、つまり死の国ドライランドの住人が真の名とのつながりを拒んだことから、変化がおきているというのだ。

　15年前にゲドが魔法の力を失ったのとちょうど同じころ、臨終を迎えたオジオンは「何もかも変わった」とうれしそうにつぶやいたが、ゲドも、800年ぶりにハード語圏の王が誕生したこと、ロークで大賢人を決めることができないこと、そして今回ドラゴンたちが西から迫っていることなどと同様、ハンノキの経験も"変化"のきざしとして見たのである。

老境のゲド

　ゲドの読みは正しかった。「ドラゴン対策会議」は、ゲドの2つの質問を出発点にして、ドライランドの死者とドラゴンの動きを関連づけて考えることで、解決策を見出した。

　ハンノキの悪夢は彼個人の問題ではないと看破したゲ

ドのするどさは、『さいはての島へ』で、のちにハード語圏の王になる少年アレン（レバンネン）の潜在的な力を最初に見出した眼力のたしかさと通じるものがあろう。しかし、これら２つのあいだには15年という時の隔たりがあるだけではなく、ゲドの立ち位置は、ロークの大賢人（Archmage）から、魔法の力を失い、妻や娘と暮らしているゴントの住人へと変化している。それなのに——というよりも、それだからこそ——彼はハンノキの問題を感じることができたのではないだろうか。かつて魔法力をもっていたころの経験、英雄のよろいを脱ぎ、家族をもち、人びととの関係性を保つ日常、そしてオジオンのように、山々を逍遥し、木々や動物を見つめる生き方の蓄積が、ゲドをしてあの問いをいわしめたのではないだろうか。

　とすれば、たとえ魔法の力を失ったとしても、この15年で、ゲドはちがった種類の賢さを培ったと考えてもいいのではないか。いままであったものの欠如ではなく、新たな育成である。それは、ロークを去り、ハブナーへの招きにも応じず、東の島ゴントで、かつてヘレスやオジオンが住んだ家に、カルガド人の妻とドラゴンの娘とを家族として生活していくなかで形成された力なのだ。

　テナーは、「ドラゴン対策会議」のメンバーを「ごたまぜ袋」と評したが、ゲドの環境もそうなのかもしれない。多様性と交わる、そんななかからゲドの質問はわき出たのである。

　『帰還』や『アースシーの風』のゲドは、格好が悪く、ぶざまだという人がいる。たしかに、前半３部作のゲドのイメージ、人を支配し征服もできるほどの強力な魔法の力をもつが、しかし禁欲的に生きなくてはならない孤独な男と比べれば、その感想は当然かもしれない。だが、そのイ

メージを保ち続けるのなら、ゲドは、オーム（Orm）と戦って死んだエレス・アクベ（Erreth-Akbe）のように死ぬか、『さいはての島へ』の終幕のように、消えていくしかなかっただろう。

　しかし、〈ゲド戦記〉シリーズに『帰還』が加わったとき、われわれは「英雄のその後」を見ることになった。作者がゲドに消え去ることを許さなかったからだ。

　やるべきことをやり終えたゲドは、のたうちまわる苦しみの末、これまでの自分を清算し、再度自分を構築し直した。そして、世界の片隅に引っ込んだ。今度こそやりたいことをするために。そうだからこそ、彼は『アースシーの風』で、後進への助言ができたのだと思われる。

　ゲドは、「70かそこらに見えた（He looked to be seventy or so.）」（Wind 5）と書かれているが、なかなかどうして、価値のある歳の重ね方ではないだろうか。オジオンもそうであったが、ゲドも密かに、われわれの多くが無意識に期待しているであろう「男らしさ」に挑戦しているようである。

引用文献

Barrow, Craig and Diana. "Le Guin's Earthsea: Voyages in Consciousness." *Extrapolation*. 32-1 (1991): 20-44.

Cogell, Elizabeth Cummins. "Taoist Configuration: *The Dispossessed*." *Ursula K. Le Guin, Voyage to Inner Lands and to Outer Space*. Ed. Joe De Bolt. N.Y.: Kennikat, 1979.

Cummins, Elizabeth. *Understanding Ursula K. Le Guin*. South Carolina: South Carolina U.P., 1993.

Helford, Elyce Rae. "Going "Native": Le Guin, Misha, and the Politics of Speculative Literature." *Foundation*. 71(1997): 77-88.

Hourihan, Margery. *Deconstructing The Hero*. N.Y.: Routledge, 1997.

Jung, Carl Gustav. *Psychology and Religion: West and East*. Princeton: Princeton UP, 1969.

Le Guin, Ursula K. *A Wizard of Earthsea*. 1968 London: Penguin, 1994.

———. *The Tombs of Atuan*. 1971. London: Penguin, 1974.

———. *The Farthest Shore*. 1973. London: Penguin, 1974.

―― . *The Language of the Night*. 1989. N.Y.: HarperCollins, 1991.
―― . *Dancing at the Edge of the World: Thoughts on Words, Women, Places*. 1989. N.Y.: Harper & Row, 1990.
―― . *Lao Tzu Tao Te Ching: A Book about the Way and the Power of the Way*. Boston: Shambhala, 1998.
――. *Tales from Earthsea*. N.Y.: Harcourt, 2001.
――. *The Other Wind*. N.Y.: Harcourt, 2001.
Littlefield, Holly. "Unlearning Patriarchy: Ulsula Le Guin's Feminist Consciousness in The Tombs of Atuan and Tehanu.," *Extrapolation* Vol.36, No.3(1995): 244-258.
Manlove, C. N. "Conservatism in the Fantasy of Le Guin." *Extraporation* 21-3 (1980): 287-297.
Nikolajeva, Maria. *From Mythic to Liner: Time in Children's Literature*. Lanham: Scarecrow, 2000.
Reid, Suzanne Elizabeth. *Presenting Ursula K. Le Guin*. N.Y.: Twayne, 1997.
Slusser, George, E. "The Earthsea Trilogy." *Ursula K. Le Guin's, The Left Hand of Darkness*. Ed. Harold Bloom. N.Y.: Chelsea House, 1987.
Thompson, Raymond H. "Jungian Patterns in Ursula K. Le Guin's *The Farthest Shore*." *Aspects of Fantasy*. Ed. William Coyle. Connecticut: Greenwood, 1986.
White, Donna R. *Dancing with Dragons*. Columbia: Camden, 1999.
金原瑞人「モダンファンタジーの現代性」『武蔵野英米文学』20号（1987）75-87
河合隼雄『影の現象学』1976、講談社（1987）
――『ファンタジーを読む』1991、講談社（1996）
篠原久美子「Ursula K. Le Guin のファンタジー」『日本体育大学紀要』10号（1981）77-88
『老子』小川環樹訳注、中央公論、1973

おわりに

　30年にわたって書かれた〈ゲド戦記〉シリーズを、一部分からではなく、全体として論じたい思いで、さまざまな角度から考えてきた。

　ドラゴン、テナー（Tenar）、死の国ドライランド（the Dry Land）、カルガド文化、そしてゲド（Ged）と、5つの視点から考察したが、シリーズは、ゲドとテナーというハード語圏やカルガド生まれの若者たちの人生に寄り添いながら、時間と空間の広がりのなかに彼らを位置づけることで、変化する時代をも映しだしたように思われる。つまり、個人の人生の内的な変化と、外的な世界での変化はたがいにからみあっており、切り離すことができないのである。

　そして、シリーズの大きな変化は、支配する・されるという関係上にある孤独な英雄の否定から、さまざまな人びとの主張をすりあわせていくなかで問題の解決を図ろうとする試みへという流れである。登場人物たちは、その流れをつくり、かつそれによってつくられたのだ。さらなる複眼を追求する試みであり、その結果としての"英雄の民主化"である。

　ル＝グウィンは、「ファンタジーは、事実ではないが真実だ（"It isn't factual, but it is true"）」（"Why Are Americans Afraid of Dragons?" *Night* 40）と述べ、ファンタジーは特有なやり方で真実に到達すると述べている。同様に、ハント（Peter Hunt）は、「ファンタジーが逃避主義だというならすべての小説も同様だ」と切り込みつつ、「ファンタジーは現実とリアリズムへの批評、あるいはそれの相対物とし

ての役割をもっている」(Alternative Worlds in Fantasy Fiction 8)と述べ、意図する・しないはともかく、ファンタジーが現状への批判たりうることを明確にする。

そうならば、アースシー世界の変化は、わたしたちの世界を反映し、批評しているのかもしれない。そして、アースシーの世界でそうだったように、変化は必ず中心からはずれた場所、あるいはそうした位置にいる人びとから始まるのではないだろうか。なぜなら、力の中心、あるいはそこにいる人には、その力への自己言及ができないからだ。

このように考えると、『アースシーの風』で登場したハンノキ(Alder)は忘れてはならない人物だろう。生まれつきあざがあったがゆえに、まじない女になった母との暮らしのなかで成長した彼は、父を知らない。彼には修繕の才能があり、そのため、のちに妻となる女性ユリ(Lily)が教えを乞いに訪ねてくるのだが、彼は、むしろユリのほうに才能があると感じ、ふたりはたがいに教えあうのであった。

このふたりの愛情の強さが、ユリの死後もハンノキをとらえ続け、彼が死者の伝達者となったことは本書のなかで何度も述べた。かまえることなく自然に女性との協力ができる男性の登場は、注目しなくてはならないだろう。しかも彼は、死者や女性との親和性をもっていることに加えて、魔法使いと一般人の中間に位置するまじない師であり、字は少ししか読むことができない。

テナーが大巫女アルハ(Arha)だったときの教育がすべて口伝えによるものだったことや、ゲドがオジオン(Ogion)の許にいたときから文字を学び書物を読んでいたことを思い出すなら、ハンノキは"口承文化と文字文化のあいだに立っている"ということもできるだろう。そして彼は、ゲドが壊してしまった緑色の水差しを、2語だけの

おわりに

単調な歌を歌いながら、ほっそりとしているが力強い手で巧みに、しかし急ぐことなく、そっといたわるように扱った。

ロークの魔法が、あくまでことばが中心で身ぶりが副次的なものであるのなら、ハンノキの手の技は、ローク創立以前の、「手の人びと」を彷彿とさせるのである。

割れてしまったものをあわせるのがハンノキの才能だとするなら、〈ゲド戦記〉シリーズの作者も、古い木に新しい枝をつぎ木する、才能のある庭師だ。おかげでわたしたちは、白い桃の台木にピンクの桃が上手につぎ穂された木を楽しむことができる。

前半3部作の脇役的な登場人物たちについても、後半でふれられ、前半と後半をつなぐ貴重な紐帯となっている。

たとえば、『さいはての島へ』でローク学院の生徒として登場するガンブル（Gamble、邦訳『さいはての島へ』ではカケ）は、『アースシーの風』では「風の長」になっているし、『影との戦い』での大賢人ネマール（Nemmerle）は、「地の骨」でオジオンの師ヘレス（Heleth）をロークに留めようとしていたことがわかるし、『アースシーの風』の「呼びだしの長」ブランド（Bland）は、『影との戦い』のカラスノエンドウ（Vetch）がロークにおくりこんだ少年だったと語られる。そして、「トンボ」での悪役トリオン（Thorion）も、「湿原で」や『さいはての島へ』では優秀な「呼びだしの長」だったことが確認される。さらに『こわれた腕輪』でふれられたハートハーのドラゴンの話は、『アースシーの風』でセセラク（Seserakh）が説明することで、問題解決の端緒となっていったのであった。

しかし、語られなかったことも多い。「ファンドールの黒い井戸にふたをし、ネップの分厚い防波堤を建造した（the man who had capped the Black Well of Fundaur... and built

237

the deep-founded seawall of Nepp）」（Shore 14）というゲドの偉業の内容や、テルー（Therru＝テハヌー Tehanu）が種をまいた桃の木は育ったのかどうか、オジオンが杖なしでロークを去った理由などは、依然として謎のままだ。

　半面、魅力的な作品とは、いくら大きな投網を投げても、それでもすくいきれない"あまり"があるものかもしれない。

　この"あまり"の感覚が、再度わたしたちを作品世界に引き戻す力になるのではないだろうか。〈ゲド戦記〉の世界には、豊かな想像力の鉱脈が幾重にもある。そして、わたしたちが訪れると、その年齢や状況に応じて、さまざまな魅力をたたえて迎え入れてくれるのである。

引用文献

Hunt, Peter and Millicent Lentz. *Alternative Worlds in Fantasy Fiction*. N.Y.: Continuum, 2001．

Le Guin, Ulsula K. *The Farthest Shore*. 1972．N.Y.: Puffin, 1974．

―――．*The Language of the Night*. 1989．N.Y.: HarperCollins, 1991．

人物・地名・事項一覧

〈ゲド戦記〉シリーズには多くの人物・地名が登場し、特異な事項もあるため、簡単な一覧を作成した。数字は本書での詳しい記述がある該当ページ。

Ⅰ 〈ゲド戦記〉シリーズ

■人物名
〈ハード語圏〉
アード（Ard） 161
アイリアン（Irian） 65
アスペン（Aspen） 106
アレン（Arren＝レバンネン Lebannen） 179
エルファーラン（Elfarran） 82
エレス・アクベ（Erreth-Akbe） 94
オウギ（Fan） 113
オジオン（Ogion） 219
オー島領主夫人（the Lady of O） 218
オニキス（Onyx） 144
カケ（ガンブル Gamble） 40
カワウソ（otter） 159
風の長（the Master Windkey） 106
カラスノエンドウ（Vetch） 209
キメイの女（the Woman of Kemay） 63
クモ（Cob） 140
ゲド（Ged） 39
コケ（Moss） 111
ジェンシャー（Gensher） 211
詩の長（the Master Chanter） 205
姿かえの長（the Master Changer） 204
セペル（Seppel） 168
セレット（Serret） 221
セニニ（Senini） 104
ソプリ（Sopli） 137
ゾウゲ（Ivory） 65
大賢人（Archmage） 106
手の人びと（the Hand, the women of the Hand） 159
テルー（Therru＝テハヌー Tehanu） 101
手わざの長（the Master Hand） 205
トリオン（Thorion） 163

名づけの長（the Master Namer） 164
ネマール（Nemmerle） 213
ノコギリソウ（Yarrow） 220
ハンディ（Handy） 104
ハンノキ（Alder） 169
ヒウチイシ（Frint） 107
ヒスイ（Jasper） 209
ヒバナ（Spark） 107
ブランド（Brand） 230
ヘザー（Heather） 111
ペチバリ（Pechvarry） 211
ヘレス（Heleth＝ダルス Dulse） 161
ペンセ（Penthe） 83
マハリオン（Maharion） 159
守りの長（the Master Doorkeeper） 198
モレド（Morred） 191
薬草の長（the Master Herbal） 164
ユリ（Lily） 169
様式の長（the Master Patterner） 58
呼びだしの長（the Master Summoner） 204

〈カルガド〉
アズバー（Azver） 95
コシル（Kossil） 85
サー（Thar） 85
神王（the Godking） 78
セセラク（Seserakh） 165
ソル（Thol） 165
ソレグ（Thoreg） 95
テナー（Tenar＝アルハ Arha、ゴハ Goha） 83
マナン（Manan） 85

■人以外
アマウド（Ammaud） 51
イエボー（Yevaud） 51
オーム（Orm） 51

オーム・エンバー（Orm Ember）　54
オタク（Otak）　209
カレシン（Kalessin）　59
セゴイ（Segoy）　60
名なき者たち（the Nameless Ones）　80
ハレキ（harrekki）　54

■地名
アチュアン（Atuan）、アチュアンの墓所（The Tombs of Atuan）　77
オーラン（Aurun）　168
オスキル（Osskil）　213
カレゴ・アト（Karego-At）　78
ゴント（Gont）　227
ハートハー（Hur-at-Hur）　145
ハブナー（Havnor）　68
パルン（Paln）　168
まぼろしの森（the Immanent Grove）　160
ローク（Roke）　158
ローク山（Roke Knoll）　160

■事項
ヴェダーナン（Vedurnan＝ヴェル・ナダン Verw nadan）　150
影（shadow）　210
均衡（Equilibrium）　204
食われし者（the Eaten One）　83
ゲベス（gebbeth）　210
シリエスの石（the Stone of Shelieth）　205
真の名（true name）　80
真のことば（the True Speech）　61
姿かえの術（spells of shaping）　160
太古のことば（The Old Speech）　61
テレノンの石（the Stone of Terrenon）　211
天地創造のことば（The Language of the Making）　61
ドライランド（the Dry Land）　136
フェヤグ（feyag）　169
マハリオンの予言（Maharion's words）　185
まじない女・魔女（witch）　68
まじない師（sorcerer）　68
魔法使い（wizard）　68
竜王（Dragonlord）　55

"呼びだし"という魔法（spells of summoning）　69

Ⅱ　シリーズ以外の人名・事項

SF　31
『アオサギの眼』　93
アメリカ先住民　27
陰と陽　196
英雄　108
改訂　45
カニグズバーグ　39
『北風のうしろの国』　134
キリスト教　130
コヨーテ　173
動物人間　172
名前の掟　52
〈ナルニア国〉年代記　3
二項対立　42
「バッファローの娘っこ」　172
ハーデース　129
ハーピー　126
ハリー・ポッター　39
ピューリタン　133
フェミニズム　37
『辺境の惑星』　93
ホモソーシャル関係　108
マイラ　173
無為　202
『指輪物語』　3
ユング心理学　212
ライトソン　58
〈ライラの冒険〉　126
『老子』　191
ロマン主義　134

引用・参考文献

Armbruster, Karla. ""Buffalo Gals, Won't You Come Out Tonight": A Call for Boundary-Crossing in Ecofeminist Literary Criticism." *Ecofeminist Literary Criticism*. Ed. Greta Gaard and Patrick D. Murphy. Urbana: Illinois U.P., 1998.
Ashcroft, Bill, Gareth Griffiths and Helen Tiffin. *Key Concepts in Post-Colonial Studies*. London: Routledge, 1998.
Attebery, Brian. *The Fantasy Tradition in American Literature*. Bloomington: Indiana U.P., 1980.
――. "Ursula K. Le Guin." *Dictionary of Literary Biography*. Vol.8. Ed. David Cowart and Thomas L. Wymer. Detroit: Gale Reserch, 1981.
――. "*The Beginning Place*: Le Guin's Metafantasy". *Ursula K. Le Guin*. Ed. Harold Bloom. N.Y.: Chelsea House, 1986.
――. *Strategies of Fantasy*. Indianapolis: Indiana U.P., 1992.（『ファンタジー入門』谷本誠剛・菱田信彦訳、大修館書店、1999）
Bailey, Edgar C. "Shadows in Earthsea: Le Guin's Use of a Jungian Archetype." *Extrapolation*. 21-3 (1980) : 254-261.
Barrow, Craig and Diana. "Le Guin's Earthsea: Voyages in Consciousness." *Extrapolation*. 32-1 (1991): 20-44.
Beckett, Sandra L. ed. *Reflection of Change: Children's Literature Since 1945*. London: Greenwood, 1997.
Beowulf. Ed. E. Talbot Donaldson, London: Longmans, 1967.（『ベーオウルフ』忍足欣四郎訳、岩波書店、1990）
Briggs, Katharine M. *A Dictionary of British Folk-Tales in the English Language*. London: Routledge & Kegan Paul, 1971.
――. *A Dictionary of Fairies*. London: Allen Lane, 1976.
Bright, William. *A Coyote Reader*. Berkeley: California U.P., 1993.
Bucknall, Barbara J. *Ursula K. Le Guin*. N.Y.: Frederick Unger, 1981.
Cadden, Mike. *Ursula K. Le Guin Beyond Genre*. N.Y.: Routledge, 2005.
Campbell, Joseph. *The Hero with a Thousand Faces*. 1949. London: Fontana, 1993.（『千の顔をもつ英雄』上・下、平田武靖他訳、人文書院、2004）
Carus, Paul. *The Teaching of Lao-Tzu*. 1913. N.Y.: St. Martin's, 2000.
Clark, Ella, E. *Indian Legends of the Pacific Northwest*. 1953. Berkeley: California U.P., 2003.
Cogell, Elizabeth Cummins. "Taoist Configuration: *The Dispossessed*". *Ursula K. Le Guin, Voyage to Inner Lands and to Outer Space*. Ed. Joe De Bolt. N.Y.: Kennikat, 1979.
Coyle, William. ed. *Aspects of Fantasy*. London: Greenwood, 1986.
Cummins, Elizabeth. *Understanding Ursula K. Le Guin*. South Carolina: South Carolina U.P., 1993.
Daniel, Carolyn. *Voracious Children*. N.Y.: Routledge, 2006.
Dusinberre, Juliet. *Alice to the Lighthouse*. 1987. London: Macmillan, 1999.
Egoff, Sheila A. *Thursday's Child*. Chicago: American Library Association, 1981.
――. *World Within*. Chicago: American Library Association,1988.（『物語る力』酒井邦秀他訳、偕成社、1995）

Erlich, Richard D. "From Shakespeare to Le Guin: Authors as Auteurs." *Extrapolation*. 40-4 (1999): 341–349.

Feng, Gia-Fu, and Jane English. *Lao Tsu Tao Te Ching*. 1972. N.Y.: Random House, 1997.

Filmer, Kath. ed. *Twentieth-Century Fantasists*. N.Y.: St.Martin's, 1992.

Gaard, Greta. "Ecofeminism and Native American Cultures: Pushing the Limits of Cultural Imperialism?" *Ecofeminism: Women, Animals, Nature*. Ed. Greta Gaard. Philadelphia: Temple U.P., 1993.

Gorer, Geoffrey. *Death, Grief, and Mourning in Contemporary Britain*. 1965. (『死と悲しみの社会学』宇都宮輝夫訳、ヨルダン社、1994）

Haraway, Donna J. *Simians, Cyborgs, and Women*. N. Y.: Routledge, 1991. （『猿と女とサイボーグ』高橋さきの訳、青土社、2000）

Harding, Lee. ed. *The Altered I*. 1976. N.Y.: Berkley, 1978.

Hatfield, Len. "From Master to Brother: Shifting the Balance of Authority in Ursula K. Le Guin's *Farthest Shore* and *Tehanu*." *Children's Literature* 21(1993): 43–65.

Helford, Elyce Rae. "Going "Native": Le Guin, Misha, and the Politics of Speculative Literature." *Foundation*. 71(1997): 77–88.

Hollindale, Peter. "The Last Dragon of Earthsea." *Children's Literature in Education* 34 (2003): 183–193.

Hourihan, Margery. *Deconstructing the Hero*. N.Y.: Routledge, 1997.

Hulme, Peter. *Colonial Encounters: Europe and the Native Caribbean, 1492-1797*. London: Routledge, 1986. （『征服の修辞学』岩尾龍太郎他訳、法政大学出版局、1995）

Hume, Kathryn. *Fantasy and Mimesis*. N.Y.: Methuen, 1984.

Hunt, Peter and Millicent Lenz. *Alternative Worlds in Fantasy Fiction*. N.Y.: Continuum, 2001.

Jackson, Rosemary. *Fantasy: The Literature of Subversion*. N.Y.: Routledge, 2003.

Johnson, Barbara. *A World of Difference*. Maryland: The Johns Hopkins University, 1989.

Jung, Carl Gustav. *Psychology and Religion: West and East*. Princeton: Princeton UP, 1969.

Konigsburg, E. L. "Momma at the Pearly Gates." *Altogether, One at a Time*. 1971. N.Y.: Aladdin Paperbacks, 1998.

Lasseter, Rollin A. "Four Letters about Le Guin" *Ursula Le Guin*. Ed. Joe DeBolt. N.Y.: Kennikat, 1979.

Le Guin, Ursula K. "The Rule of Names." 1964. *The Wind's Twelve Quarters*. 1975. N.Y.: Harper, 1995.（「名前の掟」朝倉久志訳、『風の十二方位』、早川書房、1980）

———. "The Word of Unbinding" 1964. *The Wind's Twelve Quarters*. 1975. N.Y.: Harper, 1995. （「解放の呪文」小尾芙佐訳、『風の十二方位』、早川書房、1980）

———. *Planet of Exile*. 1966. Rpt. *Five Complete Novels*. N.Y.: Avenel, 1985. （『辺境の惑星』脇明子訳、サンリオ、1978）

———. *A Wizard of Earthsea*. 1968. N.Y.: Puffin, 1994. （『影との戦い』清水真砂子訳、岩波書店、1976）

———. *The Tombs of Atuan*. 1971. N.Y.: Puffin, 1974. （『こわれた腕輪』清水真砂子訳、岩波書店、1976）

———. *The Farthest Shore*. 1972. N.Y.: Puffin, 1974. （『さいはての島へ』清水真砂子訳、岩波書店、1977）

———. *The Winds Twelve Quarters*. 1975. N.Y.: Harper, 1995.

———. *The Eye of the Heron*. 1978. N.Y.: HarperCollins, 1995. （「アオサギの眼」小池美佐子訳、『世界の合言葉は森』、早川書房、1990）

———. *The Language of the Night*. 1989. N.Y.: HarperCollins, 1991. （『夜の言葉』山田和子他訳、岩波書店、1992）

———. *The Compass Rose*. 1982. N.Y.: Harper, 1995. （『コンパス・ローズ』越智道雄訳、サンリオ、

1983）
―. "Buffalo Gals, Won't You Come Out Tonight." 1987. *Buffalo Gals and Other Animal Presences*. N.Y.: Penguin, 1987.（「バッファローの娘っこ、晩になったら出ておいで」小尾芙佐訳、SFマガジン1989年8月号、早川書房）
―. *Dancing at the Edge of the World: Thoughts on Words, Women, Places*. 1989. N.Y.: Harper & Row, 1990.（『世界の果てでダンス』篠目清美訳、白水社、1991）
―. *Tehanu*. N.Y.: Puffin, 1990.（『帰還』清水真砂子訳、岩波書店、1993）
―. *Earthsea Revisioned*. Cambridge: Green Bay, 1993.（「『ゲド戦記』を"生きなおす"」清水真砂子訳、『へるめす』45号、岩波書店、1993）
―. *Lao Tzu Tao Te Ching: A Book about the Way and the Power of the Way*. Boston: Shambhala, 1998.
―. *Tales from Earthsea*. N.Y.: Harcourt, 2001.（『ゲド戦記外伝』清水真砂子訳、岩波書店、2004）
―. *The Other Wind*. N.Y.: Harcourt, 2001.（『アースシーの風』清水真砂子訳、岩波書店、2003）
―. *The Wave in the Mind*. Boston: Shambhala, 2004.（『ファンタジーと言葉』青木由紀子訳、岩波書店、2006）
―. *Cheek by Jowl*. Seattle: Aqueduct Press, 2009.
―. "Gedo Senki, a First Response" http://www.ursulakleguin.com
―. "A White washed Earthsea—How the Sci Fi Channel wrecked my books" http://www.ursurakleguin.com
Lévi-Strauss, Clande. *Myth and Meaning*. 1978. N.Y.: Schocken, 1995.
Lewis, C. S. *The Last Battle*. London: The Bodley Head, 1956.（『さいごの戦い』瀬田貞二訳、岩波書店、1966）
―. *Of Other Worlds*. 1966. London: Harcourt, 1994.（『別世界にて』中村妙子訳、みすず書房、1978）
Littlefield, Holly. "Unlearning Patriarchy: Ursula Le Guin's Feminist Consciousness in *The Tombs of Atuan* and *Tehanu*." *Extrapolation* Vol.36, No.3(1995): 244–258.
Lystad, Mary H. *From Dr. Mather to Dr. Seuss*. Boston: G. K. Hall, 1980.
MacDonald, George. *At the Back of the North Wind*. 1871. N.Y.: Garland Publishing, 1978.（『北風のうしろの国』中村妙子訳、早川書房、1981）
Manlove, C. N. "Conservatism in the Fantasy of Le Guin." *Extraporation* 21-3 (1980): 287–297.
―. *The Fantasy Literature of England*. London: Macmillan, 1999.
McDannell, Colleen & Bernhand Lang. *Heaven*. 2nd ed. New Haven: Yale U.P., 2001.
McLean, Susan. "*The Beginning Place*: An Interpretation". *Extrapolation* Vol.24(1983): 130–142.
Merchant, Carolyn. *Radical Ecology*. N.Y.: Routledge, 1992.
Minh-ha, Trinh T. *Woman, Nature, Other*. Bloomington: Indiana UP, 1989.（『女性・ネイティヴ・他者』竹村和子訳、岩波書店、1995）
Neill, Heather, "Strong as Women's Magic." *Times Educational Supplement* 9. Nov. 1990.
Nikolajeva, Maria. *From Mythic to Linear: Time in Children's Literature*. Lanham: Scarecrow, 2000.
Nodelman, Perry. "Reinventing the Past: Gender in Ursula K. Le Guin's *Tehanu* and the Earthsea "Trilogy"." *Children's Literature* 23(1995): 179–201.
Olander, Joseph D. and Martin Harry Greenberg. *ursula k. le guin*. Edinburgh: Paul Harris, 1979.
Ortner, Sherry B. "Is Female to Male as Nature Is to Culture?" *Woman, Culture, and Society*. Ed. Michelle Zimbalist Rosaldo and Louise Lamphere. California: Stanford U.P., 1974.（『男が文化で女は自然か？』山崎カヲル監訳、晶文社、1987）
Paul, Lissa. "Feminist Criticism: From Sex-Role Stereotyping to Subjectivity." *International Companion*

Encyclopedia of Children's Literature. Ed. Peter Hunt. London: Routledge, 1996.
Plotz, Judith. "Literary Way of Killing a Child: The 19th Century Practice." Aspects and Issues in the History of Children's Literature. Ed. Maria Nikolajeva. Westport : Greenwood, 1995.
Pullman, Philip. The Amber Spyglass. 2000. N.Y.: Del Rey, 2001. (『琥珀の望遠鏡』大久保寛訳、新潮社、2002)
Rabkin, Eric S. The Fantastic in Literature. Princeton: Princeton U.P., 1976. (『幻想と文学』若島正訳、東京創元社、1989)
Reid, Suzanne Elizabeth. Presenting Ursula K. Le Guin. N.Y.: Twayne, 1997.
Remington, Thomas J. "A Time of Live and a Time to Die: Cyclical Renewal in the Earthsea Trilogy." Extrapolation. 21-3 (1980) 278-286.
Reynolds, Kimberley. "Fatal Fantasies: the Death of Children in Victorian and Edwardian Fantasy Writing." Representation of Childhood Death. Ed. Gillian Avery and Kimberley Reynolds. London: Macmillan, 2000.
Rich, Adrienne. Of Woman Born. 1976. N.Y.: Norton, 1986. (『女から生まれる』高橋茅香子訳、晶文社、1990)
――. On Lies, Secrets, and Silence. 1979. N.Y.: Norton, 1995. (『嘘、秘密、沈黙』大島かおり訳、晶文社、1989)
Rochelle, Warren G. Communities of the Heart. Liverpool: Liverpool U.P., 2001.
Russ, Joanna. To Write Like a Woman: Essays in Feminism and Science Fiction. Bloomington: Indiana U.P., 1995.
Sedgewick, Eve Kosofsky. Between Men: English Literature and Male Homosocial Desire. N.Y.: Colombia University, 1985. (『男同士の絆』上原早苗、亀沢美由紀訳、名古屋大学出版会、2001)
Selinger, Bernard. Le Guin and Identity in Contemporary Fiction. London: U.M.I., 1988.
Showalter, Elain. "Feminist Criticism in the Wilderness". The New Feminist Criticism. Ed. Elain Showalter. N.Y.: Pantheon Books, 1985. (『新フェミニズム批評――女性・文学・理論』青山誠子訳、岩波書店、1990)
Slusser, George, E. "The Earthsea Trilogy". Ursula K. Le Guin's The Left Hand of Darkness. Ed. Harold Bloom, N.Y.: Chelsea House, 1987.
Spivak, Gayatri Chakravorty. A Critique of Postcolonial Reason. Cambridge: Harvard U.P., 1999. (『ポストコロニアル理性批判』上村忠男・本橋哲也訳、月曜社、2003)
Swinfen, Ann. In Defense of Fantasy. London: Routledge, 1984.
Tax, Meredth. "In the Year of Harry Potter, Enter the Dragon." Nation. 1/28/2002, Vol.274.
Thompson, Raymond H. "Jungian Patterns in Ursula K. Le Guin's The Farthest Shore." Aspects of Fantasy. Ed. William Coyle. Connecticut: Greenwood, 1986.
Thomson, James. Poems of James Thomson "B. V.". Ed. Gordon Hall Gerould. N.Y.: Henry Holt Company, 1927.
Tolkien, J. R. R. "On Fairy-Stories." 1964. Poems and Stories. N.Y.: Houghton Mifflin, 1994. (『妖精物語の国へ』杉山洋子訳、筑摩書房、2003)
Trites, Roberta Seelinger. Waking Sleeping Beauty. Iowa: Iowa U.P., 1997. (『ねむり姫がめざめるとき』吉田純子、川端有子監訳、阿吽社、2002)
Tymn, Marshall B., Kenneth J. Zahorski and Robert H. Boyer. Fantasy Literature. N.Y.: R.R.Bowker, 1979.
Waley, Arthur. The Way of Its Power. N.Y.: Grove Press, 1958.
Wehr, Demaris S. Jung & Feminism. Boston: Beacon, 1987.

Whaley, Joachim. ed. *Mirrors of Mortality*. London: Europa, 1981.
White, Donna R. *Dancing with Dragons*. Columbia: Camden, 1999.
Wrightson, Patricia. *The Nargun and the Stars*. 1973. N.Y.: Mcelderry, 1974.
Yalom, Marilyn. *Women Writers of the West Coast*. Santa Barbara: Capra, 1983.

荒川紘『龍の起源』紀伊国屋書店、1996
アリエス、フィリップ『死と歴史』伊藤晃・成瀬駒男訳、みすず書房、1983（Aries, Philippe. *Essais sur L'Histoire*. 1975.）
石澤小枝子「二十世紀児童文学の諸相」『児童文学の思想史・社会史』東京書籍、1997
上野千鶴子『ナショナリズムとジェンダー』青土社、1998
ウェルギリウス『アエネーイス』泉井久之助訳、岩波書店、1997
エーダー、クラウス『自然の社会化』寿福真美訳、法政大学出版局、1992（Eder, Klaus. *Die Vergesellschaftung der Natur*. 1988）
岡真理『彼女の「正しい」名前とは何か』青土社、2000
金原瑞人「モダンファンタジーの現代性」『武蔵野英米文学』20号（1987）75-87
河合隼雄『影の現象学』1976、講談社（1987）
──『ファンタジーを読む』1991、講談社（1996）
私市保彦『幻想物語の文法』ちくま書房、1997
クリステヴァ、ジュリア『恐怖の権力』枝川昌雄訳、法政大学出版局、1984（Julia Kristeva. *Pouvoirs de L'Horreur*. 1980.）
篠原久美子「Ursula K. Le Guin のファンタジー」『日本体育大学紀要』10号（1981）77-88
島式子編『VOICES』晃学出版、2009
シュテッフェン、ウーヴェ『ドラゴン──反社会の怪獣』村山雅人訳、青土社、1996（Steffen, Uwe. *Drachenkampf*. 1989.）
杉山洋子『ファンタジーの系譜』中教出版、1979
スタジオジブリ『The Art of TALES From EARTHSEA ゲド戦記』スタジオジブリ、2006
竹村和子「いまを生きる"ポスト"フェミニズム理論」『"ポスト"フェミニズム』作品社、2003
トドロフ、ツヴェタン『幻想文学論序説』三好郁朗訳、東京創元社、1999（Todorov, Tzveta. *Introduction a la Literature Fantastique*. 1970.）
中沢新一『人類最古の哲学』講談社、2002
林田慎之介『「タオ＝道」の思想』講談社、2002
正木恒夫『植民地幻想』みすず書房、1995
松村一男『神話学講義』角川出版、1999
村瀬学「児童文学と死」『児童文学の思想史・社会史』東京書籍、1997
本橋哲也『ほんとうの『ゲド戦記』』大修館書店、2007
モラン、エドガール『人間と死』吉田幸男訳、法政大学出版局、1973（Morin, Edgar. *L'Homme Et La Mort*. 1970.）
吉田純子「アメリカ思春期小説におけるジェンダーの見直し」『英語青年』1997年4月32-34
──「パワー・ゲームを降りた女の生き方──『帰還』の場合──」『児童文学評論』No.27（1993）
──『少年たちのアメリカ──思春期文学の帝国と〈男〉』阿吽社、2004
『老子』小川環樹訳注、中央公論、1973

あとがき

　本書は、ほぼ10年前から学会誌などに発表してきた論文を土台としてまとめたものです。「〈ゲド戦記〉シリーズ全6作のすべてを対象に論じたい」という無謀な挑戦へのわたしなりの回答を記したものですが、同時に、シリーズを全部読んでいない人や細かい内容を忘れてしまった方にも、できるだけ親しんでいただけるよう配慮いたしました。

　わたしが子どもの文学研究に関わるようになったのはほんとうに偶然で、中京大学の原昌先生（現在は名誉教授）との出会いがあったからです。「岩波の子どもの本」を読んで大きくなっていたとはいえ、そのときまで子どもの文学を研究する人たちがいるとは考えたこともありませんでした。「専門的にやってみませんか」という先生のお誘いに、おっちょこちょいのわたしはすぐ乗ってしまいました。おもしろそうだったからです。
　大学院での研究テーマを提案してくださったのも、原先生です。当時、〈ゲド戦記〉3部作は読んでいましたが、考え抜かれた知的な匂いが濃厚で、バランスもきれい、「すごいな」とは思ったものの、それ以上の魅力は感じませんでした。しかし、第4作 Tehanu を読んで、気持ちが変わりました。そこには熱い思いが奔流となってほとばしっていて、すっかり魅了されてしまったからです。修論を書き終えたのち、シリーズの第5作、第6作が発表されたことから、結果的にはずっとこのシリーズとともに生きてきた気がします。
　シリーズに触発されて、いろいろな勉強もしました。いつもル＝グウィンのあとを追いかけるばかりでしたが、やっと最近、少し余裕をもって眺められるようになりました。
　また、シリーズの登場人物であるテナーには助けられました。抽象的ではなく、文字どおりの意味においてです。
　テナーは、Tehanu のなかで、アスペンに悪意をもたれてひどい目にあいますが、わたしも、ある意味同じような状況に直面したことがあったのです。そのときには自分の気持ちを抑えつけたので、夢でうなされるようになり（ゲドの辛さが身にしみました）、どうすべきか真剣に悩みました。そして、「何もかもやめたい。そうしようか」と思う

あとがき

ようになったとき（テルーの生母の絶望が少しわかったような気がしました）、テナーに「逃げたら二度とアースシーの世界に戻れないけれどもそれでもいいの？」と聞かれたのです。

　問題に向きあうのは勇気が必要でしたが、結果的には妥当な解決を得ることができました。いまは、「逃げなくてよかった。テナーありがとう」と、心から感謝しています。

　論文を書くうえで、前述の原先生をはじめ、渡辺忠夫先生、中野圭二先生、そして故田村晃康先生にはたいへんお世話になりました。
　また、吉田純子先生をはじめとする日本イギリス児童文学会、日本児童文学学会のみなさまには、学会誌への論文掲載や発表の機会を与えていただき、お礼を申し上げたいと思います。東海児童文化協会の児童書例会とアリコの会（現在は自主トレ・アリコの会）の地道な、でも楽しい勉強会では、基礎体力をつけていただきました。
　そして、つらいときに支えてくれた夫と、明るく育ってくれた3人の子どもたちにも、「ありがとう」と伝えたいと思います。

　最後になりましたが、川端有子先生（日本女子大学）と檀上啓治さん・檀上聖子さん（本作り空 Sola）がいらっしゃらなかったら、この本は完成しませんでした。この「紙の赤ん坊」はとても"難産"だったからです。心から感謝しています。また、きれいな"産着"をつくって着せてくださった装画の髙桑幸次さん、そして出版の機会を与えてくださった原書房の成瀬雅人社長にもお礼を申し上げます。

　もちろん、多くの方に助けていただいたとはいえ、本書の内容に関する責任はわたし個人にあります。ご批判、ご指摘をいただけるとうれしく思います。閉塞感を感じることの多いいまのわたしたちにとって、変化を体現している〈ゲド戦記〉シリーズに関する議論が深まることは、きっと意義があると信じています。

2011年冬

織田まゆみ（おだ・まゆみ）

山口県生まれ。立命館大学法学部・産業社会学部卒業。中京大学大学院文学研究科博士課程単位取得退学。現在、大同大学、名古屋短期大学、名古屋外国語大学非常勤講師。日本イギリス児童文学会理事、日本児童文学学会会員、東海児童文化協会理事。共訳書に『ねむり姫がめざめるとき』（阿吽社）など。

装画・挿画
髙桑幸次

装　丁
オーノリュウスケ（Factory 701）

企画・編集・制作
本作り空 Sola
　堀井智美（校正）
　檀上啓治（編集・制作）
　檀上聖子（企画・編集）

ゲド戦記研究
せんきけんきゅう

2011年11月30日　第1刷

著　者
織田まゆみ
おだ

発行者
成瀬雅人

発行所
株式会社 原書房
〒160-0022　東京都新宿区新宿1-25-13
電話・代表03-3354-0685
http://www.harashobo.co.jp
振替・00150-6-151594

印刷・製本
株式会社ルナテック

ISBN978-4-562-04736-9
© 2011 Mayumi Oda, Printed in Japan

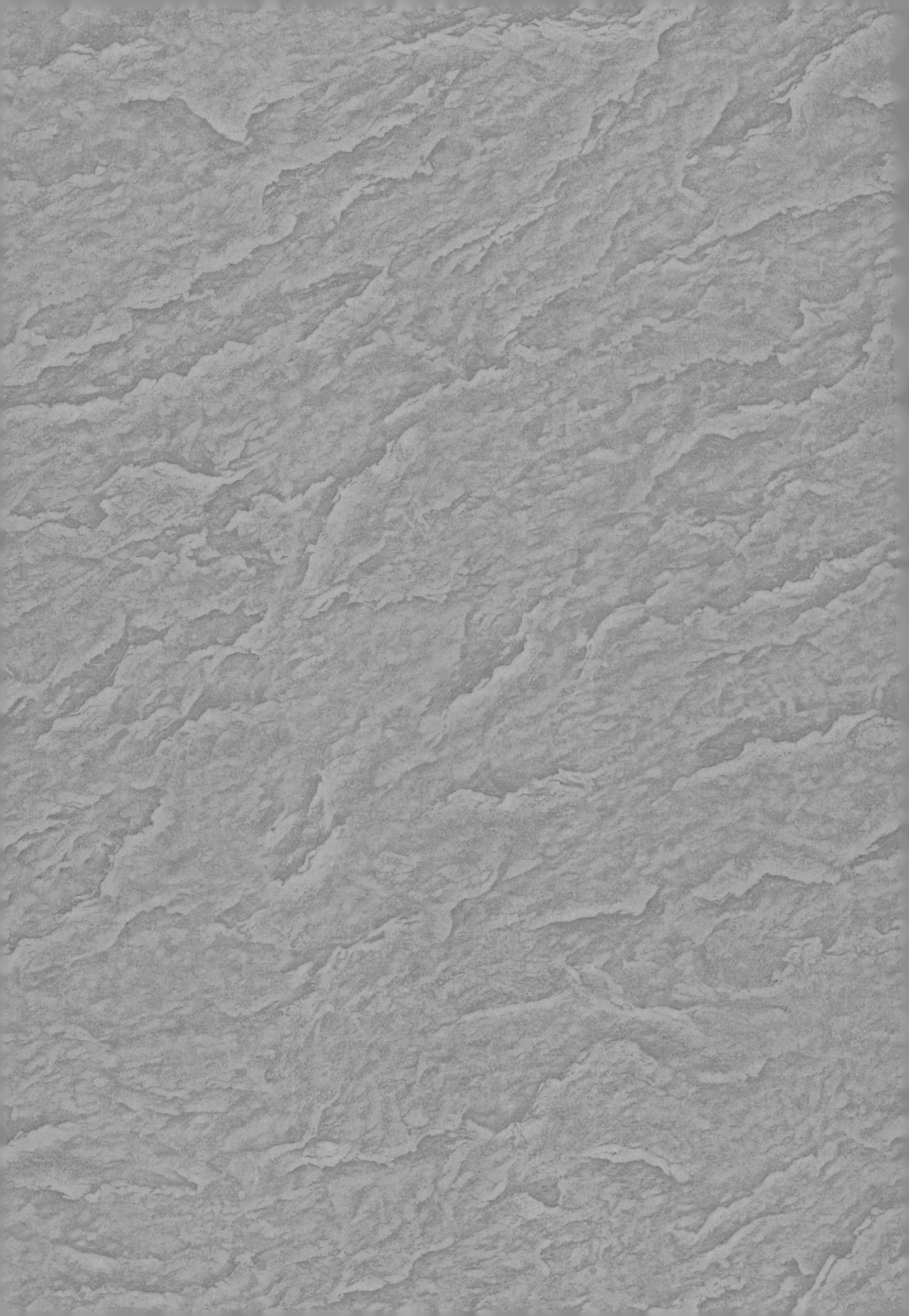